ANTOINE BERMAN

L'ÉPREUVE DE L'ÉTRANGER
Culture et traduction
dans l'Allemagne romantique

异域的考验

德国浪漫主义时期的文化与翻译

[法] 安托瓦纳·贝尔曼 著

章文 译

生活·讀書·新知 三联书店

©Éditions GALLIMARD, Paris, 1984

Simplified Chinese Copyright © 2021 by SDX Joint Publishing Company.
All Rights Reserved.
本作品简体中文版权由生活·读书·新知三联书店所有。
未经许可，不得翻印。

图书在版编目（CIP）数据

异域的考验：德国浪漫主义时期的文化与翻译／（法）安托瓦纳·贝尔曼著；章文译． —北京：生活·读书·新知三联书店，2021.1（2022.9 重印）
ISBN 978 – 7 – 108 – 06891 – 0

Ⅰ. ①异… Ⅱ. ①安… ②章… Ⅲ. ①文学翻译－研究－德国－近代 Ⅳ. ① I046

中国版本图书馆 CIP 数据核字（2020）第 124310 号

责任编辑	吴思博
装帧设计	康　健
责任校对	龚黔兰
责任印制	董　欢
出版发行	生活·讀書·新知 三联书店
	（北京市东城区美术馆东街 22 号 100010）
网　　址	www.sdxjpc.com
图　　字	01-2018-7529
经　　销	新华书店
印　　刷	三河市天润建兴印务有限公司
版　　次	2021 年 1 月北京第 1 版
	2022 年 9 月北京第 2 次印刷
开　　本	880 毫米 × 1092 毫米　1/32　印张 12.75
字　　数	252 千字
印　　数	4,001 – 6,000 册
定　　价	69.00 元

（印装查询：01064002715；邮购查询：01084010542）

"法兰西思想文化丛书"编委会

（以姓氏笔画为序）

王东亮　车槿山　许振洲　杜小真

孟　华　罗　芃　罗　湉　杨国政

段映虹　秦海鹰　高　毅　高　冀　程小牧

"法兰西思想文化丛书"总序

20世纪90年代,北京大学法国文化研究中心(前身为北京大学中法文化关系研究中心)与三联书店合作,翻译出版"法兰西思想文化丛书"。丛书自1996年问世,十余年间共出版27种。该书系选题精准,译介严谨,荟萃法国人文社会诸学科大家名著,促进了法兰西文化学术译介的规模化、系统化,在相关研究领域产生广泛而深远的影响。想必当年的读书人大多记得书脊上方有埃菲尔铁塔标志的这套小开本丛书,而他们的书架上也应有三五本这样的收藏。

时隔二十年,阅读环境已发生极大改变。法国人文学术之翻译出版蔚为大观,各种丛书系列不断涌现,令人欣喜。但另一方面,质与量、价值与时效往往难以两全。经典原著的译介仍有不少空白,而填补这些空白正是思想文化交流和学术建设之根本任务之一。北京大学法国文化研究中心决定继续与三联书店合作,充分调动中心的法语专家优势,以敏锐的文化学术眼光,有组织、有计划地继续编辑出版这套丛书。新书系主要包括两方面,一是推出国内从未出版过的经典名著中文首译；二是精选当年丛书中已经绝版的佳作，由译者修订后再版。

如果说法兰西之独特魅力源于她灿烂的文化，那么今天在全球化消费社会和文化趋同的危机中，法兰西更是以她对精神家园的守护和对人类存在的不断反思，成为一种价值的象征。中法两国的思想者进行持久、深入、自由的对话，对于思考当今世界的问题并共同面对人类的未来具有弥足珍贵的意义。

谨为序。

北京大学法国文化研究中心

献给伊莎贝尔

在德文里，翻译艺术比在其他任何一种欧洲方言里都要走得更远。福斯以一种令人惊讶的精准把希腊罗马诗人带到他的语言里，威廉·施莱格尔则用前所未见的缤纷色调译介了英国、意大利和西班牙诗人……

斯塔尔夫人（Madame de Staël）
《论德意志》（*De l'Allemegne*）

任何译者都免不了碰上以下两种难处中的一种：要么他就过于追求精准，太过遵循原著，以致损了他的民族的品位和语言，要么就太尊重自己的民族特性，侵害了译来的原作……

威廉·冯·洪堡（Wilhelm von Humboldt）
《1796年7月23日写给施莱格尔的信》
（*Lettre à Schlegel*, *23 juillet 1796*）

目　录

"法兰西思想文化丛书"总序 ················· 1

翻译宣言 ······························ 1
引言 ································ 16

1　路德：翻译的奠基作用 ····················· 1
2　赫尔德：忠实与扩展 ····················· 24
3　"构建"及其对翻译的要求 ··················· 38
4　歌德：翻译和世界文学 ····················· 58
5　浪漫主义革命与"无限变幻"主张 ············· 90
6　自然语言与艺术语言 ····················· 128
7　翻译的思辨论 ························ 160
8　作为批评活动的翻译 ····················· 196
9　奥古斯都·威廉·施莱格尔：
　　翻译一切的愿望 ······················ 210

10 弗里德里希·施莱尔马赫与威廉·冯·洪堡：
   在阐释语言空间内的翻译 ················ *236*
11 荷尔德林：民族与异域 ················ *266*

结论 ································ *304*
参考文献 ······························ *333*
译名对照表 ···························· *338*
"异"后记 ······························ *347*

翻译宣言

一直以来，翻译领域就是充满奇特悖论的所在。一方面，很多人将之视为纯粹依赖直觉的行为——半是依赖技巧，半是文学性的——无须什么理论支持，也不用特意为之思考。另一方面，至少从西塞罗、贺拉斯及圣哲罗姆的时代起，就存在许多有关翻译的论述，从宗教、哲学、文学、方法论——新近又加上科学——的层面来探讨翻译。然而，虽已有不少译者将对自身职业的思考付诸文字，不可否认的是直至目前问世的大多译介学著述仍出自非译者之手，定义翻译"问题"的任务被交给神学家、哲学家、语言学家或批评家。这至少导致了三种后果。首先，翻译停留在地下状态，半遮半掩，因为它无法自我揭示；其次，翻译未能成为"思辨对象"，因上述理论家倾向于将它视为其他性质的活动：（次等）文学活动、（次等）批评活动，乃至某种"应用语言学"；最后，这些几乎由非译者垄断的翻译分析——无论其有多少优点——都宿命地带有诸多"盲点"或不准确之处。

本世纪以来，上述情况逐步得到改善，译者写就的文字渐渐形成一份资料库。还有更多：对翻译的思考已成为翻译本身的内在必然，正如古典和浪漫主义时期的德国所曾部分展现的那样。此种思考并不总是以"理论"的面貌出现，瓦莱里·拉尔波（Valery Larbaud）在《圣哲罗姆的召唤》（*Sous l'invocation de saint Jérôme*）中已为我们证实了这一点。但无论如何，它都昭示了翻译要成为自主行为的愿望：翻译可以自我定义、自我定位，因此也可被探讨、被分享及被教授。

翻译史

现代翻译理论的首要任务是构建一门翻译史。现代性并不体现在对过去的回望，而是要进行一场本质为对自我的把控的反思活动。所以兼具诗人、批评家与译者三重身份的庞德才会同时思考诗歌史、批评史和翻译史。所以我们时代伟大的重译（如《圣经》、古希腊著作或但丁及莎士比亚的作品）总是伴随着对过往译本的反思。这种思考应当是宽广的、深入的。翻译理论构建过程中，这种总结式思维显得尤为重要。乔治·斯坦纳（George Steiner）在《巴别塔之后》（*Après Babel*）中针对西方翻译史做了构建，但我们无法满足于他模糊的断代法。不可能将翻译史同语言史、文化史、文学史——甚至是宗教史和民族史——割裂开来。我们要做的，并不是混同以上史家之言，而是要呈现每个时期、每个特定的历史情境下，翻译实践是如何同文学、语言及各种跨文化跨语言交际活动绊结的。试举一例：莱昂纳德·福斯特（Lēonard Forster）提到自中世纪末到文艺复兴，欧洲的诗人普遍通晓数门语言[1]。他们用多语言写作，读者也是多语人群。他们也经常翻译自己的作品，即自我翻译。荷兰诗人霍夫特便是其中一个令人感动的例证：妻子离世后，他为之撰写了一系列墓志铭。最初是用荷兰语，之后又转为拉丁语，随后是法语，然后又变回拉丁语，再后是意大利语，最后——隔上一段时间——又回归荷兰语。似乎诗人需要通过一系列的语言转换和自我翻译，才能用母语精准表达哀思。福斯特在书中指出，无论其成长于受过教育的阶层还是市井间，这个时代的诗人都处于一个远比如今（今天语言同样多样化，但方式不同）在语言上更为异质的历史环境中。那个时代，存在着文化语言，也就是塞万提斯所说的"皇后般的语言"，包括拉丁语、希腊语和希伯来语；此外还有些具备文学性的民族语言，如法语、英语、西班牙语和意大利语；更有为数众多的地区性语言、方言；等等。一个人若是徜徉于那时的巴黎或安特卫普街头，能听到的语言或许比在如今的纽约更多：他的语言只是诸多语言中的一种，这让母语的意指变得相对化。在这种语言环境下，书写至少会部分多语化，而中世纪时，某些文学体裁只能用特定的语言书写——如13世纪至15世纪，意大利北部的行吟诗人创作抒

---

[1]《诗人的语言：论文学中的多语言现象》，剑桥大学出版社，1970年版。

情诗时只能用普罗旺斯语,而史诗及叙事需用法语——这一规则在当时仍有影响,所以弥尔顿才会用意大利语书写他独特的爱情诗。部分诗作是献给一位意大利贵族妇人的,她在一首诗中发声:"这是一门为爱情所赞颂的语言。"弥尔顿语中未提及这位女士同样懂得英文:英语不是可用于描述情爱的文字。所以,对霍夫特或者弥尔顿们来说,翻译的意义或许同我们理解的大有不同,文学的意义也是如此。我们认为,自我翻译应属例外,本质与康拉德和贝克特等作家采用非母语的语言创作并无区别。我们甚至判断,多语化及同时操分主次的两种语言会加大翻译的难度。一言而论,此类情况下,同母语、外语、文学、表达及翻译的关系都会有其他的构建方式。

书写翻译史,就意味着要耐下性来重新发现这些无限复杂、令人难以应付的文化网络,找出翻译在每个时代或特定空间下是如何被罗致其中的。然后把通过这种方式获得的历史知识变为开放式的现在。

女仆化的处境

这是因为最终我们还需确定翻译应在如今的文化场域中起到什么作用。与之相伴的还有另一个几乎带有强烈苦痛的问题。此处我们指向的是一件无可规避的事情:翻译本身处于被掩盖、被驱逐、被谴责甚至被女仆化的境地,这一点又反映在译者的境遇中,以至于在我们这个时代,几乎无法将翻译作为一门自立的职业。

翻译的处境并不单单是女仆化的：无论是在大众的眼中还是在译者自身的视域里，它都透着几分可疑。之前曾有过那么多的成功，出过那么多的杰作，译者们又已经攻克了那么多看似不可译的难关，人们为何仍然倾向用那句意大利格言"翻译，就是背叛"来为翻译下最后的论断？的确，在这个领域中，总是会谈到"忠实"和"背叛"的问题。"翻译"，弗朗兹·罗森茨威格（Franz Rosenzweig）概括道，"就是服侍两位主人"。这正是一则女仆化的隐喻。要侍奉原文本、原作者、原语言（第一位主人），还要服侍译文读者、译入语（第二位主人）。译者的悲剧于此显现。

译者若是只认原作者及他的作品和语言为主人，渴望把后者纯粹的"他者"强加到自身的文化空间中，他就会冒着变成他者的风险，成为同类眼中的叛徒。施莱尔马赫将相应策略称为"将读者带到作者面前来"。无法确定这种激进的尝试会不会自我颠覆或促生无法为人所理解的文本。退一步讲，即使异化策略侥幸成功并得到认同，也无从保证源文化不会有"被偷窃"的感觉，不会觉得被夺去了一本只能属于自己的著作。这涉及译者同原作者间极为敏感的关系。

相反，译者亦可满足于根据自我的习惯来改写原著——施莱尔马赫表述为"将作者带到读者面前来"——这样他就能取悦那一部分最不挑剔的读者，但他会无可挽回地背弃原文本，当然也背离了翻译的本质。

但是，上述两难窘境并非自成事实：它建立在若干意识形态层面的前提之上。福斯特提到16世纪的文人读者，说他们乐于欣赏同一部作品的多语言版本；那时，人们对"忠实"或"背叛"的选择问题还一无所知，因为他们未将母语神圣化。后来的这种神圣化倾向恐怕才是那句意大利谚语及当今诸多翻译"问题"的根源。而我们现在那些受过教育的读者却乐于苛刻地将翻译置身于此种暧昧境地。正因为这样——当然也不是唯一的原因——译者才会抹去自身的痕迹，尽力"将自己变得很小"，化身原文本卑微的传递者，虽窃愿成为忠实的化身，却只能满足于叛徒身份。

现在，已经到了要反思翻译的边缘化处境并研究这种处境所昭示的各种"阻力"的时刻。可以这样论述：任何文化都是抵制翻译的，虽然它本质上一定有对后者的需求。翻译的目标本身，即在书写层面建立起同他者的某种关系，借助"异"的力量来丰富自身——一定会迎头撞上文化内部封闭性的构架，或者说是某种自恋情结，任何社会都倾向于让自身保持为一个纯净且未受侵染的个体。而在翻译中，存在着杂交的暴力。赫尔德意识到了这一点，所以他将一门从未用于翻译的语言比作处子。当然，在现实中，"处子式"的语言或文化，就同纯粹的种族一样，都无异于痴人说梦，只是些潜意识中的企盼。所有的文化都希望可以实现自足，并在虚幻的自足的基础上将自身的影响力播于他者。在这个方面，古罗马文化、法国古典主义文化及现代北美文化都是突出代表。

然而，翻译的处境却是尴尬的。一方面，它要服从译入语文化兼并且压缩他者的指令，甚至是其中的一个帮凶。这会催生所谓的"排他性翻译"，我们亦可称为"坏"的翻译。另一个方面，翻译行为的伦理目标与上述指令天然相悖：翻译的本质是开放，是对话，是杂交，是对中心的偏移。它是联结，否则就什么都不是。

文化的同化本能与翻译的伦理目标间的矛盾随处可见：它存在于理论中，也体现在翻译策略上（直译论支持者与意译论拥趸之间永恒的争论就是个很好的例子），甚至在译者的工作实践及心理状态中也有所反映。因此，为了触及其真正的本质，翻译呼唤一门伦理学和一门分析学。

翻译伦理学

"翻译伦理学"是指在理论层面上提取、确认并维护翻译之所以为翻译的"纯粹性目的"的学科。它需定义何为"忠实"。翻译不能被简单定义为沟通行为、信息传递活动或广义上的言语复述行为。它同样也不是一种单纯的文学向/审美向活动，虽然它的确与特定文化空间内的文学活动密切相关。当然，翻译是书写，是传播。但这种书写与传播只有在伦理目标的指导下才能获得真正的意义。从这个角度讲，相比艺术，翻译更近似于科学——假如我们承认艺术不具备伦理责任的话。

更准确地定义翻译的伦理目的，并借此帮助翻译摆脱意识形态的桎梏，正是翻译理论的任务之一。

但积极的翻译伦理学尚需两个前提。首先，需要消极的伦理学，也就是说，我们要在理论上对阻挠翻译达成其纯粹性目的各种意识形态价值观及文学价值观进行归纳总结。以非排他性翻译为研究对象的理论同时也是以排他性翻译为研究对象的理论，即关于坏的翻译的理论。对我们而言，所谓的"坏翻译"，就是以传播性为借口，全盘否定原文中的"异"的翻译。

翻译分析学

消极伦理学应以翻译与翻译行为的分析学为补充。文化阻力导致原文本在语言及文学层面上持续变形，不管译者愿不愿意，也无论他是否意识到这一点，这都限制了译者的行为。译者身上存在着"忠实"与"背叛"间的不可逆的辩证关系，甚至体现在他作为书写者的立场上：纯粹的译者是一个需以原作品、原语言和原作者为书写出发点的人。但他的路径却显然是迂回的。在心理层面上，译者具有两面性。他需从两方面着力：强迫自我的语言吞下"异"，并逼迫另一门语言闯入他的母语。[1] 他想成为书写者，却只是**重写者**。

---

[1] 我们可以将这种情况同以法语写作的非法国作家的处境做个比较。其中包括其他法语国家的文学，也有另外一些作家并非出身于法语地区，比如贝克特，却以法语写就作品。我们将第二种创作归类为"外国法语"。它们是由"外国人"用法语写成的，语言和主题上都带有"异"的印记。它们的语言有时同法国人的法语颇为相似，（转下页）

他是作者，却永远不是**原作者**。他作为译者的作品是一部真正的作品，但终归不是**原作品**。这一系列的两面性会改变翻译纯粹的目的，并融入上文提到的引发文本变形的意识形态系统，甚至对后者加以强化。

分析学应作为翻译伦理学的补充，以便使翻译的纯粹目的不再只是一个虔诚的愿望或一则"武断的指令"。译者应

（接上页）但多数情况下却同我们的法语间隔着多少可感的间隙，就像我们成文的法语与《战争与和平》或《魔山》的法译本语言间的区别那样。这种"外国人的法语"同翻译所用的法语间有着紧密的联系。前一种情况下，那些"外国人"用法语写作，把"异"的印记印入我们的语言里；后一种情况下，我们用法语复写他者的作品，让它们住到我们的语言中，也为法语加上了"异"的烙印。关于这两种法语的相似之处，贝克特为我们提供了最生动的例证：他既曾用法语创作部分作品，也曾另将若干英文作品译为法文。在很多情况下，上述作品都属于一个"双语"或"多语"的空间，我们的语言在其间有着特别的境遇：有时它是被压制的弱势语言，有时则压制他者，但通常与其他语言处于对立甚至敌对的状态。这种情况同它在本土的处境大有不同，因为虽有地方性语言的存在，我们国家仍大致是一个单语言国家。这种情况催生了很多带有双重标记的作品：作为使用"边缘化"法语的外国作品，它们倾向于自我归入通俗文学，接纳具有表达力的民众语言。而作为用法语写成的作品，为展示自身的语言所属并表达与邻近强势语言的对立，它们往往采用比法国法语更纯粹的法语。这两种倾向常在同一作品中共存，如在爱德华·格利桑或西蒙娜·施瓦兹-巴特的作品中。无论何种情况，外国法语文本看起来总是与法国法语文本不同。上述两种对立的倾向让这种写作看起来更加类似于翻译文学，因为译者面对着"他者"的外国文本，也总是一边试图维护自身语言（过度法语化），一边将它向他者开放。这种结构性的并行是显而易见的，很多此类作家的写作目的都与译者的目的相同，二者都致力于丰富法文，这也并不令人惊讶。毛里求斯诗人爱德华·莫尼克宣称："我要为法语人工授精。"（《究竟该用哪种语言创作？》，《世界报》，1983年11月3日）

当"将自我置于分析中",辨析那些威胁他的实践并在语言和文学层面对他的决策造成潜移默化的影响的变形系统。上述系统同语体、意识形态、文学及译者自身的心理密切相关。我们甚至可以谈论翻译的精神分析学,正如巴什拉也曾论及科学意识的精神分析学:二者同样艰苦卓绝,同样对自我体察入微。这门分析学可施用于整体及局部分析,并以此来自我验证。以一本小说的译本为例,我们可以研究其中使用的翻译系统。如译本是排他性的,这就是一个倾向于摧毁原文本系统的翻译系统。所有译者都能在自己身上观测到这个无意识排他系统所造成的可怕现实。就其本质而言,翻译的分析工作与其他分析性工作是类同的,都有其多元性。由此入手,我们可以通向一个更开放而非更孤独的翻译实践,构建一个与文本批评相辅相成的翻译批评。不止如此:除对翻译行为的分析外,还应有在翻译视野内进行的文本分析。任何待译的文本自身都有系统性,在翻译的过程中,译者一定会感受到这种系统的存在,与之对抗,并力图将其展现出来。在这个意义上,庞德可以将翻译视为一种特殊的批评,因为它揭示了文本中暗藏的结构。上述文本系统的存在构成了翻译遭遇的最大阻力,却也是翻译得以进行的原因,更为之赋予意义。

原文本的另一个面向

任何翻译,即便其已臻于完善,也会有"获得"与"损失"的机制。我们亦可在翻译分析学的框架下对该机制进行分析。这正是我们所说的翻译的"近似性"。诺瓦利斯曾暗示过,翻译可以"强化原文本",也因此让我们感受到此处的得与失并不体现在同一个层面。这也就是说:在某个翻译里,得与失不是仅仅以百分比的形式呈现。除去这种无可否认的呈现形式外,还有一个层面:在这一层面上,原文本未能把原语言中显现出的某种东西显现出来。翻译让原文本转动,展现出它的另一个面向。那么,何为另一个面向?这仍需进一步探究。在这个意义上,翻译分析学应当为我们提供关于原作的知识,帮助我们理解原作与原语言,乃至与人类总体语言活动之间的关系。这是简单的阅读或批评所无法揭示的。通过在自己的语言中重塑原作的文本系统,译者撼动了母语,这毫无疑问是一种获得,一种"强化行为"。歌德也有过同样的理论直觉,将之称为"再生"。被翻译的作品有时的确经历了"再生"。不仅是社会或文化层面上的,还表现在用语本身。与之相对应的是,翻译同样具有可以唤醒译入语的沉睡的可能,只有它才能以一种与文学相区别的方式将之唤醒。作为诗人的荷尔德林开启了德意志语言新的可能,这些可能同他身为译者所开启的可能是相通的,却并不相同。

超验性目标与翻译冲动

现在,我们想简略地讨论一下翻译的纯粹的伦理学目标是如何同另一个目标——翻译的超验性目标——紧密相连的，以及另外一个可称为翻译冲动的相关概念。所谓翻译冲动，我们是指那种翻译的欲望，是它让译者成为译者。在此借用弗洛伊德的"冲动"概念，因为正如瓦莱里·拉尔波所说的那样，翻译冲动包含着广义上的"性意味"。

那么，什么是翻译的超验性目标？瓦尔特·本雅明曾在他那篇被奉为经典的文章中，论及过译者的任务。译者的任务就是越过现实语言的纷扰去寻找"纯语言"，而每种现实语言身上都有纯语言留下的救世主式的回音。这样一种目标——它与伦理目标完全不同——是在严格意义上属于形而上学的，因为从柏拉图式的角度来看，它寻求的是自然语言之上的"真"。本雅明在文中也曾提到，德国的浪漫主义者，尤其是诺瓦利斯，是此种目标最纯粹的化身。这种翻译是反巴别塔的，反对人类语言的不同所施加的暴政，反对经验主义。有趣的是，这正是处于蒙昧状态的纯粹的翻译冲动所追求的，就像在施莱格尔或阿尔芒·罗宾（Armand Robin）身上所体现的那样。他们身上有翻译一切的欲望，想成为多语种译者、全译者，而这种欲望又与他们和母语间紧张甚至对立的关系共生共存。对施莱格尔而言，德文是一种笨拙又生硬的语言，可以用来"工作"，却不能用来"游戏"。他眼中多语言翻译的意义正是让"母语"参与游戏。在某个点上，超验性目标可与伦理目标混淆，某位洪堡就表述过翻译应当"扩充"德语。但实际上，翻译冲动为自我制定的目标远走在任何人文主义目的的前面。多语种翻译的本身就是目的，本质则是以激进的方式让母语去自然化。翻译冲动的出发点永远应是对施莱尔马赫口中的"语言隐秘的舒适感"（das heimiches Wohlbefinden der Sprache）的拒绝。翻译冲动永远将另一种语言在本体论上置于较自身语言更高的地位。现实中，译者的初体验中不正是包括面对外国作品的语言多样性时所感受到的母语的贫瘠吗？在他那里，不同的语言间——其他语言和自我语言间——是分阶级的。所以说，英文或西班牙语会比法语更"灵活"、更"具体"、更"丰富"！这种阶级化并非客观所得的观察结果，而是译者实践中所遇，亦在实践中被其反复确证的。阿尔芒·罗宾的例子就能清晰证明，对母语的"憎恨"是翻译冲动的推进器。他有两门母语，分别是费塞尔语（一种布列塔尼方言）和法语。他的多语种翻译活动显然基于对"第二母语"的憎恶，在他看来，法语背负着沉重的罪愆：

> 我因此更喜爱那些于我眼中十分纯净的外语，它们同我之间有着那样的间隔：我的法语（我的第二语言）中充满了背叛。
> 人们竟用"是"来回应辱骂！

显而易见，翻译的先验性目标就是在救世主的感召下，超越现实语言和自身语言的局限性，以便获得真正至高的言语——罗宾说："成为唯一的言语而非言语之一。"——而这一目标是与纯粹的翻译冲动相关的。翻译冲动将母语同非母语对立起来以改造母语,并给予非母语更高的地位:更"灵活"、更"有趣"、更"纯净"。

我们或许可以将翻译的超验性目标视为对翻译冲动的不恰当的升华,而伦理目标则是对翻译冲动的超越。实际上,翻译冲动是伦理目标的心理基础,没有冲动的翻译只能是一条无力的指令。作为摹仿的翻译必然是冲动的。但同时来看,它也超过了冲动的范畴,因为虽然母语及其超验性目标要求对自我语言进行摧毁或改造,翻译却并不以此为目的。伦理目标就象征着这种超越,其中又显现出了另一种欲望:在外国语言和自身语言间建立对话式关系的欲望。

翻译史
翻译伦理学
翻译分析学

以上就是三个可定义以翻译及译者为研究对象的现代翻译思考的轴线。

翻译与跨文本性

还有第四条轴线,涉及文学理论及跨文本性。一部真正具有文学性的作品一定会在某个翻译视野中展开。《堂·吉诃德》便是最明显的例子。塞万提斯在小说中曾向我们解释记录主人公历险经历的手稿是从阿拉伯语译来的。原本是位所谓的摩尔作家、人称哈姆特·本格里的爵爷所作。这还不是全部:堂·吉诃德和神父曾屡屡就翻译进行博学的讨论,且其中多数扰乱"英雄"的精神的小说也都是译本。在几个世纪的时间里,阿拉伯语曾是伊比利亚半岛上占统治地位的语言,将这部最伟大的西班牙语小说巨著假托为阿拉伯文译本,这一举动本身就是种绝妙的讽刺。这当然可为我们展示西班牙文化意识的某些面向,亦可阐释文学与翻译的关系。近几百年中,这种关系已被15—16世纪的诗人所证明,又经荷尔德林、纳瓦尔、波德莱尔、马拉美、格奥尔格、里尔克、本雅明、庞德、乔伊斯与贝克特等人证实。

对于翻译理论来说,这是一片可待研究的肥沃土壤,前提是需挣脱跨文本研究过于狭隘的框架,将其与广义上的语言及文化研究联系起来。这属于跨学科领域,译者可与作家、文学理论家、精神分析学家和语言学家展开卓有成效的合作。

巴黎,1981年5月

引　言

　　本书旨在探讨德国浪漫主义者的翻译理论，其中包括诺瓦利斯（Novalis）、弗里德里希·施莱格尔（Friedrich Schlegel）[1]、奥古斯特·施莱格尔（A. W. Schlegel）[2]和施莱尔马赫（Schleiermacher）等人有关翻译的论述。我们还会将他们的论述与同时代其他人的翻译观做一个简略对比，如赫尔德（Herder）、歌德、洪堡和荷尔德林的理论。众所周知，德国的浪漫主义者，尤其是那些曾参与过《雅典娜神殿》（*Athenäum*）[3]编辑的浪漫主义者，曾创造过一系列伟大的翻译，为德意志民族留下了一笔辉煌的遗产：A. W. 施莱格尔［和路德维希·蒂克（Ludwig Tieck）］翻译了莎士比亚、塞万提斯、卡尔德隆（Calderon）、彼得拉克，还有为数不少的西班牙文、意大利文和葡萄牙文著作。施莱尔马赫

---

[1]　以后均称为 F. 施莱格尔。——译注
[2]　以后均称为 A. W. 施莱格尔。——译注
[3]　1798 年施莱格尔兄弟在柏林创办的文学刊物。此后，以他们为核心形成了一个文学流派，史称"早期浪漫派"或"耶拿浪漫派"。——译注

译介了柏拉图。这是一场系统且极具选择性的翻译行动。歌德、洪堡和荷尔德林的翻译也表现出了较高的选择性，但其译本的导向却让我们感知到不同。

上述翻译都问世于19世纪初叶，却在时间线上指向了一个对德国文化、语言和民族身份均有决定性影响的历史事件：路德16世纪时完成的《圣经》翻译。这部译作标志着一项传统的开端：翻译行为自此——直到今天——都被视为德国文化存在中不可或缺的一部分，更被当作德意志性（Deutschheit）形成中的奠基性时刻。从18世纪到20世纪，德国许多伟大的思想家、诗人和翻译家都曾指出过这一点。

莱布尼茨：

> 我无法相信还有别的语言能像德语一样如此精微地翻译这些神圣的文本。[1]

歌德：

> 无须借助自我的创作，仅凭着对异者的接收，我们就已经达到了文化构建（Bildung）中一个很高的层次。很快，别的民族都会去学习德语，因为人们会意识到掌握德语后在某种程度上就几乎无须再学习任何其他语言

---

[1] In Sdun, *Probleme und Theorien des Übersetzens*, Max Hueber, Munich, 1967, p.50

了。还有什么语言的最伟大的著作，是我们不曾借助杰出的翻译所拥有的？

长久以来，德国人一直致力于促进思想互通和民族间的彼此了解。懂得德文的人如同身处某个市场中，所有的国家都运来了自己的产品。

一门语言的力量不在推拒他者，而在将之吞噬。[1]

A. W. 施莱格尔：

只有对各国的民族诗歌表现出多重的接受度，并在可能的情况下让这种接受度成长成熟为包罗万象的普遍性，我们才可能更进一步地忠实再现诗歌。我认为我们即将创造一门真正的诗歌翻译艺术，这份光荣属于德国人。[2]

诺瓦利斯：

除罗马人外，我们是唯一一个曾以如此令人无法抵御的方式，经历过翻译冲动的民族，也是唯一一个如此地倚重翻译，来完成文化构建的民族。〔……〕这种冲

---

[1] In Strich, *Goethe und die Weltliteratur*, Francke Verlag, Berne, 1957, p.18 er 47.
[2] *Athenäum*, II, Rowohlt, Munich, 1969, p.107.

动标示着德意志民族至高而又极特别的品格。德意志性就是国际主义与各种个人主义中最具活力的那一部分混合的结果。只有在我们手中,翻译才变为扩展。[1]

施莱尔马赫:

内生的必要将我们推向大规模翻译,我们民族独有的命运于此种必要性中得到了足够清晰的表达。[2]

洪堡:

当语言意义扩张时,民族内涵亦会扩张。[3]

作为德意志民族身份的生成器,从路德时代直至现在,翻译在德国一直是理论思考的对象,类似情况在他处却颇难得见。在这里,翻译实践与理论思索共生共发。这种思考有时是纯粹经验论或策略性的,有时涉及文化和社会,有时带有直白的思辨性,其思考对象包括翻译行为的意义,翻译的语言、文学、超验、哲学和历史影响,语言间的关系以及自我与他者、我与异之间的关联。路德的《圣经》翻

---

[1] *Briefe und Dokumente*, p.367.
[2] Cité *in* Störig, *Das Problem des Übersetzens*, Wissentschaftlichc Buchgesellschaft, Darmstadt, 1969, p.69.
[3] *Ibid.*, p.82.

译本身正是德意志民族语言在面对"罗马"的拉丁语时的一次自我肯定,他本人也在《翻译的艺术同圣人的代祷》一文中强调过这一点。然而,在18世纪,自巴洛克翻译的繁盛直至赫尔德和福斯(Voss)的时期,法国古典主义的影响引发了纯粹追求形式、希望译本符合启蒙时代定义的"好品位"的翻译潮流。所以甘道夫(Gundolf)在谈论作为莎士比亚译者的维兰德(Wieland)时,说他是"从读者出发",而非"从诗人出发"。[1] 当时的德国人将这种潮流定义为"法国式的",后随着英国文学进入德国和开始回归传统〔民间诗歌、中世纪诗歌、雅各布·伯麦(Jacob Boehme)的哲学等〕,以及用 A. W. 施莱格尔的话来说,对世界文学的开放越来越"多样化",法式翻译很快败退。这也是一个先有莱辛,后有赫尔德和歌德等人共同建构自我文学(虽然这种文学并不一定是民族的,尤其是在晚期浪漫主义时期,更谈不上民族主义色彩)的时代,自我文学清晰地界定了它与法国古典主义、百科全书派、西班牙黄金世纪、意大利文艺复兴时代诗歌、伊丽莎白时代戏剧、18世纪英国小说间的关系,尤其是最终在由温克尔曼(Winckelmann)重新引燃的古老的古今之争的框架下定义了与古希腊罗马文学间的关系。关于最后一点,需要判定是希腊人还是罗马人应当享有优先权。对于聚集在《雅典娜神殿》周围的浪漫主义者来说,这个问题非常重要,就此进

---

[1] Sdun, *op. cit.*, p.32.

行的探讨更一直延续到尼采时代。

在这场广泛的自我定义行动中,在这幕发生于欧洲文学游戏空间内部的情境里,翻译起到了决定性作用,这在很大程度上因为它是对形式的传递。从赫尔德到格林兄弟,对故事、民间诗歌以及中世纪歌曲和史诗的再发掘有着同样的意义:这是一种语内翻译,德国文学借此兼并了一座巨大的形式宝藏,远不止是对主题和内容的积累。语文学、比较语法、批评和文本阐释均在18世纪初于德国面世,在这场行动上起到了相似的作用:A. W. 施莱格尔身兼批评家、译者、文学理论家、语文学家和比较学者的角色。洪堡既是翻译家,也是语言理论家。施莱格尔则是"阐释学家"、翻译家和神学家。批评、阐释学与翻译间也因此产生了联结,稍后我们会看这一联结意味着什么。

正是在这片开始被德国人称作文化构建(Bildung一词有"文化"和"形成"两重含义)的场域中,浪漫主义者、歌德、洪堡与荷尔德林开展了他们的行动。浪漫主义者的翻译表现为一场有意识的计划,既满足时代的具体需求(丰富诗歌和戏剧形式),又符合他们独特的视野,而这一视野上又带有康德、费希特和谢林等人定义的唯心主义的印记。F. 施莱格尔、诺瓦利斯与施莱尔马赫都积极地参与到这场思辨过程中。对于理论家身份较不明显的歌德来说,翻译可融入世界文学(Weltliteratur)的体系中,而后者所能利用的最纯粹的媒介,如他在之前引用过的文章中所言,正是德意志的语言。翻译是构建世界性的工具之一。这是德国古典主义的视野,歌德、席勒和洪堡都是该思潮的重要代表。对于《雅典娜神殿》的浪漫主义者来说,"大规模"践行的翻译以及随之而来的批评活动,是一个至关重要的时刻,标志着"渐进的总汇诗"的形成,即意味着诗歌作为绝对的存在获得肯定。A. W. 施莱格尔和蒂克都是这种有计划的翻译活动的具体执行者,F. 施莱格尔和诺瓦利斯则是理论家。当然,如果同他们针对批评、断片和广义上的文学艺术发表的系统理论相比,后两位作者并未就翻译理论做出系统表述。但在浪漫主义者留下的诸多文本中,还是存在对翻译的思考,且这种思考常与那些更成熟的、关于文学和批评的论述紧密联系在一起。他们的理论仿佛一座迷宫,迷宫的结构似与翻译和可译性有关,我们需要在迷宫中锁定与翻译相关思考的位置,并重新进行构建。诺瓦利斯在给A. W. 施莱格尔的信中说,"毕竟所有的诗歌都是翻译"[1],也就是说,在他看来,诗歌(Dichtung,这是诺瓦利斯心中至高的概念)和翻译是有着无法探究的本质上的相似的;F. 施莱格尔写信给兄长,声称"我身上那种可以进入伟大思想者的最亲密的特殊处的能力,你常坏脾气地加以批评,将之唤作'译者的天赋'"[2],证明他认为——虽然是在心理层面上——批评、理解和翻译间存在着同样的本质上的相似。这同哈曼(Hamann)《袖珍美学》(*Esthetica in Nuce*)中的句子可以互

---

[1] *Briefe und Dokumente*, p.368.
[2] Lettre du 11-2-1792, in Sdun, *op. cit.*, p.117.

为呼应：

> 说话，就是翻译——将天使的语言转化为人类的语言，也就是将思想变为词语，把事物变成名称，把图画变为符号。[1]

然而，明显的是，在他们关于翻译与诗歌间关系的思考中，诺瓦利斯和施莱格尔的视角远比那种认为所有的思考和话语都是翻译的观点更加特殊。除对这种传统观点的赞同外，他们还在诗歌同翻译间辨别出了一种更为本质的联系。我们之后要论证翻译对他们而言意味着批评在结构上的副本，而此处"批评"一词的含义是非常特殊的，是《雅典娜神殿》的浪漫主义者所赋予的；我们也将向读者展示可译性本身就是实现认知、获取《百科全书》的手段。在这两种情况下，翻译是一个"浪漫化"的进程，是精神生活的本质，诺瓦利斯将之称为"无限变幻"[2]。在这样一种纯思辨性的理论框架下，语言和具体的翻译实践又当如何？当翻译自我定义为"将一切的可译性于一切上付诸实践"时，我们就会明白将要发生什么。鲁道夫·潘维茨（Rudolf Pannwitz）下面的这段评论为我们提供了灵感，他认为 A.

---

[1] 此处我们引用的是 J.-F. Courtine 的译文，引自《诗歌杂志》(*Poɛsie*)，第 13 期，巴黎：贝兰出版社 1980 年版，第 17 页。
[2] 关于对这一概念的分析，请参见第 5 章。

W. 施莱格尔的译本与其说将莎士比亚"德意志化"了,不如说更多的是"意大利化":

> A. W. 施莱格尔的莎士比亚译本被高估了。他的笔触软弱无力,过多地浸润在罗曼语诗歌和歌德的诗作中,想要再现莎翁诗句庄重的野蛮感;他的诗句更像意大利文诗歌,而并非英语诗歌。[1]

潘维茨的论断显然颇具论战意味,首先就指向了一个历史事件:浪漫主义者将"罗曼语的艺术形式并入德国文学中"[2]。我们不应忘记,"浪漫主义"(romantisme)源于"roman"[3]一词,《雅典娜神殿》的成员们恰切地利用了该词的双义性,兼顾了"罗曼语的形式"和"小说的形式"。此外,上述引言还在更深的层面上指向了浪漫主义者与广义上的语言间堪称"变化无端"的关系,他们似乎觉得自己可以入住其他所有的语言。阿梅尔·盖尔纳(Armel Guerne)准确地指出了,诺瓦利斯与拉丁文和法文(还包括德文中起源于罗曼语的表达方式)间有着某种奇怪的关系:

---

[1] *Die Krisis der europäiscben Kultur*, Nuremberg, 1947, p.192.
[2] Benjamin, *Werke*, I, 1, Suhrkamp, Francfort, 1974, *Der Begriff der Kunstkritik in der deutschen Romantik*, p.76.
[3] "Roman"一词可以作形容词解,指代所有与罗曼语或罗曼语民族相关的事物;亦可作名词解,意为"小说"。——译注

> 诺瓦利斯的语言〔……〕被奇特地法国化或拉丁化了，这种变化甚至深入到了词汇层面。[1]

在某种程度上，我们可以说浪漫主义的翻译是试着同语言及其背后的文学创作做游戏，让它们彼此之间在各个层面上"融会贯通"（尤其是在韵律层面，这也是潘维茨做出上述论断的原因：A. W. 施莱格尔有时会借助"意大利式的韵脚"来翻译莎士比亚），就像百科全书会将不同的科学门类彼此融合在一起：

> 一门科学只有借由另一门科学才能得到真正的呈现。[2]
>
> 百科全书式的（*Encyclopédistique*）。存在着一门同时兼具哲学性、批评性、数学性、诗学性、化学性和历

---

[1]《此处与当下》，引自《德国浪漫主义》，《南方通讯》，1949年，第357页。盖尔纳在别处申发了这一观点："在他写就的断片中，诺瓦利斯不知有多少次都曾表达过，他幻想着一种比自己的语言更和谐的语言！〔……〕这有助于理解为什么〔……〕在诺瓦利斯身上，有一种如此强烈的、深入词汇的将德文法文化的倾向，他在词汇中的表现在精神层面上甚至可以说是属于拉丁文的。〔……〕毋庸置疑，诺瓦利斯的作品内部存在要将之转写为法文的理由，这是一种原生的需求，满足这一需求，就可以给他带来或"回馈"些什么东西——可能是反思或翻译——虽然这会同时让作品在转换中经受不少的损失。"这也说明了盖尔纳为何会对诺瓦利斯进行一种"法文化"的翻译，虽然上述论述无法证明这种过于武断的翻译法的正确性。

[2] Novalis, *Fragmente I*, n°1694, pp.448-449.

史性的科学类别。[1]

有意识地忽而前往一个空间,忽而去向另一个,就像到了另一个世界,这都不是单纯依靠沟通与想象完成的,而是要借助整个灵魂;自由地忽而抛弃自我存在中的某一部分,忽而抛却另一部分,忽而将自我局限在某个特定的部分,忽而将自我禁锢在某个人类的个体性中并刻意忘却其他的所有:为了做到这些,一个精神体在某种意义上需要成为很多的精神体,自己本身需囊括一系列的人格。[2]

百科全书与渐进的总汇诗参与的是同一场游戏。这场游戏并不是无关紧要的,不仅仅是对"译者的天赋"的语文学表达:它是精神和自我间的游戏的反射,或者说是象征。对诺瓦利斯而言,语言活动进行的就是这样一种游戏,他在著

---

[1] Novalis, *Fragmente I*, n°38, p.18
[2] F. 施莱格尔,引自 Ph. 拉古-拉巴特、J.-L. 南希,《文学的绝对》,巴黎:瑟伊出版社,1978 年版,第 114 页。F. 施莱格尔这篇文章亦曾被贝达·阿勒曼在《讽喻与文学作品》中引用,蒲弗林根:奈斯克出版社,1969 年版,第 58 页:"好的批评者和定性者应当像物理学家一样忠实、认真和多样地观察,像数学家一样准确地测量,像植物学家一样严谨地分类,像解剖学家一样剖析,像化学家一样分解,像音乐家一样感知,像演员一样模仿,像情人一样切身拥吻,像哲学家一样用目光捕捉一切,像雕塑家一样进行三维研究,像法官一样严肃,像考古学家一样充满宗教热情,像政治家一样审时度势,等等。"总而言之,将自我融入一切,被融入一切,将一切融入一切。这就是浪漫主义的"译者的天赋"。

名的《独白》(*Monologue*)中说道:

> 有一个可笑且令人惊诧的错误,那就是人们总幻想并认为自己是以事物为依据来组织话语的。没有人了解语言的本质:坦率地说,语言只被它自身所占据。这就是为什么语言是一个如此神奇而又如此丰饶的神迹:当一个人仅为说话而说话时,他就是在传达最特别而又最神奇的真相……要是我们能让人们明白,语言其实和数学公式一样该有多好:数学公式自成一个世界,这个世界只属于它们。它们只与彼此玩耍,这是它们表达力如此之强的原因,也是它们可以折射事物间的奇特关系的因由。它们享有自由,所以是自然的成员;仅仅借着它们自由的运动,世界的灵魂就得以展现,世界也因此变为一台可以精准衡量事物的度量衡且可以用一种类似建筑的结构来组织事物。语言也是如此。

正如我们看到的那样,对异国韵律的征服,还有诺瓦利斯语言的法国化,这都是和语言活动及语言进行的游戏。那么在此游戏中,不可译性又该如何呢?所谓"不可译性",就是由语言差异导致的不可转化性,此种不可转化并不一定是语言学层面上的;每个译者都会在他于实践中遭遇的不可能里见到不可译性,却又必须面对并进入这种不可能。我们之后会看到,浪漫主义者给予了"不可译性"怎样的地位(或者说是无地位),这种地位同"可批评性"和"不可批评性"有着紧密的联系。我们还会看到，可译性和不可译性似乎是由作品的本质来先期决定的。可以这样来表述这一悖论：未曾自我翻译过的作品都是不可译的，或者说是不值得被翻译的。

让人不无讶异的是，在歌德、洪堡还有荷尔德林有关翻译的思辨式理论中，并未真正提到语言活动或语言的问题。他们将翻译融入文学理论中，将作品视为诗学绝对的中介物，而翻译却也因此丢失了具体的文化及语言维度。此处唯一的例外是A. W. 施莱格尔，他以几乎纯技术的角度来思考他国的诗歌韵律进入德文的问题。从这种视角看来，语言不再是一种维度，而是某个诗学游戏中驯顺或倔强的工具：

> A. W. 施莱格尔曾写道：我坚信，语言同其使用者的意愿、分寸感及敏感性（Sinn）是分不开的。〔……〕我们的语言是僵硬的，我们却因此变得更柔软；我们的语言过于苛刻涩口，我们就特意选择些温暖悦耳的词汇；必要的情况下，我们还擅长做些文字游戏，虽然德文在这方面一向显得尤为笨拙：它只想一直工作，不愿玩耍。那我们的语言的那些奇妙且广为称颂的优势究竟在哪里呢？正是这些优势让它成为唯一一个被召唤去翻译所有其他语言的译入语。它的词汇相当丰富，没有我们在翻译时所感受到的那样贫瘠；拥有组合造词的能力，在这里那里都能衍生出词汇；语序要比若干现代语言更灵活；韵律上也有某种柔软性。说到这种柔软性，

它是极其自然的,因为自普罗旺斯抒情诗时代开始,我们的诗歌大致就是对异域范例的模仿。至于古典诗歌被成功引入德文,我已在别的文章中解释过,这更多得益于某些诗人的节制和敏感,而非语言本身的结构。[1]

所有的一切都似乎是要邀请语言去玩一个游戏,一个关于柔软性的游戏,而语言是无法自然而然地完成游戏准备的。同一篇文章中,A. W. 施莱格尔还将这种操作类比为古罗马人在历史上的创举:后者通过大量的翻译努力,将自我的语言"文明化"了。

与《雅典娜神殿》的实践及理论尝试相比,施莱尔马赫和洪堡的思考代表了一个时刻:一个翻译进入阐释学与语言科学视野的时刻。典型事件为:这两位思想家遇到了语言的问题,还遭遇了人类与语言活动的关系问题:从一个绝对主体的立场出发,语言是永远无法统领一切的。诺瓦利斯常常把语言当作一种思考主体所使用的工具:

> 语言也是一种由冲动向形成(Bildungstrieb)过渡时所产生的产品。就像"形成"可能在最不同的情况下以同样的方式完成,语言也经历了持续的培植、发展和活跃,最终成为某种组织法的深层表达方式,或是某个哲学体系的表达法。所有的语言都是一种公设。它的来源

---

[1] *Athenäum*, Band II, p.108.

是实证的、自由的。[1]

"公设"与"实证"二词指向同一个事实:语言活动是被预设的,它被精神设定为其表达方式。依照这种理念,语言永远无法被当作人类不可捕捉性的体现,而这是与自然语言既实证又"超验"的多样性相矛盾的,我们亦可将这种多样性理解为自然语言想要成为巴别塔的隐晦特性。洪堡与施莱尔马赫都曾走近上述语言活动中的真相,却未明确予以承认。但他们的思考方法已不像《雅典娜神殿》时期那么具有思辨性。洪堡的论述源于魏玛的古典主义,施莱尔马赫则植根于耶拿浪漫派,他们都凭借上述思路为对翻译的思考开启了一个新纪元:之后,经历了语文学实证主义的辉煌时期,当适宜讨论过往经典宗教文本和文学作品的重译的时机来临时,德国学界再次提起了他们的翻译主张,代表人物如罗森茨威格和莎德瓦尔德(Schadewaldt)。当鲁道夫·潘维茨说出下面的话时,他就已经感觉到了时代巨大的变迁:

> 我们的翻译,哪怕是那些最好的翻译,都基于一个错误的原则:它们试图将梵文、希腊文或英文德意志化,而并非将德文梵文化、希腊文化或英文化。……翻译最本质的谬误,就是保留自我语言那种无关紧要的状

---

[1] *Fragmente II*, n°1922, p.53.

态，而不是将它置于他者语言的暴力考验之下。……我们无法估量这种做法在多大程度上是可行的，不能预计一种语言在多大程度下可以被改造。语言与语言间的距离，并不会比方言与方言之间的距离更远。这一结论并非草率而就，而是认真思考的结果。[1]

同一时期，因其倾向于将德语置于"外语粗暴的考验"之下，荷尔德林的翻译走进人们的视野，一起出现的还有语言间的关系：语言间的关系是交合和区分，是对抗和杂交。更准确地说，对荷尔德林译本的关注焦点是翻译中所表现出的母语和其他语言的关系，这一关系也决定了母语与其自身间的关系。这是我们今天正在经历的变革，也是我们应当经历的变革。随着语言学、现代批评和精神分析等学科的发展，我们对语言活动及广义上的语言所知更多，上述变革趋势也因此更加明晰。

浪漫主义的翻译理论是诗学的，也是思辨的，它在很多方面都为当下的文学及翻译思想提供了土壤。本书所做的研究有着双重目的：一方面，我们想揭示翻译理论在浪漫主义思想体系中曾扮演过的，却至今不为人知的角色；另一方面，想探讨浪漫派的理论预设，促进我们对现代性的批判。"思辨"的翻译理论与"不及物"或"独白性"的文学理论间

---

[1] Pannwitz, *op. cit.*, p.193.

是存在关联的。[1]关于这一点,20世纪也有许多鲜明的例子,如布朗肖、斯坦纳和瑟赫。《雅典娜神殿》的浪漫派为我们开启了一条演进的路线,但今日这条路线已走至重复与模仿的阶段:我们需从中解脱出来,筹备一片新的文学、批评和翻译领域。

就其根源来看,思辨的翻译理论与"不及物"的诗歌理论终归是"属于过往的事物",不管它们披上了怎样的"现代"外衣。它们阻碍了对翻译的历史性、文化性和语言性所进行的思考。今天,我们已经越来越多地意识到了翻译的上述属性。

本书中,我们会对古典浪漫时期德国的翻译理论进行一个批评性的梳理,这主要基于两种经验。

首先,第一种经验是我们与德国浪漫主义间长期的熟稔甚至是共生。[2]和很多人一样,我们曾与布勒东、贝甘(Béguin)、本雅明、布朗肖、盖尔纳(Guerne)和雅各泰(Jaccottet)等人一起,在浪漫主义思想中寻找过现代文学意识令人神往的起源。还有什么流派能比德国浪漫派更让人心神激荡、更饱含幻想之力呢?浪漫主义思想包含着理论和幻想的双重魔力,我们曾以为在其中找到了诗学与哲学的结合

---

[1] 关于何为"独白性"或"不及物",参见 Todorov, *Théories du symbole*, Le Seuil, Paris, 1977, 以及 *Mikhaïl Bakhtine, Esthétique et théorie du roman*, Gallimard, Paris, 1978。

[2] Antoine Berman, Lettres à Fouad El-Etr sur le Romantisme allemand, in: *La Délirante*, n°3, Paris, 1968.

（虽然只是幻想中的结合）。德国浪漫主义是我们当代的神话之一。

我们现在的文学与思考路径渐渐脱离了原有的历史语言土壤，越发缺乏活力与生机，却越发地渴求自我肯定和绝对性。它们在德国浪漫主义中看到了自己的镜像。当然，在现代诗歌史上，并非一切都是独白或反思性的。[1]但这绝对是最突出的主流。我们每个人都能在上述潮流中找到自己的影子。但我们同样可以凭借之前于其他文学维度处获得的经验，拒绝这种潮流，这也正是我们将采取的立场。我们可以在17世纪之前的欧洲诗歌与戏剧中、在小说的创作传统中找到这种立场，直到今日这种立场显然仍未消失。德国浪漫主义对上述维度亦有了解，因为这正是他们最青睐的翻译与文学批评的践行地。但同时，他们与这种维度间又始终保持距离，中间隔着无法逾越的鸿沟，我们可以在A. W. 施莱格尔的作品中看到这一点。

在翻译过德国浪漫主义者的作品之后，我们转而翻译拉丁美洲的小说作品，因此更清晰地看到了这种维度。[2]就像16世纪的欧洲作家一样，罗亚·巴斯托斯（Roa Bastos）、吉马良斯·罗萨（Guimaraes Rosa）或J.-M. 阿尔格达斯（Arguedas）等人——在此我们只提到这些最著

---

[1] 浪漫派的思想也并非都是独白性的或反思性的。在此，我们谈论的对象仅限于耶拿浪漫派，它一直是神化的对象。
[2] 贝尔曼，《拉丁美洲文学》，《文化》，联合国教科文组织，1979年；《拉丁美洲文学作品的翻译》，《次日》，柏林，1982年。

名的作家——都以民间口传传统为写作出发点。由此也向翻译提出了问题：我们要如何在我们的语言中重塑这些根植于口传文学的文本？毕竟我们的语言所经历的历史、文化和文学轨迹与这些文本所用的语言是全然相反的。可能人们只能从中看到一个技术问题、一个局部问题，仅此而已。但实际上，其中存在着一个挑战，对翻译的意义和权力提出了新的质疑。若想让我们的语言能够忠实地接纳这些文学作品，也就是说要想让它逃离种族中心主义的陷阱，我们必须对现代法语做些什么，也就是必须借助翻译的力量，参与到这场离心和变革运动之中；我们的文学（包括文化）需要这场活动，后者可以帮助它重拾自古典主义时期以来就已经部分（当然不是全部！）丢失的自我品格与体验。即便法国浪漫主义曾经想要将这种丢失的传统寻找回来，我们这样做也不算多余。如果翻译希望拥有参与这场运动的能力，它就需要进行自我反思，并反思自己所拥有的能力。这种反思必然是一种自我肯定。再强调一遍，自我肯定这一活动是拥有其历史和文化坐标的：它必然是为某个文学的转向服务的。拉美文学翻译所引发的问题绝非局部问题，我们不难在其他翻译领域中找到类似症结。不过，假如翻译实践中已无可改进的地方，所有翻译"理论"就不再有存在的必要。德国浪漫主义者、歌德、洪堡、荷尔德林、施莱尔马赫也曾以他们的方式遭遇类似困境。这就是我们为什么要试着重新书写——虽然也只是书写了其中一部分——欧洲翻译史及德国文化中的这一重要章节。这个章节意义非凡，我们可以从中找寻到许多当时人曾面临的却与今时无异的选择。[1]这项历史学工作是为某场文化斗争服务的：斗争中应肯定翻译的特殊性并表达对某种现代文学传统的拒绝。如果说翻译最终也无法成为一项有自我意识的创造性的离心运动，它屈就于那个古老的女仆化境地也是理所当然了。

最后，我们还需梳理下那些对本书颇有启发的前人成果。就我们所知，并未有过针对德国浪漫派的翻译实践及理论的整体性研究。最多只能找到几本关于蒂克（L. Tieck）和 A. W. 施莱格尔的译作的作品。另有一些德国的博士论文，会指出某位浪漫主义者同一门外国文学间的关系，但也未直接阐述研究对象对翻译的本质、目标和意义的看法。[2]少数几本德国著作聚焦浪漫派的语言观，因此发现了翻译对他们的语言理论的重要意义，但书中的分析多冗长浅显。对歌德的翻译的研究也遭遇了类似情形。但荷尔德林的翻译（尤其是他对希腊文的翻译）却是曾被人细致探讨过的，尤其是贝斯纳和莎德瓦尔德对此多有论述。

因此，本雅明成了唯一一位曾经认识到这一研究主题的重要性，并将其嵌入整个浪漫主义思想体系中的作者。他撰

---

[1] 参见本书的结论部分。
[2] 这同时也说明了翻译在文化上及意识形态上受到了多大的忽视。参见 A. Huyssen, *Die frühromantische Konzeption von Ubersetzung und Aneignung. Studien zur frühromantischen Utopie einer deutschen Weltliteratur*, Atlantis Verlag, Zürich/Freiburg, 1969。

写了《德国浪漫主义的批评观》一书，这也许是对《雅典娜神殿》浪漫派理解最为深入的一本著作：

> 除去对莎士比亚的翻译之外，浪漫派的创举还在于他们将罗曼语文学的形式吸收到了德语文学中。他们有意识地吸收、发展和提纯了这些形式。但是，他们同这些形式间的关系却与前代不同。启蒙时代（Aufklärung）时，人们多是将形式作为美学规则，把对它的服从当作在作品中创造或崇高或娱人的效果的先决条件。浪漫主义者却不这么认为，对他们来说，形式并不是一种规则，也不依托规则而存在。F. 施莱格尔为这种形式观提供了哲学基础，如果没有这种形式观，A. W. 施莱格尔对意大利、西班牙、葡萄牙作品的翻译都不会成为可能。[1]

在别处，即《译者的任务》一文中，本雅明也提到了浪漫派：

> 与很多人相比，他们很早就意识到翻译是作品生命的证明之一。当然，他们并未明确地承认翻译的这一角色，他们所有的注意力都在批评上，而批评也可以在某个更弱的程度上表现为对作品生命的延续。然而，虽然

---

[1] W. Benjamin, *op. cit.*, p.76.

他们未能依照理论模式来研究翻译，他们的重要译著中却不乏对翻译本质的认知和对翻译的尊重。[1]

虽说本雅明低估了浪漫主义者屈指可数的几篇关于翻译的文章的价值，但他却清晰勾画出了翻译在浪漫主义思想中的地位。此外，他本人的翻译观即可视为对诺瓦利斯和F. 施莱格尔的理论直觉的激进化。

我们还参考了 P. 斯丛狄（P. Szondi）、B. 阿勒曼（B. Alemann）、M. 塔耳曼（M. Thalmann）、拉古-拉巴特（Lacoue-Labarthe）、J.-L. 南希（J.-L. Nancy）等人关于浪漫主义思想的著作。至于诺瓦利斯与F. 施莱格尔，我们部分引用了作者本人之前的一篇文章，即《就德国浪漫主义与福阿德·埃尔-艾特尔进行的通信》（*Lettres à Fouad El-Etr sur le Romantisme allemand*）。

在翻译和文学观方面，我们与巴赫金的理论多有观点上的呼应。乔治·斯坦纳的《巴别塔之后》中包含了广阔丰富的信息，堪称翻译理论的奠基之作，虽然我们对其文末的理论思考尚持保留态度。另外，H. J. 斯托依格（H. J. Störig）所写的《翻译的理论问题》（*Das Problem des Übersetzens*），也为自路德时代起的德国的翻译理论提供了一个极好的全景

---

[1] Walter Benjamin, *Mythe et violence*, trad. M. de Gandillac, Denoël, Paris, 1971, pp.268-269.

化视角。[1]

由于本书主要停留在理论层面,除去少数例外,我们不得不放弃对浪漫派及其同时代译者的译本进行具体分析。若望分析精准,恐怕还需比本书更长的篇幅才能完成计划。

---

[1] 写完该段落后,1982年在联邦德国的马尔巴赫举行了一次题为"世界文学——歌德世纪的翻译之乐"的展览,承办方为德国席勒研究中心。这次展览提供了一份约有700页的展品目录,并配以丰富的图片,囊括了浪漫主义年代所能找到的所有的翻译材料。此后,若还有人要研究浪漫和古典主义德国的翻译或翻译理论,这本目录都是不可绕过的。

1 路德:翻译的奠基作用

> 所以无怪乎,德国散文的杰作
> 便是其最伟大的牧师的杰作
> ——《圣经》迄今一直是
> 最优秀的德文书籍。
> 尼采,《善恶的彼岸》,(*Par-délà le Bien et le Mal*,
> Aubier-Montaigne, Paris, 1951, p.192)

在其《关于〈西东合集〉的注释及论述》(*Notes et réflexions pour une meilleure compréhension du Divan occidental-oriental*)一文中,歌德说道:

> 近来,借着翻译,德国在有关东方的研究方面不断取得新的进展。因此,我认为应当发表些我的看法。这些看法说不上新颖,但有必要重申。
>
> 翻译有三种。第一种翻译将他者按照我们所理解的方式来呈现给我们。若是从事这种翻译,散文语体最合

适不过了。实际上,散文可以抹杀任何民族诗歌中的特殊性,将诗性激情降低到一个普遍的程度。开始时,这种翻译是尤为有益的:当我们还沉浸在本国的日常生活中时,这种翻译可以唤醒我们,向我们展示他者的卓越之处;在我们尚未意识到的时候,它就已经帮助我们从自我中升华出来,为我们带来真正的构建。路德的《圣经》翻译所起到的正是这种作用。[1]

《诗与真》中亦有篇章可与上述引言互为呼应:

> 这位了不起的伟人(路德)为我们提供了这样一部作品,在其中一次性地展现了多种语言风格;他的笔触充满诗意和历史感,且富含活力及教育意义,与那些紧密贴合原文特性的翻译相比,他的译本其实更能促进宗教的发展。长久以来,译者们一直试图将《圣经》中的《约伯书》《诗篇》或者是其他圣歌展现给普罗大众,却收效甚微。其实,对于我们所面向的民众来说,一份简单的译本即是最好的选择。那些所谓"可以与原著抗衡"的批评式翻译唯一的作用只不过是占去了那些博学之人的心神罢了。[2]

---

[1] *Le Divan occidental-oriental*, Aubier-Montaigne, Paris, 1963, p.430.
[2] *Dichtung und Wahrheit*, Art. Ged. Ausgabe, Bd 10, p.540.

歌德的上述评价已经得到了德国传统学人的广泛认同，它着重揭示了路德所译《圣经》的历史意义。路德放弃了完成一个"批评性译本"，放弃了在译文中揭示原作的行文特点，却因此创作出了一本能为德国普通民众所理解的著作，也为一种新的宗教情感的产生奠定了基础，即属于宗教改革的宗教情感。这就是路德译本对《圣经》传播的积极作用。那么，歌德的这种评价在什么程度上符合路德工作的真相呢？

自1521年至1534年，路德一直同一群博学之士合作进行翻译。他们参考的版本主要是《圣经》拉丁文译本及希腊文译本，有时也会对照希伯来文原文。那时，《圣经》已有其他的德文译本——第一部德文版1475年即已面世——但其中往往充斥着拉丁文化的表达法。而路德的翻译目的，却是将这些宗教文本全盘德意志化（Verdeutschung）。在一篇颇有辩论色彩的作品即《翻译的艺术同圣人的代祷》中，路德明确阐释了他的翻译宗旨，捍卫了他的译作及所秉持的翻译原则，回应了他人的攻击。曾有人诘难：

> 这份《圣经》译本多处有改动，甚至有篡改。

这有可能会：

> 在很多单纯的信众心中，甚至会在那些不懂希伯来

语和希腊语的饱学之士心中,引起愤怒与恐慌。[1]

有一个细节:在翻译《圣经》中一篇使徒保罗所著的篇章时,路德曾在一句话中加入了"仅仅"这个词,而无论是在拉丁文版还是在希腊文版中都没有上述字眼儿。路德就此回应道:

> 我想说德语,并非拉丁语或希腊语,因为我在翻译中就已经开始讲德语了。根据德文的习惯用法,如果我们要同时谈论起两个事物,然后肯定其中一个,否定另一个的话,我们就要在"不"或"没有"这些词的旁边加上"仅仅"(solum)。……日常生活中,我们也总能见到这种用法。[2]

这场讨论指向了一个更宽泛的判断:路德想为信众群体提供一个用"好的德文"写就的文本。但是,在路德的时代,"好的德文"意味着什么?自然不会是那种拘泥于规则、困囿于旧时规范的德文,而只会是那种从方言(Mundarten)中提炼出的德意志语言。还是在上面这篇文章中,路德在接下来的几个段落里做了清晰的表述:

---

[1] Luther, *œuvres*, t. VI, Labor et Fides, Genève, 1964, p.190.
[2] *Ibid.*, p.195.

> 想知道怎么说德语，当然不能像那些蠢人一样，向着拉丁文的故纸堆中去寻找，而是应当去请教家中的母亲、街上的孩童或市集中的普通行人，看着他们的口唇才好知道他们是如何说话的，并照此去翻译；这样他们才会明白并注意到，我们在和他们一起讲着德语。[1]

所以，翻译，意味着聆听民众的话语，聆听他们的日常表达，以便《圣经》能真正被他们所听见。"好的德语"就是民众的德语。但民众所说的德语的数量是无穷无尽的。这就要求译者在承认并保留方言多样性的同时，适度地从方言的纷繁复杂中超脱出来，使用处于方言之上的德语进行翻译。路德进行的双重尝试正是由此而来：原则上采用当地的、自己的德语（Hochdeutsch 或高地德语）进行翻译，但同时在翻译的过程中，将这种当地的德语普及为通用德语，成为"通用语"（lengua franca）。为了让通用德语最终不再落入脱离民众的境地，势必要保留一些民众语言中通行的表达范式。所以一方面是对口语化语言的特意持续使用，语言中充满了画面、俗语或句式；另一方面是一项精妙的提纯工作，是对语言的去方言化。例如，《马太福音》（12：34）中耶稣说道"ex abundantia cordis os loquitur"，路德并未将其翻译成"从心的丰满中口开始说"，因为"没有任何德国人会这么说"。路德将其改译成"当一个人的心中变得充实

---

[1] *Ibid.*, p.195.

时,他的思想自然会从口中流露出来"[1]。因为"家中的母亲和平常人都是这样说话的"[2]。这既不是拉丁语,也不是纯粹的方言,而是一种扩大化的民众语言。这样一种翻译工作并不容易,路德曾坦言:

> 在很大程度上,那些拉丁字母都妨碍我去说真正的德语。

困难毋庸讳言,但路德的尝试显然取得了成功:路德译本一经面世,虽难免受批评诟病,却也引起了巨大的反响,后又经多次再版。很快,译本所面向的民众就开始背诵其中的段落,将该译本纳入了德意志的文化遗产。正如歌德注意到的那样,从一开始,它就成了德国宗教改革的基石。但它的历史意义还远不止于此:它将高地德语改造成了通用语,几个世纪以来,后者一直都是书面德语的范本。在路德的译本中,文学德语首次获得了具有决定性意义的自我肯定。改革家路德也自此被奉为一位真正的作家、一位语言的创造者,赫尔德和克洛普施托克(Klopstock)也曾这样赞美过他。

现在,让我们来仔细看看"德意志化"究竟代表着什么。18世纪末随着歌德和浪漫派翻译理论的涌现,以及荷尔德林希腊文译本的面世,很多关于翻译的问题也开始出现,而

---

[1] *Ibid.*, pp.195-196.
[2] *Ibid.*

"德意志化"这一概念或许可以为上述问题提供解答。路德所激烈排斥的,是作为罗马教廷官方媒介的拉丁语,更广泛地说,是书面的拉丁语。此处,我们触及了16世纪(或者说是宗教改革和文艺复兴时期)所特有的一个现象,巴赫金曾在一本关于拉伯雷的书中对之有过精彩的论述:

> 语言之间有相互引导,有互动,有彼此映照、彼此启迪。各种语言直接并浓重地固化了彼此的面孔:在他者的映照下,它们认清了自我,了解了自身的可能与局限。不管是从某件事物或某个概念中,还是从某个视角的选择中,都可以感受到这种语言的界定。[1]

对于我们目前讨论的有关路德的例子,巴赫金所说的"界定"自然体现为德语与拉丁文间的角力,但它同样也关系到:

> 一种语言内部的不同的民众方言。因为在当时,统一的民族语言尚不存在。在把统一的意识形态灌注进各种民众方言的过程中,在创造一种统一的文学语言体系的过程中,一种民族语言的内部会产生一种方言间的紧密的相互引导。……但是,这种事并不局限于方言之间。民族语言一旦形成,成为一种表达思想、书写文学的语言,它就势

---

[1] M. Bakhtine, *L'Œuvre de Franfois Rabelais*, Gallimard, Paris, 1970, p.461.

必要与其他的民族语言展开实质性的互动。

在此,巴赫金还着重提到:

> 这个过程中翻译起着极重要的作用。……我们知道它在16世纪的文学及语言生活中占据了不同寻常的地位。……另外,其实应当将那些尚未完全准备好,却正在趋于形成的语言作为译入语。这样,语言就最终得以形成。

路德的翻译就起到了这一作用。实际上,巴赫金所描绘的游戏空间是欧洲文学,虽然他在书中以法国文学为研究对象。但是,同一时期的法文翻译作品中,并没有任何一部可以发挥类似路德译作的奠基作用,这也解释了为何杜贝莱(Du Bellay)在《保卫与发扬法兰西语言》(*Défense et Illustration de la langue française*)一文中只予翻译以相对次等的地位。这是因为在法国,没有任何一部译著能够为法兰西的民族语言和文学语言奠基,我们没有《神曲》这样的作品。路德的《圣经》之所以能起到这样的作用,是因为它参与到了一场信仰改革的运动当中,那个时代人们重新思考与宗教文本间的关系,以激进的方式解读《旧约》和《新约》,面对罗马教廷的专制统治确立本民族的宗教认同,而路德的译本恰巧是上述背景下对宗教文本的德意志化。反过来说,只有随着这样一本"德意志化"的、能为所有人读懂的《圣经》的出现，这场运动才能进入真正的高潮。一切的背后有着决定性的历史文化背景，在德国完成了一场真正的断裂：从此之后，就有了前路德时期与后路德时期，这个断裂不但是宗教与政治层面的，同样也是文学的。[1]之后，赫尔德和其他浪漫主义者在探寻前路德时代的德国文学遗产时并没有质疑过这一点，歌德之前的引文也意识到了这场断裂的发生：现在，德国人若想读懂《尼伯龙根》或是爱克哈特（Eckhart）大师的作品，尚需借助语内译文；但意大利人读但丁时就无须如此，虽然但丁其实是与爱克哈特大师同时代的作家。

既然德语的奠基与形成其实是得益于一项翻译活动，那就不难理解为何之后的德国会存在这样一种翻译传统：翻译被视同为创作，当作传播与丰富语言的手段，当成对自我的语言空间（Sprachraum）的构建。此外，浪漫主义者提出"圣经化的普适研究方法"[2]，并将他们的文学理论、批评观

---

[1] "德文的诞生是同路德的《圣经》翻译紧密连接在一起的。" *Hermann Broch*, *Création littéraire et connaissance*, Paris, Gallimard, 1955, p.301.

[2] 诺瓦利斯于1798年11月7日写给施莱格尔的回信中说："你的信中提到了一点，鲜明地展示了我们的文化和语言是如何进行内在的组织，又如何自我演进的。你对我说了你关于《圣经》的计划，而在我的一切研究工作中……我也曾想到《圣经》，想到《圣经》其实是所有书籍的范本。关于《圣经》的学说已然如此完备，它甚至催生了关于写作的学说和字词的形成学说，也是一门展示创造精神是如何间接地、象征性地被构建的学科……我所做的所有事情……无非就是对与《圣经》有关的计划进行批评，即对《圣经》化的普适研究法进行应用。"（éd. Wasmuth, *Briefe und Dokumente*, p.404.）

点和翻译主张同《圣经》联系起来也绝非偶然。

路德之后，弗朗兹·罗森茨威格（Franz Rosenzweig）与马丁·布伯（Martin Buber）一起，参照20世纪的信仰需求，再一次完成了《圣经》的"日耳曼化"。在《书写与路德》(*Die Schrift und Luther*)一文中，罗森茨威格引人瞩目地论述了路德的《圣经》翻译之于德意志文化、语言和文学的意义。我们从中选取了较长的一段：

> 往往，在几个世纪那么长的时间里，很多语言已经经历了长期的书写实践，却还未成为人们常用"书写语言"这个有趣的表达方式所指代的那种语言。……之后有一天，在民众的生活中，出现了一个时刻：书写，作为曾经的语言的女仆，突然翻身做主人。实际上，当一份能囊括民众全部生活的内容被倾注进书写的时候起，当第一次有一本"所有人都应该读过"的书出现的时候，这个时刻就来临了。从这一刻开始，语言就再也无法以一种自然的方式向前发展了。……它的发展步伐会变得更加沉重。今天，我们只要将路德译文中的拼写转为现代的拼写方式，就能大致理解路德的德文。但我们却常常无法看懂与路德同时代的其他德语文学，假如它们不曾受过路德的影响的话。
>
> ……显然，一本书对语言的统治并不意味着语言发展的终结。但速度却是大大减缓了。
>
> ……如果说，这本经典的、对整个语言的书面语体

都起到了奠基作用的书恰恰是一本译作的话,这个问题就更耐人寻味了。因为,对于各种译作来说,它们都遵从唯一性的法则,因为它们同这个语言在其发展史中的某个特定历史时刻紧密相连。从某种意义上讲,每种语言所拥有的伟大著作,只能被另一种语言翻译一次。翻译史中存在着某种典型的发展轨迹。开始时,人们见到的通常是一些隔行注解式的翻译,其目的仅在于帮助读者理解原文,或是一些自由的仿作,或是随性的改编,来向读者传递原作的意涵或译者自以为的原作的意涵。……之后在某个天气晴好的日子,发生了一个奇迹:两种语言的灵魂结为伉俪。这并非全无准备的偶然事件。只有当译入语的读者群,一边怀着对自我语言的深厚感情和对其表达法的深刻理解,一边却可以移驾去了解外语写成的原著的时候,当他们对原著的接受不再是基于某种好奇、兴趣、文化冲动或者是审美趣味,而是根植于一个规模浩大的历史运动当中的时候,这种相融才会出现,两种语言此时会有一场神圣的婚礼(hiéros gamos)。施莱格尔的莎士比亚译本即是如此,它问世的那几年正是席勒想要创立专属于德意志的戏剧的时候;福斯所译的《荷马史诗》也是同样,当时歌德正在逐步接近古典文学。……这样,一本外国的著作就成了我们自己的著作。……这是在后巴别塔时代进行语言统一的重要一步,但并不是某一个译者的功劳。它是民族生活向前发展的必然成果,是某个特定历史时刻下人才汇聚的结晶产物。这种时刻是无法复制的。一个民族的发展史上的那些时刻不会重演，因为没有重演的必要，每个时刻都有其限定性，它勾画出了一个特定的国家史上的当下，一个不朽的当下。这个时刻之后，只要德意志民族的现在并未和它的过往产生根本性的断裂，对我们的民众来说，福斯翻译的荷马就是真正的荷马，路德翻译的《圣经》就是真正的《圣经》。之后哪怕再有重译，也无法产生这样的民族性影响了。……当然，《荷马史诗》的新译版可能会远胜福斯那版，但它不会再是一个历史性和世界性的事件；它所面向的民族可能会授予它译学界的桂冠，但这个桂冠必然不会是"世界精神"所授予的，因为世界范围内的语言角力只会发生一次，而不会像那些民族或个人间的争斗一样，每年每天都会发生。[1]

这篇文章颇为重要，它为我们揭示了一系列问题。罗森茨威格将翻译的历史唯一性——在这里我们所指的当然是路德的翻译——与隐约具有黑格尔特色的世界精神概念联系了起来。仅就路德的个案来说，似乎尚且无须动用这个思辨性极强的概念：路德译本的历时性当然会同一些特定的宗教、民族和语言因素存在关联。但是，罗森茨威格的文章提及了很重要的一点，那就是翻译中普遍存在的历史性。实际上，

---

[1] In Störig, *op. cit.*, pp.199-203.

一本伟大的著作必然有其历史性，它的历史性即使不是一目了然的，至少也是无可置疑的。荷马的作品有其历史性，假若没有它的出现，我们现在都无法想象希腊文学（其实不仅是希腊文学）的发展脉络。但丁的著作也是如此。至此，我们所说的还只是这些作品相对于某一个语言文化空间的历史性。其实，这些著作的历史意义已经冲破了一个特定的空间：它们都是"普世文学"的组成部分。而这些著作之所以"普世"，也离不开翻译的媒介作用。但我们应当发现以下两点。第一，是因为这些作品本就有"普世"的潜质，才会被普遍翻译。这就是说：在形式上或是内容上，它们本就带有属于自身的可译性。20世纪的文学里，卡夫卡的著作就有这种普世价值，也因此在世界各地都有其译本。但是——这也就是第二点——这并不意味着这些作品的译本本身是具有历史性的。例如，卡夫卡在法国的影响并非得益于某个引人注意的译本，换言之，是某个本身就已成为著作的译本。乔伊斯和陀思妥耶夫斯基的翻译也是同样的情况。有鉴于此，我们所说的历史性的翻译，所指的只是那些身为翻译却在文学史上留下印记的译作，是作为译本存在的作品，是那些意外地成为著作的翻译作品，而不是那些引入了历史性文本的谦卑译介。此外，一部重要且充满历史价值的文本，它的译本并不一定是历史性的。所以，我们应当把翻译中普遍存在的历史性，也就是哪怕那些仅作为媒介却也推动了历史进程的平庸翻译也会拥有的特性，和那些自身就有极大历史价值，却极少见的伟大翻译区分开来。正如罗森茨威格所言，这些伟大的翻译都是独一无二的，它们并不排斥其他译本（其中可能也会有独一无二的翻译）的存在。在德国，路德翻译的《圣经》、福斯翻译的《荷马史诗》、荷尔德林翻译的索福克勒斯和品达、施莱格尔翻译的莎士比亚，还有蒂克翻译的《堂·吉诃德》，就都属于这一种。我们不能说这些伟大的翻译只是因为恰好"在它们的时刻"出现所以名垂千古（荷尔德林的译本就并非如此），因为那些仅具备媒介功能的翻译也都是出现在某个"它们的时刻"，遵循了其所处文化的选择性原则的——因为翻译一切是不可能的。此外还有个有趣的现象，适才所提及的德文的伟大翻译全部都是些重译本：那些原著都曾历经多次翻译，译本的质量通常也不差。但在之后，在一片特定的历史土壤上，又生长出了新的翻译：与《圣经》及其所象征的信仰之间的关系的重塑引生了路德的译文，与古希腊文学的联结的深化造就了福斯及荷尔德林，对英国文学和伊比利亚文学的开放则催生了施莱格尔同蒂克的译本。这些译作只能生长于这样的土壤。与这些外国伟大作品的现存关系的深化要求更新的译作的出现。但是，这并非一种宿命论的观点，因为这些了不起的译作亦可被视为一种无可预料，亦无从估量的新生事物，而这种无可预料性正是所有真正的历史事件的本质。似乎伟大的翻译只能以重译本的面貌来出现：它们超越了那些沟通性翻译所构建的仅以文化交流为目的的框架，展现了一种翻译之所以为翻译的纯粹的历史力量，而这种力量，显然与翻译活动中普遍存在的历史性是有区别的。在某个特定的时刻，就好像两种语言、两种文化之间的所有的历史联系都只能通过一本译作表现出来。当然,情况并非总是如此,正如法国古典主义文学与古希腊罗马文字的深刻关系(我们之后还会提及)就是通过一系列翻译——16—17世纪间曾有一次翻译古人的热潮——而并非仅借助某一本译作展现的,即使是阿米欧翻译的普鲁塔克也没能担当起这种角色。德意志文化的特殊之处,就在于它曾数次体验了翻译的这种特殊的历史力量,路德的《圣经》便是其中的开先河之作。

从这方面来看,似乎去探讨路德的德意志化究竟有哪些历史局限性,尤其是相对希伯来原文到底有哪些不足,都显得不那么重要了。实际上,直到20世纪,得益于对《福音书》和《旧约》不断的阐释、校订和重译,路德译本的局限性才最终被暴露出来。就像罗森茨威格所提到的那样,也正如我们之前曾引用过的耶稣那句"心满口溢"的圣言所揭示的那样,路德所依托的原文其实是拉丁文版的《圣经》:

> 路德虽也曾研习圣经的希伯来语原版,但他却并未用希伯来语来思考,而是使用拉丁语。[1]

这是无从避免的,因为路德思想中所有的语言、宗教和文化视野都是以拉丁语为基础的。但是,值得注意的是,路德在德语和拉丁语的角力中所达成的"德意志化",

---

[1] In Störig, *op. cit.*, p.215.

并没有我们常说的,将某部作品"法兰西化"的那种轻蔑的含义。尤其是在一个宗教翻译的背景下,面对《圣经》这样一部作品,胸怀着新教运动中那种要追溯宗教"起源"的情怀,希伯来文原版是不能被绕过的。此外,对希伯来文的回溯可以提升这场"改革"运动的效率。虽说希伯来文并未对路德的计划起决定性影响,但它却为路德的"德意志化"赋予了不一样的含义,给予了特殊性。路德清楚地认识到,如果要将圣经的语言展示给民众,既要把它转换成"家里的母亲、街上的孩童和集市里的行人"会说的语体,也要向他们传达圣经特有的言说方式,即希伯来文的言说方式。有时,为了实现这个目的,不得不对德文的表达方式做出变通:

> 但是……我其实并没有过于自由地脱离原文的词句。我同助手一起,常常努力研读某个特定段落,以确保自己能尽可能地贴合原文,而不会离它太远。所以,当耶稣在《约翰福音》(6:27)中说"天父印证人子"的时候,我并没有按照德文的表达习惯,把它翻译成"天父标记人子",或是"天父指认人子"。我宁愿损坏德语,也不愿太过脱离原文。唉!和那些精神错乱的圣人们所想象的正好相反,翻译并不是一门谁都可以从事的艺术:想要做好翻译,需要一颗虔诚、忠贞、热忱、谨慎、博学、干练且有阅历的真正的基督徒的心。这就是我为什么要说,那些伪装的基督徒和宗派分子是无法

忠实地进行翻译的。[1]

别的作品里,路德谈到了对《诗篇》[2]的翻译:

> 再一次的,我们有时会选择直接翻译原文字句,虽然还存在其他更明晰的传达方式。……这就是我们为什么会保留其中的一些字词,把它们转换成德文,为希伯来语留下空间,因为它可以比德文更出色地完成任务。[3]

同一篇文章中,路德大致论及了翻译中形与义的问题,他声称自己:

> 有时会忠实地保留字词,有时只是传达意思。[4]

这段话直接指向了《通俗拉丁文本圣经》(*Vulgate*)的

---

[1] Luther, *op. cit.*, p.198.
[2] 指圣经《旧约》中的《诗篇》。——译注
[3] Störig,同前书,第196—197页。摩西·门德尔松(Moïse Mendelssohn)曾于1783年谈到过他自己翻译的《诗篇》:"在语言层面,我不愿悦纳任何创新,所以我总是坚守路德博士的语言,比我对此后译者语言的坚持更甚。实际上,他在这方面做得比后来者要好得多。那些他精确翻译的地方,我都觉得已经足够德文化了;有时他的文字中也会有些希伯来语的表达方式,我也不以为忤,虽然它们实在算不上是原生态的德文。"[《失去》(*Die Lust...*),第127页]
[4] In Rosenzweig, *op. cit.*, p.196.

译者圣哲罗姆（saint Jérôme）。对后者来说，翻译宗教文本只意味着转述其间的含义。在《致帕马丘书》(*Lettre à Pammachius*)中，圣哲罗姆就曾提到这一翻译原则，认为西塞罗和许多拉丁语诗人都将之奉为圭臬：

> 我承认，而且我要很清楚地申明，在翻译希腊文的《圣经》时，我并不是逐词翻译的，而是着眼于意义。[1]

圣哲罗姆及他的翻译构成了路德《圣经》译本的基本视野，但并未阻碍后者为希伯来语原文留下"空间"。可见路德的日耳曼化是游走于多种翻译方式之间的。这里应使用"方式"一词，因为路德既未选定一系列实际的翻译准则，就像几乎同时代的艾斯蒂安·多雷（Estienne Dolet）在《将一门语言成功翻译成另一门语言的手法》一书中所说的那样；也不是"方法"，这是施莱尔马赫在《论翻译的不同方法》(*Über die verschiedenen Niethoden des Übersetzens*)中用来对翻译进行系统分类的概念。[2] 路德没有在拘泥字面与施展自由间做出选择，没有在"意义"和"词语"间选择，也没有在拉丁语和希伯来语中做出抉择，这并不意味着方法论上的游移，而是他已深刻意识到了翻译本质上存在的二元论，他有一种直觉，知道在这个特定的历史时刻，可以并且

---

[1] Lettre à Pammachius, *in* Störig, *op*, *cit*., p.3.
[2] 我们在本书第 10 章将会探讨这一点。

应当做些什么。

如此这般，路德的翻译展示了两种视野：首先是我们之前提过的历史文化视野；其次是一个更有局限的视野，即路德译作对之后的德语翻译和它们的意义都有前瞻性。在路德之后，没有一本著作、一门语言在德语中的翻译可以忽略他的《圣经》译本坐标系般的作用，即便是为了远离他的翻译原则或试图冲破他的限定。福斯、歌德与荷尔德林的译作在这个方面都表现出了恰到好处的分寸。如果说路德的《圣经》在德国语言史、文化史和文学史上都造成了一个断裂的话，它在翻译领域也引发了同样的效果。此外，它还阐明了一点：一个民族自我文化的形成与发展能够并且应当借助翻译的力量，也就是说应该借助与他者的自发的、密集的关系的力量。[1]

这一论断可能会显得——部分上来说也的确如此——过于庸常。至少我们已经习惯于把这个道理当成庸常的论断。

---

[1] 随后，在本书第11章，我们将讨论荷尔德林与路德之间究竟有怎样深刻的羁绊，这种纠结不仅表现在诗人的诗歌作品中，也体现在他的译作里。当然，在赫尔德、克洛普施托克或者是施莱格尔的作品中，也有对路德《圣经》的参照，但在某种意义上，只有荷尔德林接过了路德未竟的事业，成为了一名革新德语的译者。另外，作为一位喜好论辩的哲学家，若非长期受到路德的影响，尼采也不会发展出这样一种与德意志语言间的关系。从他和外语间的互动，尤其是同法语与意大利语间的互动中，我们不难看到他和荷尔德林一样，都在外语的"考验"中寻求着自我语言的真谛。当然，他的语言观还缺少另外一极，即荷尔德林所说的"植根于乡间语言之中"，或路德提到的"家中的母亲"或"集市中的行人"的语言。

但第一，要知道不管在什么层面上，为了自我的发展，最好要用"自己的头脑去触碰他者的头脑"（蒙田语）；第二，要明白任何与自己或"自我"的关系从根本上都需经由同他者或"异者"的关系，甚至可以说，只有通过某种严格意义上的异化，我们才得以同自我建立联系。关于这一点，在心理学的层面上，我们可以看到许多译者都有类似的精神轨迹，比如说，在一次同瓦尔特·本雅明的谈话中，纪德就曾经说道：

> 正是远离母语这件事为我提供了必要的冲劲，让我去掌握一门外语。在语言学习中，学到什么并不是最重要的，学会抛弃自身的语言才是决定性因素。然后，只有这样，我们才能深刻意识到……只有远离一件事物，我们才能为它命名。[1]

然而，一旦离开心理层面进入历史文化领域，事情就变得微妙了。而且，一旦在经由"异"的路程中失了分寸，无论是对个体来说还是对一个民族、一段历史而言，都可能会有一种无时不在的危险笼罩下来，一种失去自我身份的危险。这里，我们想要质疑的并不是上述可能，而是要找出那个临界点：在这个点上，自我超越了自身的局限，却未能与

---

[1] *Mythe et violence*, André Gide, p.281.

他者建立起真正的关系。在德意志文化中,这种情况时有发生:歌德和 A. W. 施莱格尔都曾对德语及德意志民族性中所表现出来的"灵活性"大加赞颂,这种"灵活性"可以变身成一种无限的、内生的、可将自我倾注入他者的能力。19 世纪初,语文学、文学批评、比较研究、阐释学……当然还有翻译的极大发展都说明了德意志语言文化的此种能力。在文学领域,蒂克、让·保尔(Jean Paul)[1]和歌德也展现了这种危险的"灵活性"(按照当时的词汇,人们用"无限变幻性"来形容这种精神及文化上的灵活性,而且这个词并没有贬义色彩)。他们掀起的这场运动对文化的发展有很大贡献,它其实是建立在一个或明或暗的悖论之上,那就是一个群体越能向非自我敞开胸怀,它就越能触摸到自我。在《不合时宜的沉思》(*Inactuelles*)中,尼采用"历史感"一词来描绘这种现象,认为这是一场真正的灾难,一种 19 世纪的欧洲正在经历的灾难。[2]

---

[1] Johann Paul Friedrich Richter(1763—1825),笔名 Jean Paul,德国浪漫主义作家。——译注
[2] 尼采的这一表态足以引起重视:现在,"精神史"研究获得了巨大的飞跃,也就是说,对我们的社会的物质、社会和文化基础,尤其是社会的口传过往的史学书写取得了长足的进度,虽然这些基础本身和口传传统都已经彻底崩溃了。这两方面的对比引导我们去思考如下问题:这种史学究竟是什么?是对过往的眷恋?还是要追溯本源?或者是要埋葬那些曾让我们留恋不已,但现在却已过时的旧时观念?现在,那些研究口传传统的历史学家们,他们对我们的现今到底应该持何种看法,应当如何看待现在对民俗传统的保护?人种学领域也面临着同样的问题。这其实是一个重要的探索进程,同我们所说的(转下页)

显然,一个像施莱格尔一样"善于变幻"的著译者已经清醒地意识到了与他者关系的本质。他的一些断片提到了两个有翻译传统的民族:罗马人与阿拉伯人,并说起二者的不同。得益于对古希腊作品的大规模翻译,更是借助于同前者的共生、融合和借鉴,罗马人建立起了自己的语言与文化:普劳图斯就是其中极好的例子。至于阿拉伯人,施莱格尔认为他们采取了完全相反的办法:

> 他们的癖好是一旦翻译完成,就要毁去或丢弃原著,这也体现了他们哲学中的精神。为着这点,也许他们自己是能获取越来越多的知识,但以他们的文化来说,要比中世纪的欧洲还野蛮。这里,"野蛮"是指反古典的和反进步的。[1]

事实上,焚毁原著,这个本身就有着神话一般的无可琢磨的深刻意义的举动,会造成双重的影响:一方面是抹去同一切曾作为典范的古典文学的关系("反古典的"),另一方面是禁绝了一切重译的可能性(然而任何翻译都呼唤着重

(接上页)建立一门关于翻译的历史文化学说有着相似的意义。德国同法国的浪漫主义者们,也各自以他们的方式,面对过上述问题。尼采将这种"变色龙般的本性"称为历史感,从中看到了致命的危险:他试着逆转这种局势,想将它改造为一个占为己有的过程。而这种攫取与统治、身份认定与特性抹杀的结合与共存,正是现今欧洲文化的主要趋势。现在已有人从各个方面来质疑这种做法。

[1] *AL*, Fragments de *l'Athenäum*, p.131.

译,也就是某种"进步性")。

因此,从路德的《圣经》构成德国的一种文化过往开始,德意志文化就要面临一系列问题,这些问题都牵涉它的本质:我们是谁?是一个翻译的民族吗?对于我们这个民族来说,翻译和好的翻译究竟意味着什么?如果我们承认是与他者间的关系铸就了我们的身份认同,那这种关系又对我们象征着什么?如何阐释这种关系?这种关系本身已经成果丰硕且颇有越界之势,我们又应当将它限制在何种范围内,以防止它对我们构成威胁?与其求助于他者,我们是不是更应该把目光转向我们自身的文化中的他者,也就是实质上是与我们的文化同源同种的过往?什么是德意志的民族性,这一滋生所有问题的土壤?之后,赫尔德、歌德、浪漫主义者、施莱尔马赫、洪堡和荷尔德林都曾试着以自己的方式来面对这些问题,将翻译放在一个广阔的文化视野中进行探索,远远超越了它的方法论层面。19世纪时,语文学学科中的实证主义者和尼采又重拾了这些问题;到了20世纪,卢卡契、本雅明、罗森茨威格、莱茵哈德(Reinhardt)、莎德瓦尔德(Schadewaldt)、海德格尔等不同的思想家又对此进行了探索。

2　赫尔德：忠实与扩展

本章的研讨对象是赫尔德及18世纪下半叶在德国出现的翻译议题，可用两个关键词概括："Erweiterung"与"Treue"。"Erweiterung"是"扩展""扩大"。我们在诺瓦利斯处见过这个概念，他曾断言只有在德国翻译才能变为"扩展"。"Treue"则是"忠实"。该词在当时的德国文化中有着很重的分量，无论是在情感生活中还是在翻译或民族文化领域，都被当成一种极重要的特质。就这一点来看，声称翻译应当忠实并不像一眼看上去那么毫无新意。因为如罗森茨威格所说，翻译就是"服侍两位主人"[1]：外国的作品和语言、己方的受众及语言习惯。所以，翻译中既需要双重的忠实，却也承担着双重背叛的风险。此外还需指出，从翻译史来看，对原文的忠实并非一贯如此。当德国的布赖廷格（Breitinger）、福斯、赫尔德众口一词对翻译的忠实性赞扬有加的时候，法国方面仍未表现出对忠实的特别在意，而是

---

[1] In Störig, *op. cit.*, p.194.

沿袭传统,继续进行着"美化原作的""富于诗情"的翻译,时至今日,这一传统仍不绝于缕。德国的翻译理论正是建立在一种刻意的"反法兰西化"翻译的基础上。在这一翻译运动接近尾声时,A. W. 施莱格尔曾强力发声:

> 另外一些国家在诗歌创作上采用全然套路化的措辞,以至于根本不可能以诗化的方式把什么东西翻译到这些语言里,法语就是一例。……法国的同仁们似乎觉得,在他们的家里,任何外国人都要根据主人的习惯来行事,来穿衣,这导致了他们从未经历过严格意义上的"异"。[1]

上述翻译方式与法国文化当时的主导地位是完美匹配的:它无须借助他者的法则来确立自我的身份。与其向其他语言的流入敞开胸襟,法语更倾向于凭借欧洲思想和政治领域通用交流方式的身份,取代其他语言。这种情况下,也就谈不上什么忠实的意识了。有了"法国同仁们"的映衬,德国译者的立场更显得难能可贵。他们的立场触及了一个文化议题,恰是法国式翻译的对立面。[2]

---

[1] A. W. Schlegel, *Geschichte des klassischen Literatur*, Kohlhammer, Stuttgart, 1964, p.17.
[2] 科拉尔多(Collardeau)写于18世纪末期的一段话可以完美概括法国翻译的问题:"若要说翻译有什么价值的话,那就是它可以在可能的情况下完善原文,让原文更美,并赋予其一种属于我们民族的气息,将这棵异国的植物移植过来。"(引自 Van der Meerschen, «Traduction française, problèmes de fidélité et de qualité», dans *Traduzione-tradizione*, *Lectures* 4-5, Dedalo Libri, Milan, p.68。)

上述问题亦可做如下表述:德意志的语言缺少"文化",为了获得"文化",它需要进行某种扩展,而扩展需要为忠实所标记的译本。试想参照"法国方式"做出的译本该如何拓展语言与文化视野呢?这一点也是布赖廷格、莱布尼茨、福斯和赫尔德等人的中心观点。确实,需要指出的是,为了让"忠实性"能够成为德文翻译的指导性原则,他们一方面要抵制来自法国的影响,另一方面还需同从启蒙运动(Aufklärung)中那些最普通的思潮里衍生的实用主义相抗争。莎德瓦尔德形象地描述了这一情形:

> 坦白来说,有些翻译方式的确没有什么问题,它们并不追求在严格意义上忠实于原文,也没有把对原作内涵的忠诚当作有限制性的要求。在 18 世纪之前的德国,人们翻译时往往会效仿西塞罗或昆体良,把翻译视为一种修辞学的形式训练。……不管是将散文译成诗歌还是将诗歌翻成散文,似乎都没有多大干系。……因为原文只是一种文体范本,忠实性原则要臣服于审美上的判断,看译本文风是否粗俗不堪,是否佶屈聱牙。稍后,翻译外国作品的目的又变成了要从中提取客观和实质的内容,并将这些内容传达给同时代的读者;只要和原文的内容保有联系,译者就自以为是"忠实的"。启蒙时代的哲学家(*Aufklärer*)芬茨基(Venzky)就为这种翻译下过定义,戈特歇德(Gottsched)曾在 1734 年版

的《批判史论文集》(*Contributions critiques*)[1]中予以引用。芬茨基说道，这种翻译其实是一种"写作，将事实或思想作品用另一种语言表达出来，让不懂外语的人能带着很大的快乐读取这些事实和作品，并从中获得益处"。如果这样一部译作能"清晰且完整地传递原作的意思，它就和原作一样好"。因为在这里，原著是由值得传递的事实组成的，它即是事实的整体。这就是为什么当时译者会在可能的情况下修改或完善原著，在其中添加评论，阐明一些晦涩的地方，但他的所作所为也不会与忠实性相冲突。……这种情况下，真正的翻译却是一种本质上便带有否定特性的活动：译者努力抹灭巴别塔计划失败后人类语言的混乱境地。[2]

与洒脱恣肆地拒绝忠实翻译的法国古典主义时期译述不同，上文中的翻译观点充满理性主义与经验论色彩。但它们并非18世纪德国译界的主流，而仅仅代表了一种现象，一种对"翻译"的意义的否定。这种现象极为普遍，各个历史时期均有出现。

关于德语及德意志文化的扩展问题，密切关注语言活动

---

[1] 经核实，戈特歇德生平著述确无可与此法语题名精准对应作品。按年份与题目推断，1734年出版的《德语语言、诗歌与辩论批判史论文集》(Beyträge zur Critischen Historie der deutschen Sprache, Poesie und Beredsamkeit)应有较大可能为文中提及作品。——译注
[2] In Störig, *op. cit.*, pp.225-226.

问题和民族语言问题的莱布尼茨曾在无甚新意的两篇文章中表明自己的立场,其中已能嗅到赫尔德的味道:

> 对外语名著的翻译是真正的试金石,可以验出一种语言是丰饶还是贫瘠。可以从中看到自己缺少什么,又有什么可用。
>
> 我并不认为在这个世界上存在着一种语言,能完满地传达别的语言的所有字词,还能在表达中体现出同样的力度。……但是,如果有一种语言能将原文字对字地翻译过来,能贴合着所有的韵脚,那么它一定是最富有且合用的语言。[1]

这里,一门语言的力度在于它字对字翻译的能力,翻译是一面镜子,照见自我语言的缺陷。

《批评诗论》(*Art poétique critique*,1740)中,瑞士批评家布赖廷格也捍卫了字面上的忠实性:

> 当一位译者在那些典范性的著作中发现了什么概念或观点时,我们得要求他按照同样的语序,用同样的字词联结和语言组合把它们表达出来,……好让译文中对思想的呈现能在读者的感受中留下与原文同样的印记。翻译……若是越同原文相似,就越发值得赞美。这就是

---

[1] In Sdun, *op*, *cit*., p.21.

为什么译者需服从这个艰难的法则。译作不能脱离原文,无论是思想层面,还是形式层面。这两个层面都不应有所改变,而是应当保有同样的光辉与力量。[1]

这番话在论理方面和莱布尼茨并没有太大不同,也体现了一种对"忠实"的推崇。虽然布赖廷格的话语颇有理性主义色彩,但它代表了当时的主流倾向。

但是,最终还是在赫尔德和《文学汇报》(*Literaturbriefe*)杂志[2]的影响下,翻译才与扩展和忠实问题联系在一起。我们知道,赫尔德构建了一整套文化、历史和语言哲学。在他的哲学框架下,"民族特性""人民""民间诗歌""神话"和"民族国家"等词汇变成了具备理论深度的概念。赫尔德自己也从事诗歌的翻译,曾译过西班牙的"武功歌"。他兴趣广泛,对诗歌、哲学和语言学都有涉猎,这也让他能够更好地评估这种与他者的关系的重要性:在当时的德国,与他者的关系日渐紧密,尤其是在英国文学和古希腊罗马文学的影响下。同一时期还兴起了寻找"本源"的运动,即回溯民俗诗歌及中世纪的辉煌历史。赫尔德搜集并出版了《民歌集》一书,在这场运动中起到了重要的作用。他的思考主要集中在语言和历史方面,为德国古典主义提供

---

[1] *Ibid.*, p.22.
[2] 《文学汇报》杂志的准确标题为《通信:有关最近的文学动向》(*Briefe, die neueste Literatur betreffend*),可能是第一本德语文学期刊。莱辛是主要发起人,托马斯·阿伯特与摩西·门德尔松曾与他合作。

了最初的版本。在这里,我们会简略地评述一些赫尔德的文章,这些文章勾勒出了德意志文化新的活动空间[1],其中包含一些赫尔德评论过的、发表在《文学汇报》上的文字。

对于赫尔德来说,翻译问题一旦牵涉母语同外语的关系问题,就会立时变得浓烈,呈现为一种恋爱的,甚至是肉体的关系。所以:

> 我学习别的语言,并不是为了忘却我的母语;我前往异国旅行,并不是为了抛弃我的教养与习俗;我学习外国的文化,并不是为了放弃我的民族身份。假如我真的这么做了,那么我所失去的就要比我得到的更多。我之所以徜徉于异国的花园,是为了在其中替我们的语言采集有用的花朵,就像我要将我的思想献给自己的爱人:我观察异乡的风俗,是为了把它们进献给我的祖国,让异国的太阳为我们催熟更多的果实。[2]

在这段话中,赫尔德形象地描绘了自我与他者的关系问题。然而,透过他选择的比喻意象,以及文中那种自我辩白的色彩,我们却感到了一种双重背叛的风险。如果他者占了

---

[1] 对于赫尔德来说,"游戏空间"这一说法是对路德的致敬:"是他唤醒并解放了德语,这个沉睡的巨人。"(*Fragmente*, cité in: *Hölderlins Erneuerung der Sprache aus ihren etymologischen Ursprüngen*, Rolf Zuberbühler, Erich Schmidt Verlag, Berlin, 1969, p.23.)

[2] In Sdun, *op. cit.*, p.49.

上风，就意味着失去自我；但如果改造他者纯粹是为了充实自我，那这本身就是对"异"的体验的背叛。

在与他者的关系中，本身就存在着一种不平衡。这种不平衡会直接投射在翻译领域中，诱使人们彻底放弃同他者的交流。与赫尔德相比，克洛普施托克（Klopstock）曾更深切地体会过这种诱惑，这种诱惑与其说是来自翻译，不如说是来自其他言语上的交互活动，如对外来词汇的借用。作为诗人和语法学家，这一问题让他深为担忧，尤其是他认为德文是一种比英文（借用了太多的拉丁文词汇）更纯净、比法文（古典主义的囚徒）更自由的语言。同赫尔德一样，他把母语当作一个"保留着最多该国民众独有概念的储存库"[1]。作为这样一种储存库，它就理当与其他语言划清界限，标示出自己的领地。所以，在克洛普施托克和赫尔德的身上，我们都能找到一种梦想，一种关于"处子式语言"的幻想：语言应如处子般纯洁，免受他者的污染，尤其是来自翻译的污染。在这里，赫尔德的观点再次蒙上了一层与性有关的色彩：

> 虽有诸多理由证明翻译对语言构建（Bildung）的重要性，但还有诸多好处足以让语言远离翻译。若是一门语言还未经受过翻译，那它就像一位正当妙龄的处子，尚未同男性发生过关系，也没孕育过血肉相融的果实；

---

[1] In J. Murat, *Klopstock*, Les Belles Lettres, Paris, 1959.

> 它还是纯洁的、不谙世事的,可以忠实地反映该国民众的性格特点的。虽说它可能会显得贫瘠、任性或发育不良,却是最本真的民族语言。[1]

这段引言颇令人困惑,它闪现着一种乌托邦式的天真,却也自有其深度:它一方面将母语类比为妙龄处女的形象;另一方面又令人震惊地提起了那种自我封闭的语言的神话,希望语言不要与他者有"圣经式"的交流。这里,我们必须用到"乌托邦"这个词,因为处子的宿命,必然是成为女人;或者我们也可以借用德国古典主义及浪漫主义时期有关植物的丰富意向,把这种宿命阐释成"花苞"必将变成"花朵",随后结出"果实"。虽然我们知道,在天主教的思想体系中,或是在卢梭的理论框架下,处子的纯洁都饱受推崇,但赫尔德对"处子"这一意象的选择却已然预示着,与他者的关系是不能也不应避免的。

对于一种深受与异的关系威胁的语言或文化,它必然面临着巨大的诱惑,如想要将自我封闭起来,就如同在德国浪漫主义运动的后期,也萌生了一种来自不可名状性、不可言说性或者是不可译性——我们稍后会看到——的诱惑:不仅不再翻译,自身也变得不可译,这也许就是一种封闭性语言的最极端的表述。这显然是历史中的逆潮,因为与他者的关系其实同样也是一种区分自我与他者的机会,是一种辩证式

---

[1] In Sdun, *op. cit.*, p.26.

的关系，而且之后我们也会看到，对于古典主义及理想主义时期的德意志来说，这种对于非自我的体验，正是自我形成过程中的必经之路，也是当时的德国文化的本质所在。

像歌德一样，赫尔德一直试图在这种诱惑与另一种全然走出自我的诱惑（另有部分德国浪漫主义者为此提供了范例）之间找到平衡。他借鉴了《文学汇报》杂志其他的合作者的观点，为"自然""角色"和"译者的选择"等概念下了定义，而这些概念同语言及文化的扩展是有着紧密联系的。他在《断片》中引用了托马斯·阿伯特（Thomas Abt）的论述：

> 真正的译者不应以帮助读者理解原著为目的，他的志向要远高于此。这种志向可以让他成为一个真正的作者，就好像一个做小生意的买卖人，可以变身成一个商人，为国家切实积累财富。……这样的译者可以成为我们的经典作家。
>
> 在荷马、埃斯库罗斯和索福克勒斯创作时，他们的语言也不足以让人写出文学性的散文来；若是译者要翻译这些巨著，那他哪怕是采用六音步的语句，也要保留那种散文化的美，以保原文韵味不失。这些作家都曾为思想穿上了语言的外衣，用画面描绘了情感；这么看来，译者也得是一个创造式的天才，要同时满足原著和母语的需求。

经典作家、创造式的天才：我们可以看到，在阿伯特与赫尔德的影响下，翻译是如何渐渐变为一个文学门类的，而这一文学门类的特点，就是他的操作者，当然也就是译者，要保持绝对的忠实。

谈到另一期《文学通讯》时，赫尔德阐述得更加深入：

> 还有第二层更高的目标：如果有这么一些译者，他们不仅研究原作者，以便用我们的语言将原作的意思表达出来，而且还去捕捉作者特有的语调，把它灌注在自己的书写方式的神髓当中，让我们可以更好地体悟原著独有的特色，感受到原著的表达方式和语气声调、它的突出特点，还有它的天性和诗体本质。坦率来讲，这个要求已然不低，但离我心中理想的译者还差得很远。……如果有人去翻译"诗歌之父"荷马，那这个译著可能是德语文学的不朽著作，可能是一部能弘扬我们民族特性的有用之作，可能对古典诗歌的传播和我们的语言发展也尤为珍贵。……只要一部译著能脱离试笔的层面，向我们展示一位伟大作家的一生，表现真实的荷马，和我们视角中可能的荷马……它就能起到以上所说的所有功用。这些对荷马的介绍和评介都是应当放在译作的前言中的；那翻译本身呢？在任何情况下，都不要美化原文。……法国人就是太过自豪于自己的民族品位，过度执着于此，不愿适应另一个时代的审美。……然而，对于我们这些可怜的德国人来说，我们还没有真

> 正的受众和国家,但我们同样也无须承受民族品位暴虐的统治,可以看到那个时代原有的样子。而且,关于荷马的最好的翻译,其中一定要有一个有高度的批评者添加的批注和解释。

在这段话中,我们已经可以预感到德国古典主义及浪漫主义时期的那些伟大译作的到来。与布赖廷格对"忠实"的定义相比,赫尔德的言论显得没有那么理性:译者需要同时化身成作者、创造式的天才、博学之人以及批评家,以便抓住原著内在的统一性。这种统一性被定义为作品的"表达""语调""特性""性情"和"本质"。这些词汇与其说是形容作品的,还不如说更适合用来描绘一个人:但作品已经被定义成了一个人。之后,在费希特哲学的影响下,浪漫主义者还会进一步将赫尔德的观点激进化。而天才式译者的任务,就是凭借一种离心运动,将拟人化的原著传达出来。赫尔德在逻辑上将这种离心运动与法式翻译中的向心运动对立了起来,且离心运动不应对原著进行任何的美化:事实上,任何美化都会抹杀译者对原著的捕捉的意义。翻译要做的,是展示"真实的"原作,以及"我们视角中可能的"原作。这一运动还牵涉文学批评、历史及语文学等领域。因此,对原作个人特质的忠实就可立即产生语言和文化上的扩展。

从路德到赫尔德,我们可以看到一种演进。但在演进的过程中,来自法国的影响及启蒙运动中的理性主义思潮并未起到丝毫促进作用,甚至还造成了阻碍。这一时期正是文学和戏剧的建构时期,这二者后来也成为德国文化的关键部件(这正是赫尔德和莱辛关注的主要问题)。其时,翻译再次感召到了呼唤,扮演了决定性角色。当然,文学批评同样功不可没,在这一方面,赫尔德堪称浪漫主义者的先驱。就之前引用的段落来说,我们甚至可以说赫尔德推崇批评式的翻译。然而,在赫尔德的视角下,与文学批评相比,翻译的作用显然更为直接、具体,因为它同语言活动有着更直接的关系。后来,当赫尔德全心呼唤的译本们已然具有历史性的时候,让·保尔在《美学导论课程》(*Cours préliminaire d'esthétique*)中清楚地指出了这一点:

> 无论是施莱格尔所译莎士比亚的还是福斯的那些译作,那些美妙词句都为我们奉上了精彩的表演。这些杰出的译作让原作者的意旨得到了进一步的深化:与原作者相比,译者往往能更深刻地体悟到如何把控文字的音乐性,维持作品的完整性以及保护语言的纯洁性,因为语言就是他们的工作对象,而原作者却往往会因意忘言。

现在,我们就可以开始思索一些具体的问题了:18世纪下半叶,莱辛、赫尔德,以及随后的歌德和一批浪漫主义者,都致力于对德意志文化的构建。那么,德国文化在其构建的过程中,对翻译这种活动的特别倚仗究竟到了何种程度?然后,若是肯定了翻译的本质应当是对原著精神的忠实这一前提,如果承认了翻译就意味着向他者敞开怀抱,并借此拓展自身的文化,那么,德国文化在其构建(Bildung)的过程中,又应当开放哪些翻译领域以便完成对自我的构建?换言之,在回答了"为什么要翻译""如何翻译"等问题之后,现在我们要思考另一个问题:要翻译什么?这三个问题同样也是所有的翻译历史学研究的中心议题。

3 "构建"及其对翻译的要求

"构建"(Bildung)是18世纪下半叶德国文化的中心概念之一。它频频出现于诸多作者的笔下：赫尔德、歌德、席勒及随后的一批浪漫主义者，乃至黑格尔、费希特都曾论及这个词。总体而言，"Bildung"意为"文化"，是德文中另一个指称文化的词语"Kultur"的同义词，但后者却源于拉丁语。此外，有鉴于它所属的词汇家族[1]，"Bildung"亦可代指许多其他事物，被用在不同的语体之中：例如，我们可以谈论一件艺术品的Bildung，就是它的完成程度。另外，"Bildung"还有很强的教学与教育暗示：它也可以指代教育的过程。

可以毫不夸张地说，这个词汇概括了那个时代德意志文化对自我的认知，体现了它是如何阐释自身的展开方式的。之后，我们会展示翻译活动（作为与他者关系的一种形式）

---

[1] 其他相关词汇有：Bild，形象；Einbildungskraft，想象力；Ausbildung，发展；Bildsamkeit，灵活性或"可塑性"；等等。

是如何在结构上融入构建过程的。后面我们还会用一个章节，详细描述这个曾在诸多作者文中出现过的概念，看看它如何在歌德的理论框架下获得了最完美的范式。

在此，我们并不想对"Bildung"一词进行历史词源学研究，而是试图通过赫尔德、歌德、黑格尔和浪漫主义者为它赋予的定义，来探究理想的构建活动应该是怎样的。

什么是"构建"？既是一个过程，也是它的结果。通过"构建"，一个个人、一个民族、一个国家，或者是一种语言、一门文学、一件普遍意义上的艺术作品都可以对自我进行塑造，并因此取得一种形式，即"Bild"。"Bildung"永远是一种朝向形式的运动，朝向一种专属于自我的形式。在事物刚开始发生的时候，它是没有自己的形式的。如果用德国唯心主义者的思辨性语言来描述，这种初始阶段，就是个体尚未获得普遍性的个性化阶段，是事物发展未经分裂和对立的同质化阶段，是尚不存在内在关联性的令人恐慌的面目模糊的阶段，是一种未经反证和总结的假设，是未经中项的即时，是还未能进化成大千世界的混沌，是思考的私人立场，是亟须自我限制的无限制，是必须先予以否认才能最终加以承认的状态，等等。除开这些抽象化的描述，也有一些更具体、更有隐喻性的意象：初始，是终将成年的孩子，是总要变成女人的处子，是待开的花苞，最终还是要结出果实。这些隐喻大多都使用了某些具有生命的意象，揭示了"构建"过程的必要性。但与此同时，这一过程也自由地展开。

构建是具有时间性的进程,所以自有其历史性,它会分割成一些时期、一些阶段、一些时刻或一些时代。因此,不管是人类,还是文化,或者是历史、思想、语言、艺术及个人,它们的发展都可划分成不同的"时期"。这些时期常常是二元化的,但更多时候则是三段论的。究其本质,所有的构建都可分为三个阶段。这就是说它在结构上与海德格尔做出的如下定义有相似之处:

> 关于无条件主体性的形而上学原则,这几乎是专属于德意志民族的思想特色。谢林和黑格尔都曾论及这一点。根据这个原则,一个主体若想获得真正的自在,就必须先回归自我;而回归自我的前提,必然是要脱离自我。[1]

当然,不同作者对这一原则的阐释也不尽相同。但我们还是可以认为,这一原则为"构建"概念提供了思辨基础,而"构建"则为这一原则提供了历史文化背景。

在该框架下,"构建"是一种自发过程,在这一过程中,自我得到舒展,获得了全部维度。为了阐释这一过程,当时德国思想界所创设的至高的概念可能就是"经验"了,因为"经验"是唯一可以囊括一切活动的概念,黑格尔让它摆脱了歌德赋予的狭隘意域。经验是拓展,是无限化;可以是

---

[1] *Heidegger*, *Approche de Hölderlin*, Gallimard, Paris, 1973. p.114.

从个性变为共性的过程,是经受分裂、局限和限制的考验。它是旅行(Reise),也是迁徙(Migration)。它的本质,就是将自我放入另一个维度,让自我在其中得到改造。它是"自我"的运动:自我在改变的过程中变身成他者,或者用歌德的话来说,自我经历了"死与变"。

然而,构建作为一种旅行,也是对世界的"异"的经验:自我在"成为他者"的遮掩下,想要真正地"变为自我",它首先要获得非自我的经验,至少是表面上的"非自我"。对唯心主义来说,完满的经验,就是他者变成自我和自我变身他者:

> 他揭开了赛易斯城的女神[1]的面纱。他看到了什么?真是神迹中的神迹,他看到了自己的脸。[2]

以上就是诺瓦利斯在《赛易斯城的门徒》(*Les Disciples à Saïs*)一书中的表述。但是,如果经验所带来的仅仅是对极端的异者的一种表面上的体验的话,它也只不过是一种虚伪的矫饰。开始的时候,自我的"意志"需要将异者当作一种绝对的存在来体验,然后再在接下来的阶段里感知异的相对性。这就是为什么我们会说经验的过程中总是"充斥着各

---

[1] 即赛易斯城的守护神,古埃及神话中的奈斯女神。她是战争女神、编织女神,用织机编织世间万物。——译注
[2] *Les Disciples à Saïs*, trad. Roud, éd. Mermod, 1948, p.98.

种表象"：体验中会发现表象与它们表现出的不同，异也没有它表现出的那么绝对。经验，是一种异的考验，也是借助异的考验来塑造自我，它最终会带来融合、认同及统一。统一是其中的至高时刻，它通常姗姗来迟，因为这场考验的真相就存在于经验过程将完未完的某处。

作为自我朝向自我的路，作为经验，"构建"以一部小说的形式呈现：

> 任何受过教育，或是正在自我教育的人，他的内心深处都载有一部小说。[1]

> 没有什么会比我们所说的"世界"或"命运"更具浪漫色彩了。我们活在一本大部头的小说里。[2]

> 生活不应是一本交给我们的小说，而是一本我们自己写就的小说。[3]

小说是一种经验，既是对世界的表面上的异的体验，也是对自我的内含的异的体验。随着体验的推进，这两种异都会逐渐消失，所以说，这本小说的内在架构，是有其"超验性"的。这里就出现了歌德及浪漫主义者所定义的一系列对

---

[1] *AL*, F. Schlegel, p.90.
[2] Novalis, *Fragmente I*, n°1393, p.370.
[3] Novalis, *Fragmente II*, n°1837, p.18.

立概念：日常与神话（这也是"异"的其中一张脸孔），近处与远方、已知与未知、有限与无限等。

随着经验的推进，这些原本敌对的概念会渐渐趋同。这个过程一定是渐进的：

> 在这里，……一切都在不断进步，任何东西都不能掉队。这就是为什么没有任何一个步骤是可以被跳过的，为什么今天这一步必然和昨天以及明天的那一步联系在一起，也能解释为什么一些过时了的、几个世纪前的东西会焕发新生，因为精神回忆起了自我并向自我回归。[1]

就其本质而言，这个渐进的过程在某种意义上是被动的。诺瓦利斯曾说："小说主人公的被动本质"[2]；"我们不主动行动，只做可以做的事"[3]。这种被动性在我们之前提到的那些用来比喻构建过程的有生命的意象中就已经有所体现。而且该被动性在文化层面上是有影响的。在构建的过程中，被动性所拥有的优先权决定了自我与异者的关系无法成为同化关系。当然，早在黑格尔和尼采之前，诺瓦利斯已发展出一套关于同化的理论，或者说是一种"归己"（*Zueignung*）[4]的理论。他甚至可以将思考和进食这两种截

---

[1] *AL*, F. Schlegel, p.240.
[2] Novalis, *Fragmente* I, n°1409, p.373.
[3] Novalis, *Fragmente* II, n°2383, p.162.
[4] Novalis, *Fragmente* I, n°988, n°992, p.271.

然不同的动作类同化。但这种口头上的同化既是他者变为自我的过程，也是自我变为他者的手段，与尼采后来阐扬的激进的同化或消化并无太多关系[1]。浪漫主义者所说的灵活性，或是歌德宣称的求知欲，同尼采的权力意志是不同的。

通过以上对构建行为的特征的描述，我们可以很快意识到，构建必然会同翻译活动产生紧密的联系：因为翻译就是一种从自身、从自我（也可说是已知、日常或熟悉）出发，向着他者、异者［即未知、神话或不熟悉（Unheimlich）］前行的过程；随后，凭借着上述经验，翻译又会完成对自我的回归。但是，如果翻译活动完全屈从于某种同化的逻辑，它就无法获得关于异者的经验，而只能将后者归化或缩减入自我的范畴。在《快乐的科学》一书中，尼采曾谈到古罗马时代的翻译以及当时的文化环境，当时古罗马人所遵循的正是这种同化的逻辑：

> 一个时代如何看待翻译，如何把过去的时代、书籍拿来为己所用，人们可以据此来判断这个时代具有多少历史意识。……关于古罗马时代，他们是带着一种怎样的暴力和天真，才将手伸向古希腊的文化遗产，从中吸纳一切优秀的宝贵的东西！他们是多么善于将一切都改编得像罗马帝国的当下！……作为诗人，他们对走在历史意识之前的考古嗅觉颇为厌恶；作为诗人，他们完全

---

[1] Nietzsche, *Par-delà le Bien et le Mal*, 230, p.168.

无视原作中的事实、人名、地名，或者是其中某个城市、某条海岸线或某个世纪的特征，无视它们特有的服饰或面具，而是把这些东西统统地移植到当时的罗马。……他们不懂得享受历史意识：过往的事实、外国的东西使他们尴尬，反而会唤醒古罗马帝国的征服欲。事实上，他们与其说是翻译，不如说是征服，因为他们不仅会去掉历史的东西，还会加入对现实的映射；他们删去原作者的姓名，代之以自己的名讳，却毫无剽窃的愧疚感，而是心怀古罗马帝国那冠绝古今的良知。[1]

上述话语有心或无意地同圣哲罗姆的言辞间产生了共鸣。圣哲罗姆曾评价过在他之前的某位拉丁语译者，认为"他行使了征服者的权利，把那些已经被俘虏的原作中的含义移交到自己的语言中去"[2]。在这一点上，古罗马帝国文化的扩张与译者对原文含义的俘虏颇有相似之处。但是，这种征服式的翻译与我们之前所说的循环性的经验活动其实是大相径庭的，正如 F. 施莱格尔所说的那样：

> 这就是为什么，在确定最终可以找回自我的前提下，人要不断地走出自我，以便前往他者的最深处，

---

[1] *Le Gai Savoir*, Gallimard, Paris, 1967, p.99.——原注。本段译文部分参照黄明嘉译本（华东师范大学出版社 2007 年版），但也做了不少改动。——译注
[2] *Lettre à Pammachius*, in Störig, *op. cit.*, p.9.

去找寻与自我最深的本质相辅相成的东西。这种交流和趋近的游戏,就是生命的主要内容,也是它的力量所在。[1]

精神的本质,就是对自我的定义。个体的精神先是走出自我,随后又回归自我,这个交替的过程永不止歇。[2]

真正的中点,应当是那个我们带着激情和力量,走过了无数离心的道路,却最终回归的所在,而不是我们从来没有离开过的地方。[3]

由此可见,"构建"有其内在的环绕性、循环性和交替性,它本身就是一种位移活动,是一种超越自我的行为(Uber-Setzung),是将自己置于自我之上的行动。

18世纪下半叶,翻译在德意志文化中扮演了重要角色,这与当时的德意志文化对自我的理解,即它对经验的看法是分不开的——这种理解显然是同古罗马时代或古典主义时期的法国的主流观点背道而驰的。当然,尼采已经指出,这种"离心式"的构建,掩盖的正是内部的空虚。由此可以看出自我并没有足够的力量来成为自己的中心,这也触及了中介的问题,而该问题正是诺瓦利斯、F. 施莱格尔及施莱尔

---

[1] *AL*, Entretien sur la poésie, pp.290-291.
[2] *Ibid.*, p.313.
[3] *Ibid.*, Sur la philosophie, p.234.

马赫等人理论中的中心议题。施莱尔马赫已经充分地认识到，在构建的过程中，异者会起到一种"中介的作用"[1]。歌德的《威廉·迈斯特》系列小说所讲述的是年轻主人公的成长史，他的成长正是通过一系列的中介活动和中介者才得以实现的，其中一位中介者的名字就颇具象征意义："他者"。而有鉴于他者的中介作用，译者就可参与到"构建"过程中来。翻译活动，同其他类似的"位移"活动一起，构成了当时的德国自我同他者之间循环往复、无休无止的关系[2]。所以，在这个同时拥有福斯、荷尔德林、施莱尔马赫和A. W. 施莱格尔的时代，德意志文化迎来了它在语文学、东方学、比较研究、民俗学、词典编撰、文学及艺术批评等领域的重大飞跃。甚至连威廉·冯·洪堡的弟弟，即亚历山大·冯·洪堡所完成的那些值得纪念的旅行，也属于上述范畴[3]。在所有的这些位移活动中，构建活动的本质得到了前所未有的肯定。

然而，构建虽然象征着一种对他者全方位开放的姿态，

---

[1] In Störig, *op. cit.*, p.69. 另请参见本书第10章。
[2] "从来没有像今天那么多的人去读古典文学，能读懂莎士比亚的鉴赏家也不再是寥寥无几，意大利的诗人找到了他们的知音，而且在如今的德国，我们在对西班牙诗人的阅读和研究中也表现出了极大的热情，我们可以期待卡尔德隆的译本所带来的美妙回响，我们甚至可以企盼在不久的将来，普罗旺斯的诗歌、北欧的史诗和印度的文学也可以被德国民众所了解。〔……〕在这样一种喜人的形式下，我们或许该回首看一下古德意志的诗歌了。" Tieck, *Die Lust…*, p.486.
[3] 参见 *L'Amérique espagnole en 1800 vue par un savant allemand, Humboldt*, éd. Calmann-Lévy, Paris, 1965。

但并不意味着自我与他者的完全混同,尚需对这一活动的视野进行界定。构建在本质上同样也是一种界定行为,即"Begrenzung"。这是《威廉·迈斯特》中所闪耀的智慧,也是所有浪漫主义者的信条,虽然这一信条偶尔也会失之模糊。

F. 施莱格尔曾说:

> 没有界定,就没有构建。[1]

诺瓦利斯亦曾言道:

> 对自我进行限定,是一切总结活动的前提,也是一切奇迹的先决条件。世界就始于奇迹。[2]
>
> 知识的进步没有边界,但在某一个具体的行为上,我们应当设下一些临时的界限——既是有限的,也是无限的。[3]

关于文学作品及一般的构建活动中有限和无限的关系,F. 施莱格尔曾有过清晰的表述,今天看来,这些话仍有其时代意义:

---

[1] *AL*, p.308.
[2] *Fragmente I*, n°1712, p.458.
[3] *Ibid.*

3 "构建"及其对翻译的要求

当一部作品已经有了明显的界限,但同时它的界限又是无边无沿、可以随意扩展的时候,当它忠于自我,与自我并肩,却又超越自我的时候,这部作品就已经"学成"(gebildet)了。它的荣光和完善,都来自它的环球之旅,就像一个英国的年轻人在成长过程中所必经的那样。它需要游历过五大洲四大洋,这不是为了磨平其个性中的棱角,而是拓宽它的视野,给它的精神以更多的自由和丰富的内涵,这样它才会更加独立、更加自信。[1]

是否进行界定,是构建活动与混沌的游荡之旅之间的根本区别,后者甚至可以导致自我的迷失。"环球之旅"并非毫无打算的游荡,而是去向那些真正可以构建自我、教育自我并最终完善自我的所在。

那么,若是构建行为只有借助那些限定性的、循环往复的位移活动才能得以完成,它应当向何而译呢?更准确地说,究竟是哪些翻译,或者是哪些领域的翻译,才能起到中介作用呢?

作为一种经验活动,构建绝不是对他者的简单模仿。但它却与德文中所说的"原型"(Urbild)及"典范"(Vorbild)有着本质上的关联:它可以是对"典范"的"再现"(Nachbild)。这些都指向了构建的经验本质:在从他者

---

[1] *AL*, p.141.

中找寻自我的过程里，自我先是遇到了一些相当于典范的意象，随后它又会把这些典范视为中介。所以，在威廉·迈斯特游学期间，他结交了许多挚友，每一次，他都会先把自己视同为他们，随后，这些朋友又会反过来帮助他认清自我。

典范（Vorbild），其实是原型（Urbild）的一种体现形式和存在方式。典范汇聚了某种完美性和完善感，它们让典范成为"经典"。典范即便不是规则，至少也是范式，是构建过程中亟须参考，却无须抄袭的对象。A. W. 施莱格尔曾定义过什么才是真正的模仿：它有别于"对他人外在举止的有样学样，而应当是对后者行为准则的内化"[1]。

至于文化同文学领域，自温克尔曼[2]起，古希腊罗马文化就成为德意志的典范和原型：

> 我们之中，最先带着激情，在艺术和古典文化的诸多表征中发现人类的至善典范的，就是"圣温克尔曼"。[3]

甚至可以说，由此开始，古典文化就在构建过程中担负起典范和原型的作用；在这个意义上，文化史、文学史乃至

---

[1] *AL*, p.346.
[2] 约翰·约克欣·温克尔曼（1717—1768），德国著名美学理论家，将美学理论应用到艺术领域，对席勒、歌德、黑格尔等人的思想都有影响。——译注
[3] *AL*, F. Schlegel（Idées）, p.216.

古典语言史都成为"一部永恒的品位史和艺术史"。而如何处理同这个典范之间的关系就成了一个棘手的问题:"对古典的回归"显然是必要的,因为古典时代既是源起,亦是典范。除此之外,再无其他的文化形态,无论是现在的还是过去的,可以拥有类似的优先权。与古典相对照,现代性还处于一个探索的过程,在不成熟的思考间逡巡徘徊。对德国的古典主义者来说,同古典典范之间的关系,即构建现代性的先决条件。换言之,现今的德意志应努力到达和古典文化相同的高度,尤其是应注重吸收古典文学的诗歌范式。正因如此,语文学作为以上述诗歌范式为研究对象的学科,理当发挥关键性的作用:

> 语文学的目的和巅峰,便是体味古典并将之在自我的身上实现。[1]

再论到翻译,显然此时首要的翻译对象就应当是古典文学,所以赫尔德才会呼吁对荷马,这位"诗歌之父"进行翻译。福斯响应了这一号召:1781年,他译出了《奥德赛》;1793年,译出了《伊利亚特》。他的翻译主旨是以最大的忠实度来还原希腊文本,并借此将"尚未成形"的德文置于古希腊诗歌格律的"有益"范式之下。对福斯的翻译,向来也不无非议,但它却和路德的《圣经》译本一样,有着极大的

---

[1] *AL*, F. Schlegel (Idées), p.117.

历史意义。

歌德评价道：

> 我们永远也不会高估福斯的贡献。……今天，回首他的译作，我们就会意识到这个天才的年轻人是如何发掘了德文的可塑性，他又为德意志语言带来了多少修辞上、节奏上和格律上的好处。……我们有理由希望将这位译者的名字直截了当地放入文学史之中：面对着满眼的荆棘，他是第一位走上这条道路的人。[1]

F. 施莱格尔也曾说：

> 福斯本人的诗作已渐渐被人遗忘，但随着时间的推移，他作为翻译家和语言艺术家的生命，却越发充满光辉。[2]

洪堡则声称：

> 是福斯将古典文化引入了德文。[3]

---

[1] *Le Divan occidental-oriental*, p.432.
[2] *AL*, Entretien sur la poésie, p.309.
[3] In Störig, *op. cit.*, p.82.

3 "构建"及其对翻译的要求

对古典文化的发现是一个极其重要的过程,它将希腊语的影响引入德文诗歌中,导向了霍夫曼斯塔尔所说的"德意志语言的希腊化"(Griechische der deutschen Sprache),荷尔德林正是其中最好的例子。

一旦明确了古典文化在与他者的关系中的优先地位,就要面临另一个问题,一个自浪漫主义时期起直到尼采时代都能引发德意志文化隐秘的骚动的问题:古希腊与古罗马,究竟是哪一个距离我们更近呢?当然,并没有人曾经明确地提出过这个问题。一方面,根据温尔克曼的教诲,古典时代是一个"整体",希腊和罗马自然便可混为一谈;另一方面,若是考校其文化的原创性及作为典范的优良性(Vorbildlichkeit),古希腊却是远胜后者[1]。它是诗歌和所有诗类体裁的故乡,亦是哲学、修辞学、历史学及语法学等学科的发源地。它在文化上的优先性是毋庸置疑的。然而,与此同时,它似乎也隐匿了某个与现代文化颇有冲突的异质元素,那就是它同神话间的关系。如果说古希腊文化是构建的典范、是土壤,那么在我们冒险肯定这一前提的同时,就必须面临古希腊文化的异质性。由于F.施莱格尔和尼采二人都曾接受过语文学的教育,所以他们本能地感觉到了这一点:

---

[1] "我们并不妄图占有古希腊文化,而是应当请它来占有我们。"(Herder, *Briefen zur Beförderung der Humanität*, in *Die Lust...*, p.318.)哈默尔1812年所译的《哈菲兹诗集》中的译者序里也有一句话可以同上文互为参照:"与其说是(译者)要把波斯诗人介绍给德文读者,不如说他更想将德文读者引荐给波斯诗人。"(*Die Lust...*, p.398.)

相较于希腊人来说,罗马人距离我们更近,也更易理解。[1]

　　对希腊文化的信仰已成为我们这个时代的时尚。我们总是用夸张的词句称颂着它的功绩,并对此不厌其烦。然而这时,有个人出现了——或者该说是有些人——他们告诉我们:你们都走错了路。[2]

尼采则说:

　　无须去跟希腊人学些什么——他们的东西太富于异国情调了,也太难以捕捉了。所以,他们的文化不能对我们产生命令的效用,也不能被当作古典主义来崇奉。

与之相反,罗马人似乎更易接近,这大概要归因于他们的文学及文化中那种派生的、混合的或杂交性的特色。不管是对尼采还是对浪漫主义者而言,古罗马文学中对文体的混同,对仿作和讽喻的兴趣,对矫饰的借用,在作品体裁上的模糊不清,抑或是那些亚历山大学派文学和拉丁文诗歌所特有的行文格式,都要比古希腊更有吸引力。而相对纯净的古希腊文化,虽然歌德将它视为"完美的古典典范",荷尔德林也曾称颂过它的古朴特色,在吸引力上却要稍逊一筹。

---

[1] *AL*, p.86, p.138.
[2] *Ibid.*, p.138.

F. 施莱格尔就曾指出过这种存在于德国浪漫主义和古罗马折中主义之间无可抵御的相似性:

> 亚历山大学派及古罗马的诗人之所以会对那些枯燥无味或颇无诗歌意味的题材感兴趣,是基于这样一种伟大的思想:一切都应当被诗歌化;这并非出自作者的意愿,而是源自文学作品的历史趋向。古典时代的末期,信奉折中主义的诗人们会将不同的文体混同起来,正是出自这样一种追求:只应当存在一种诗歌,就像世上只能有一种哲学。[1]

而这一点正是《雅典娜神殿》浪漫派的"行动纲领"。或许,浪漫主义对诸说混同的兴趣正因发源于此,才会有诺瓦利斯和 F. 施莱格尔对各种"协作活动"(协作诗歌、协同哲学思考、协作批评)的大力推崇:对他们来说,这些活动中对不同内容的多元化混杂要比其对话性层面更为重要。

但这样一来,"古典文化"这一概念的完美的统一性就出现了裂隙:古希腊与古罗马之间、古希腊与现代之间都裂开了鸿沟。或者说,构建活动同时拥有了两个典范:古罗马的兼容并蓄(它可以导向"更大的完美")和古希腊的完满(它纯粹地反射着事物发展的"自然循环"[2])。

---

[1] *Crépuscule des idoles*, Mercure de France, Paris, 1957, p.183.
[2] *AL*, F. Schlegel (Sur la philosophie), p.240.

此外还有一点：古罗马的折中主义在现代文学中得到了历史性的延续。现代文学始于游吟诗人，始于中世纪史诗，以及一切我们可以称为"古罗曼语文学"的作品；随后又在但丁、彼特拉克、亚里士多德、塔索、薄伽丘、卡尔德隆、塞万提斯、罗佩德维加、莎士比亚等人的手中臻于完善。这就勾勒出了一条传承的脉络：古罗马性—罗曼语文化—小说文体—浪漫主义。F. 施莱格尔同诺瓦利斯都曾准确地意识到这一点：

> 在我看来，我们古时的民族归属，确然是属于罗马的。……德意志便是一个作为国家的罗马。……古罗马兼容并包的政策和对直觉的偏好也时常在德意志民众中隐现。[1]
> 罗马哲学。罗马语言。[2]

罗马／罗曼语文化：这就是浪漫主义的活动场所，也是他们的批评和翻译的施展之地；他们借此构建出了关于新文学的理论体系。

与之对应的是，古典主义者（歌德、席勒）和荷尔德林都更偏好翻译古希腊文本，前者是因为将之作为典范，而后

---

[1] Novalis, *Grains de pollen*, in: *Schriften*, II, Samuel, Darmstadt, 1965, p. 437.
[2] Novalis, *Fragmente II*, n°1921, p.53.

者则是出于这样一种主张：在文化发展的轨迹上，古希腊代表着"现代"的反面，代表着异；荷尔德林则认为，对于异者，就像对"自我"[1]一样，我们都要同时加以学习。

由此，我们可以看到，在两种不尽相同的文化选择之间，德国 18 世纪下半叶的翻译视野得以显现，而翻译在各个领域的构建过程中所起的核心作用也表现出来。我们可以据此描绘出一幅该时代德文翻译的地图，这幅地图体现出了一定的区分性、选择性、等级性或者说是隔断性：其中，"希腊"与"罗马/拉丁文化"、"纯粹"与"混同"、"循环"与"进步"在某种意义上甚至会互相排斥。[2]这一对立也映射了古今之争，反映了古典主义同浪漫主义的分歧，以及诗歌这一文体和戏剧、音乐、文学等艺术门类在德意志文化中的地位的讨论，这些争论将会在 19 世纪及其之后的德国引发持久的震动。我们只需想到瓦格纳、尼采和托马斯·曼就能明白这一点。

在正式论及浪漫主义的构建理论及翻译之前，我们还需将目光转向歌德，看看在他的理论框架下，"构建"这一议题是如何获得了最具古典主义色彩的形态的。

---

[1] Hölderlin, letter du 4 décembre 1801, in: *Remarques sur œdipe, remarques sur Antigone*, Bibl.10/18, Paris, 1965.
[2] 克洛普施托克也曾表达过这一点："不要说要去翻译法语或者是别的什么语言；不管听起来多么高尚，你们都没有这种权力。我唯一会允许德国人做的翻译，就是对古希腊的翻译。"引自克洛普施托克 1769 年写给格兰的信（*Littérature allemande*, Aubier, Paris, 1970, p.354）。

4 歌德：翻译和世界文学

译者好比热心肠的媒婆，

他们极口称赞那位半遮半掩的美人，

颂扬着她的姿色，

引起我们对原作无可抑制的思慕。

——歌德《艺术与古代》

理想主义时期的德国，再没人能同歌德一样，以如此密集的方式感受过构建过程中种类繁多的位移活动；也没有人能如他一般，令"构建"这一概念从此拥有了一种和谐、活跃及完满的形式。如果说浪漫主义者和荷尔德林的生活中永远都充斥着思辨与诗性的激情的话，歌德的人生里，则为所谓的人类"自然的存在"留出了空间，其中当然包括他的多段情感关系、他的家庭生活、他在魏玛的各项活动、他的旅行，以及他为我们留下的诸多通信函件与谈话录。席勒称他为"所有人中最易沟通的人"[1]。他的作品也同样洋溢着生命的活力：他对各种诗歌及文学文体都有所涉猎，也编著过他自以为"纯科学"的作品，撰写过日记和回忆录，更曾主持过报刊与杂志。在这份清单中，缺少的只是文学批评和理论思辨两种文体样式，虽然他也写过许多评论文章及一些看起来颇有理论性的文字。但若是说到翻译，这倒是歌德曾实践终身的一项活动，《歌德全集》中有一整卷都是用来编入他的译作的：他译过本韦努托·切里尼（Benvenuto Cellini）、狄德罗、伏尔泰、欧里庇得斯、拉辛和高乃依，也曾将许多意大利语、英语、西班牙语同希腊语的诗歌译为德语。当然，他的翻译作品并无多少过人之处：在这个意义上，歌德既不是福斯，也不是荷尔德林，更不是 A. W. 施莱格尔。但难得的是，翻译实践贯穿了歌德的一生（这显然与歌德自童年起就能对多种语言熟练掌握是分不开的），与实践相伴的，还有他对此进行的异常丰富的理论思索。这些思考散见于他的文章、书评、引言、对话录、日记及来往信函之中，在《诗与真》《〈西东诗集〉注释及相关回忆录》和《为纪念共济会兄弟去世的葬礼悼词》中更是得到了集中的表述。在另外两本著作，即《少年维特之烦恼》与《威廉·迈斯特》中，歌德也插入了一些翻译选段，这似乎并不完全是偶然。此外，以上并非歌德与翻译的全部渊源：他不仅是

---

[1] Fritz Strich, *Goethe und die Weltliteratur*, Francke Verlag, Berne, 1946, p.54.

一个从事翻译的诗人，而且还很早就成为一个被翻译的诗人。成为被翻译者的这一事实，也引发了他许多饶有兴味的思考。一次，他偶然读到了自己作品的外国译作，还为此写下了《象征》（*Ein Gleichnis*）一诗；此外，自1799年起，他就一直想出版一部《赫尔曼与窦绿苔》（*Hermann et Dorothée*）的多语译作对比版，其中包括丹麦语、英语和法语的译作。这说明，歌德已将"被翻译"当作一种经验来体会，而并非沉浸于作为原作者的沾沾自喜中。总体而言，歌德对翻译的论述旁芜混杂，无法成为整体性的理论，却自有其内在的和谐性。这种和谐性来自歌德对自然现象、人类现实、社会存在和文化实在的看法：他认为，所有这些的自然本质，都是一种互动、参与、反射、交流和变形。在这里，我们无法深入探讨歌德的这一看法。我们要选择的切入口，是歌德在创作晚期才提出的一个概念，即"世界文学"（Weltliteratur）：他为后者赋予了一种神圣色彩。他对于"世界文学"的思考，实际上植根于他对文化间及国际间交流的看法。翻译是一种可以天然地象征、代表及促进这些交流的活动，虽然它在其中并不占据垄断地位。在人与人之间、民族与民族之间、国家与国家之间，广泛存在着必要且自然的交流与互动；它们在互动中建立了自己的身份认同，造就了自我与他者的关系，而在这种互动中，充满着各种类型的位移活动。歌德的关注点，正是这种富于必要性和原生性的交流活动，以及它的各种表现形式。整体而言，他更倾向于思考交流的各种具体形式，虽然他清楚，这些形式的背后，存在着"外在无限变幻的内在永恒的统一性"[1]。他的思考正是依托于以下两个要点，即在互动过程中以及通过互动过程所实现的，"普遍性"与"多样性"间的彼此磨合和互相揭示。关于自然，他曾在1783年说过：

> 自然的每一项作品都有着它独特的存在，自然的每一种表现方式都闪现着独一无二的思考，但所有的这一切最终会组成一个特定的唯一。[2]

早年间，他也私下抄录过康德的这段话：

> 根据互动法则或群聚法则，可以导出同时性原则。所有的存在，只要它们同时出现在同一空间里，就必然会处在永恒的互动之中。[3]

在其他著述中，还有这样一段论述：

> 人不应当是一个空言教诲的个体，而应当是一种行动、生活和实践的存在。只有在行动同互动中，我们才

---

[1] Fritz Strich, p.26.
[2] Fragment sur la Nature, in: *Pages choisies de Goethe*, Éditions Sociales, Paris, 1968, p.35.
[3] In *Strich*, *op. cit.*, p.24.

能获取自身的圆满。[1]

除去这种关于"共同行动的当下"的观点,歌德还对"个性中的共性"提出了自己的看法:

> 在所有特殊的存在中,不管它是历史性的、神话性的、传奇性的抑或是偶发性的,我们都能找到某种共性。[2]

正是这一原则,激发了歌德对"原人""原植物",或者更宽泛地说,对所有的"原现象"(Urphänomen)的研究热情。而他有关翻译和世界文学的看法,也正是建构在以上所说的互动原则及共性与个性的关系理论之上的。

那么,世界文学究竟是什么?事实上,这个概念并不意味着要用一种百科全书式的视角,去看待世界上存在过的或是存在着的所有的文学形式,甚至也不是用来指代那些拥有了世界性地位的伟大作品,比如说荷马、塞万提斯或莎士比亚的著作,虽然他们已经成为世界上所有"受过教育"的人的共同遗产。歌德口中的"世界文学"其实是个历史性的概念,它所指称的则是各个民族文学及地区文学之间的关系的现代状况。在这个意义上,似乎说"世界文学的时代"才

---

[1] *Ibid.*, p.56.
[2] *Ibid.*

更为贴切。在这个时代里,民族及地区文学之间并不满足于简单的互动(这种现象古已有之),而是在一个前所未有的密集互动的背景之下,重新去思索各自的存在和发展前景。世界文学会同可供各民族进行物质产品贸易的世界市场(Weltmarket)一起出现,正如施特里齐所说:

> 它是一种精神财富之间的贸易,是民族与民族之间的思想的互换,是一座世界性的文学市场,各个国家都可以在其中交换他们的精神宝藏。歌德本人也曾借用过这种经济和贸易领域的专属意象,来阐释何为"世界文学"。[1]

世界文学的出现并不会导致民族文学的末路。它只是为后者进入一个新的时空提供了契机:在这个时空里,民族文学之间可以生发多种多样的互动,并在互动中重塑自己的形象。1820—1830年,歌德已经很清晰地阐释过这种观点:

> 现今,民族文学已无太多的意义,世界文学的时代即将到来,所有人都应致力其间,以便加速这个时代的到来。[《与埃克曼的谈话》(*Conversations avec Eckermann*),1827年1月31日]
> 如果说我们大胆地宣告欧洲文学,甚至是世界文学

---

[1] *Ibid.*, p.24.

与普世文学的到来，这并不是因为现在各个民族之间对彼此的文化及文学创作都有了一定的了解，若是这样说的话，我们早就拥有世界文学了。……不是这样！我们所说的世界文学，是指现今所有的文学界的同仁……都互相了解，以一种团队的意识和倾向来指导自己的创作，以社会一分子的责任感去实践（gesellschaftlich）。[1]

由此看来，世界文学史是一种当代所有的民族文学的积极的共存。这种共时性，或者说是同时性，则是"世界文学"概念的核心要旨。

施特里齐（Strich）说道：

> 世界文学是当代人共享的精神空间，无论他们是何种国籍，都可在其中沟通会面、互通有无并且共同实践。

歌德本人则说：

> 当我们回溯历史时，到处都能寻到一些与我们相处融洽的同类，还有那些我们必然会与之发生冲突的人。但是，最重要的，还是当下，因为它用最纯粹的方式折

---

[1] *Ibid.*, p.24.

射我们,我们也能在它的身上看到自己的影子。[1]

这种当代民族文学的有意识的积极共存必然会改变自我与他者之间的关系。它不会消弭差异,但会促进交流的扩大。在歌德眼中,这正是现代性的本质。

在这个即将到来的崭新空间中,翻译起到了举足轻重的作用。1828年,在歌德与卡莱尔的通信中,他提到了自己的剧作《托夸多·塔索》(*Torquato Tasso*)的英译本:

"但我想向您询问,这本《托夸多·塔索》作为一个英语文本,究竟质量如何。若是您能不吝赐教,我自当万分感激。因为,原作与译本之间的关系最是能反映民族与民族之间的关系,若是我们想了解世界文学已经前进到了何种地步,就必须要知晓和评判这一点。[2]

故此,即使我们无法将翻译变为世界文学的典范,至少也要让它成为后者的基石。歌德的思想正是游移于以下两个极端之间:推崇一种泛化的普遍翻译,或者是将德意志语言及文学作为世界文学的中心媒介。但无论是何种情况,译者的任务都至关重要:

---

[1] *Ibid.*, p.25. 斜体部分为作者所加。
[2] *Ibid.*, pp.20-21.

能看懂或是正在学习德文的人,就如同身处一个市场之中,所有的国家都运来了它们的产品。这个人就可以担当起翻译的角色,也可以借此来充实自身。因此,我们应当把所有的译者都视为中介者,他们一直在推广这种世界性的精神交流,并致力于推进此类贸易。翻译活动纵使有诸多不足,但它仍然是世界贸易市场最重要且最值得尊重的活动之一。《古兰经》中说:真主为每一个民族都派遣了一位操着他们语言的先知。所以,每一个译者都是他的民族的先知。[1]

歌德还写过另一段话:

德国人的使命,就是成为世界上所有公民的代表。[2]

第二段话中流露出的思想倾向似在表明,随着德国对他者文化开放的程度越来越大,德意志的文化空间可以在世界文学的构建过程中完美地担当起"交易市场"的角色。无须过多延伸,便可得出下述结论:对于歌德来说,德语就是翻译的语言。其实,早在歌德同埃克曼的一则谈话中,这种观点就已有迹可循。但是,他的言语间却带着几分乏味,不禁让人猜测或许歌德本人也认为这个主张不足令人深信:

---

[1] *Ibid.*, p.18.
[2] *Ibid.*, p.30.

> 毋庸置疑的是，……一个人要是懂得了德语，便能省下许多学习别的语言的力气。当然，这里所说的"别的语言"并不包括法语：在他国游历的时候，法语是不可或缺的工具，所有人都能听懂它；只要掌握了法语，在任何国家都能担当起口译的角色。但像希腊语、拉丁语、意大利语和西班牙语等语言，我们只需明白德文，就能看懂那些用上述语言写就的最伟大的著作了。它们的德文译本毫不逊色于原著，我们根本没有浪费时间去学习这些语言的必要。[1]

讽刺的是，歌德的这些言论似乎同我们在本章题铭处所引用的话颇有矛盾之处。但是，这显然说明歌德已经意识到了翻译活动之于德意志文化的重要性：一方面，法兰西将它的语言打造成了"世界语言"（一门在学术交流、外交活动及贵族阶层的人情往来中都使用的语言）；另一方面，德国人也在打磨他们的语言，以便在德文中听到别的语言的伟大著作的回响。根据歌德的设想，这种语言改造计划最终将于1830年完成，而终其一生，歌德都欣喜地见证着该项计划的逐步推进。需要注意的是，虽然歌德，甚至施莱尔马赫、洪堡和诺瓦利斯，他们都认为德文正在变成一种翻译的语言，但这并不意味着对于世界文学来说，只能存在一种中

---

[1] Eckermann, *Gespräche mit Goethe*, Aufbau Verlag, Berlin, 1962, pp.153-154.

介语言，或者是在这其中真的存在着上帝的选民。世界文学象征的更是一种泛翻译化的时代：在这个时代，所有的语言都按照它自己的方式，学习如何去成为一种翻译的语言，如何去体会作为经验的翻译。歌德注意到，在19世纪20—30年代，法国和英国也加入了世界文学的进程，它们都开始翻译德国文学（其中就包括歌德本人，还有席勒和赫尔德的作品），并且对这种翻译实践给予了极大的重视。

构建世界文学，首先就意味着将翻译视作一个根本性的、值得尊重的活动，而且要将翻译文学纳入民族文学的范畴。关于这一点，歌德的看法在一则逸事中得到了充分的体现。1808年，时值拿破仑占领时期，一些学者想为"人民"编辑几本纯粹的德文诗集。这一举动有着显而易见的民族主义倾向[1]。这些编者曾就选材的问题征询过歌德的意见。而

---

[1] 自1801年起，歌德对于民族主义的态度就已在《神殿入口》杂志中有所体现："或许人们很快就会认为，民族的艺术和民族的科学都是不存在的。像所有有价值的事物一样，这二者都属于整个人类世界，并且只能生发于当代所有人彼此之间的互动和交流之中，提醒着我们过去所遗留的一切，和我们已知的现在。（引自施特里齐，同前书，第49页）。事实上，民族主义这一概念本身就是对歌德的文化互动论的质疑，但这并不意味着歌德支持的是一种空洞而抽象的世界主义："若说所有的民族都用同一种方式来思考，这显然是不可能的。不同的民族所能做的，只能是对他者的行为给予关注，试着去相互理解；如果它们无法做到相互友爱的话，至少也要试着彼此忍受。"（同上，第26页）"我们应当正视每个民族的特性并予以尊重，只有这样我们才能同它们建立起关系；因为每个民族的特性就像它的语言或是货币一样，都是对交流大有裨益的，甚至是使交流变得可能的首要因素。"（同上，第26页）

歌德给出的唯一一个建议,就是应把外国诗歌的德译本也编辑进来。这首先是因为自其发生期起,德文诗在形式上就对外文诗歌多有借鉴,其次也证明了,在歌德的眼中,译介的诗歌同样属于民族文学创作。

在肯定了翻译的权利、尊严和地位之后,歌德就着手发展他自己的"翻译理论"。我们会看到,他的观点多集中于对翻译的时代及方式的思考,与他所说的构建活动的"时代"有其对应性,说是"理论"其实也有几分勉强。"构建"是一种过程,一种从贫瘠的闭锁状态慢慢变为积极互动的过程:在这个过程里,同自我的关系在同他者的交流中得到了强化,他者与自我的关系也得到了平衡。从这个视角来看,翻译就是这种关系的具象化,它也有其过程性,可以被分为不同的阶段。这些阶段都是历史学意义上的阶段,包含着重要的时刻和具体的操作方式;在某个特定文化发展的过程中,这种阶段性的变化周而复始:

> 翻译可分为三种。第一种翻译,旨在将他者按照我们所理解的方式呈献给我们。若是要从事这种翻译,最好就是采用散文语体。……
>
> 随之而来的就是第二个阶段。在这个阶段里,我们尝试去适应他者存在的不同形式,但事实上,我们想要吸收的仅仅是他者的精神内核,并将其移植到我们的思想里。我将这个阶段称为模仿阶段,但在此,"模仿"这个词并没有任何褒贬性的含义。……法国人在诗歌译

介中广泛地应用了这种模仿式翻译。……他们将外国的字词都强制性地转为法文的表达方式,甚至连其中所表述的情绪、思想或物品也不放过;他们不惜代价,要让异国的种子在自己的土壤上另外结出果实。……

但是,由于我们无法永远停留在一个未完成或已完成的阶段,更因为转变每时每刻都会发生,我们终将迎来翻译的第三个阶段,即最后的、同样也是至高的阶段。这个阶段的目标就是创作出同原文完全一致的翻译,这并非要用翻译来代替原文(nicht anstatt des andern),而是要让翻译在自己的土地上发挥原文的效用(an der Stelle)。

一开始,这种翻译必然会遭遇极大的阻力;因为一旦译者试着去贴近原文,他就需要或多或少地背离自我文化的独创性。这种翻译会催生出"第三种话语",译入语的读者也必须渐渐适应这种语言方式。……

事实上,在任何一种民族文学中,都会出现这三个阶段的循环,有时它们之间的顺序是颠倒的,甚至也可能会同时出现,总之,无论是《列王纪》的散文译本,还是内扎米的译作,都能在翻译发展的历史过程中找到自己的位置。……

现在,已然到了进行第三种翻译的时刻:它可以再现不同的方言,传达原著行文中独特的节奏、韵律和表达,我们也可以借此重新来体味原诗中的独特魅力。

至于我们为什么要将第三个阶段视为最后的阶段,

还需要简单解释一二。力求与原作一致的翻译近似逐行对译,可以极大地加深我们对原作的理解;它将我们进一步地推向原作;至此,陌生与熟悉、已知与未知相互靠近的圆环终于合拢了。[1]

这段著名的引言也堪称德国古典主义时代有关翻译的最完美的理论表述。无论是施莱尔马赫还是洪堡,都未能超越歌德的看法。对此,应当补充些我们的看法。首先,歌德把上述三种翻译方式当成历史性的,将他们分别对应到某种与他者的关系的状态。虽然第三种方式被称为"至高的"和"最后的",它却并非在逻辑上优于前两种方式,尤其是第二种。它之所以"至高",仅仅是因为其代表了翻译至高的可能性(一种有意识创作的逐行对译版本),并且从它开始,圆环就又开始转动,一切都可以回到原点。从第一阶段到第三阶段,自我到他者的位移已经完成,而对于歌德而言,并不存在这三者以外的翻译方式。另外,在不同的翻译领域,这三种方式完全可能共存,比如说,对东方文本的译介,就并不一定会同对古希腊或莎士比亚的译介发生在同一时期。

---

[1]《西东诗集》,第 430—433 页。歌德在此提出的发展框架是三段式的,同"构建"所体现的观点一致。但是在另一篇为维兰特所致的悼词中,他对翻译的看法则是二元对立的,和施莱尔马赫的表述相符,后者只是对其进行了进一步的深化:"翻译可以有两种取向:一种是将国外的作者带回国,使他看起来就像我们中的一员;另一种则是将我们奉献给他者。……这两种取向各有其长处,历史上有许多智者都用实例给出了佐证。"(in Störig, *op. cit.*, p.34.)

但是,这并非令歌德放弃宣扬第三种方式的全部原因,其真正的诱因,则与20世纪我们的某些顾虑颇有相似之处。歌德并未在《西东诗集》中提及这一点,却在别处列出了两个原因。其中第一点,就是翻译同不可译性的关系:

> 他曾在1828年致信魏玛公国的内阁总理大臣冯·弥勒,信中提到人们不应在翻译中同外国的语言短兵相接。人们应当触碰到不可译性,并且尊重它;因为这才是一门语言的价值与品格所在。[1]

在《箴言与沉思》中,也有同样的表述:

> 在翻译中,我们应当承认其中的不可译性;只有在这个时刻,我们才会意识到别的民族和别种语言的存在。[2]

然而,对第三种方式的践行必然会导致两种语言的短兵相接,迫使译者去翻译不可译性,这种关于"短兵相接"的比喻让人想起兰波所说的"精神斗争"。实际上,不可译性所指的并不是原文中的某段字词,而是他者语言的整体,以及它所带来的相异性和不同感。对于这种不同,歌德认为应

---

[1] *Strich*, *op. cit.*, p.19.
[2] *Literatur und Leben*, Band 9, Art. Ged. Ausg., p.633.

当予以尊重（这也是他所提倡的人文主义的要求），但同样也要将之相对化，也就是予以减轻。虽然这种不可译性正是他者语言的价值与独特性的所在，但之于歌德而言，这并不一定是本质性的问题。正是由于这一点，他才会对同时代的翻译，尤其是 A. W. 施莱格尔的译作颇有微词，因为他们都将外文诗作翻译成了诗歌，而不是散文语体。当然，这种翻译方式自然有其合理性，但在当时，却很有几分革命性的味道：施莱格尔的译本能够成为后世典范，便是有赖于此。但是，这一新的尝试却体现出了一种对诗歌外在形式的绝对崇拜，这正是歌德所极力反对的：首先，他认为不应将诗歌的内容和形式割离开来；其次，也是因为他为其中的内容赋予了一种超验性的价值——内容并不简单等同于我们透过作品的语言形式所能捕捉到的思想，而是一种更神秘的东西。我们可以说，内容之于形式，就像自然之于其现象。《诗与真》中有两篇文章都阐释了歌德的立场：

> 我尊重节奏，也尊重韵律，是他们让诗之所以为诗；但是诗歌中还有着更深刻、更基本的含义，有着文学进步的组织者和推动力，那就是将诗歌翻成散文之后，还能留存下的东西。所以说，留下的，就是完善而纯粹的内容。[1]

―――――――――

[1] *Ibid*., Banel 10, p.540. 斜体为作者所加。

诚然,在同一篇文章的后续部分,歌德还是将诗歌的散文化翻译称作第一层级的翻译,并把路德的《圣经》译本当作其中的典型例子。但是,这并不妨碍他把"完善而纯粹的内容"当作行为准则和基础原则,并为之进行长久的辩护。《诗与真》中,还有另一篇论及路德同其翻译的文章,歌德借此阐释了他对于作品内容的看法:

> 在传递给我们的事物中,尤其是书面传达而来的事物中,最重要的,就是作品的底蕴,它的深层存在,它的含义和它的指向。在那里,我们能找到最原初、最神圣、最有效、最无可琢磨、最无可摧毁的东西;不论是时间,还是外来影响,抑或是外在条件,都无法触及这个原初的底层存在,就像身体的疾患永远也不会伤及内在的灵魂一样。在一切有灵魂的著作中,它所使用的语言、方言、表达法、行文风格或写作方式,就是作品的躯体。

> 我们所感兴趣的,就是寻找作品的深层内涵和原初特质,这也是所有人都应当担负起的任务。为实现这一目标,我们首先应检视作品对于我们灵魂的意义,探究它的活力可以在何种程度上激活和丰富我们的内在;至于它外在的躯壳,由于其无法对我们的灵魂造成任何影响,我们只需将它留给文学批评家。事实上,作品的语言外在只会割裂并分离其作为整体的存在,并不会对我们深处的内在带来改变,甚至都无法为我们的信念带

来一丝的震撼，而内在和信念才是我们唯一要坚持的东西。[1]

如果说上述"作品的内涵"就是它能随时在我们身上唤醒的东西，是能让我们产生共鸣的内核，是它深处的语言的话，那它似乎是同"不可译性"完全对立的。由此，我们也可以看到翻译的相对性特征，它与作品间的区别是紧密相连的；也可以注意到文学批评的衍生性及次要性。反之，如果同浪漫主义者一样，将语言形式视为作品最重要的要素，诗性同批评式的翻译就会成为首要的翻译手段。

如果我们把歌德对翻译的论述及其对构建活动的探讨对照起来看的话，他所提出的三段式的翻译衍生过程就会更加明晰。实际上，歌德绝大多数关于翻译的思考都是在这一框架内进行的。1831年，在他去世前不久，歌德还写了一篇题为《论社交修养之阶段》（*Epochen geselliger Bildung*）的文章，并就此列举了四个关键的时间节点。其中第一阶段与赫尔德所属的"处子式"的语言差相仿佛，后三阶段则同他在《西东诗集》中所说的翻译发展过程颇为吻合：

I. 在蒙昧的大众中，出现了一些小的学者圈子。这些圈子内部的关系非常私密，大家只会相信自己的朋友，只会歌咏自己的爱人，所有的一切都裹着一种熟悉

---

[1] Goethe, *Ses Mémoires et sa vie*, t. III, Le Signe, Paris, 1980, p.17.

且家庭化的气息。圈子与外界是相互隔绝的,运作方式也是相对独立的,因为它们需要用这种方式来巩固自己的存在。其成员所偏好的语言则是自己的母语,所以我们将这一阶段称为田园诗时代。

Ⅱ. 小圈子的规模开始扩大,……内在的交流也得到了深化,人们不再拒绝外语的介入。不同的圈子之间仍有界限,却在彼此接近。我将这一阶段称为社会化时代或文明时代。

Ⅲ. 随后,圈子进一步发展扩大,它们彼此之间建立起了紧密的联系,开始出现融合的趋向。人们意识到他们拥有着共同的愿望和倾向,但是他们间的界限还远未消弭。这个阶段是最具有普遍性的。

Ⅳ. 为了最终进入普世性的时代,我们需要仰仗极大的幸运,才能得来今天这来之不易的成果。……只有得益于某种自上而下的影响力,我们才看到了今日的现实:之前仅仅保持交流的圈子,最终融合到了一起。所有的民族文学都获得了平等的地位,我们德国人也并未落在世界潮流之后。[1]

如果我们将其中的"圈子"一词全部换成"民族",就能勾画出世界文学形成的过程。在《神殿入口》杂志的序言里,歌德从另外一个角度讨论了自我与他者的关系,阐释了

---

[1] In Strich, *op. cit.*, p.65.

所谓的"对立性原则":

> 如果我们为了方便,仅仅满足于取用本身就拥有的事物,那我们永远也无法塑造自身。所有的艺术家,就像所有的普通人一样,都只不过是一个有些特殊的个体,他只有依存于某一方面才能得以存在。这就是为什么,不管在理论上还是实践上,人都要尽其所能地吸收与他天性相反的东西。轻浮的人要寻求严肃认真,严肃的人应参照轻松简单的事物;雄浑要与纤巧相调和,而纤巧则需汲取力量。借助那些与自我天性相反的事物,我们的自我都能得到进一步的完善。[1]

从这个角度来看,与他者间的关系就是同自我的反面的一次相会,是同与我们对立的文化的一次交谈。歌德曾借用过一个例子,即19世纪初期德国文化和法国文化的相互交流。德意志文化的无限制性(Unbändigkeit),可以帮助法国文化从古典主义的桎梏中解脱出来。相应地,"灵活"的德国文化也可以借鉴法兰西对于形式问题的严谨态度。由此,两种文化都可以从对方身上学到与自我本质相反而自己却又恰恰缺乏的东西。所以说,与他者的关系,就是寻找一种既定的差别及不同的过程。此外,自我与他者间的关系,除去对立以外,还隐含着一种双方共处的可能性:他者并不

---

[1] *Ibid.*, p.55.

仅仅是另一个自我,而自我,却恰恰是无数另一个自我的集合体。与他者的关系,首先是一种共时性的关系:我们无法同逝者交流和互动。

然而,这些另一个自我的共时性还应当建立在第三个存在之上,这个存在应当是一个绝对化的概念,一个随时可以参照的事物,一个为自我及他者提供给养和灵感的存在:此处,我们探讨的是文化的问题,所以理当由某种文化来扮演这个第三者的角色,而这种文化,则应是自然在人类文明中的直接表述。这种文化,就是希腊文化。对于歌德而言,古希腊人即是完人,也象征了构建活动最完美的形态。就像人类需要不时回归自然一样,在构建的循环中,我们也需常常返归古希腊文化。1827年1月31日,歌德曾对埃克曼说道:

> ……关于如何看待他者:我们并不能死守着某些特殊的事物,并主观地将其作为自我的典范,不管我们面对的是中国文学、塞尔维亚文学,还是卡尔德隆或《尼伯龙根》,我们都不能这样做;但倘若是真的需要一个典范,我们就应将目光转向古希腊时代,那时的作品都体现了人类至高的和谐状态。至于其余的那些文学,我们只能从历史的角度去研究它们,尽可能汲取其中有益的成分。[1]

---

[1] *Ibid.*, p.101.

这段话中,歌德提到了卡尔德隆和《尼伯龙根》,这几乎已经是一种明显的批评了:歌德并不欣赏浪漫主义者对于外国文学毫无保留的开放态度。事实上,对他而言,古希腊理应在构建过程中担负起"原型"及"典范"的作用,歌德从未怀疑过这一点。古希腊文明是永恒的"唯一性"的突出表达,代表着"原人"的文明,是评价其余所有文化形态的唯一标尺,无论是德国文化、法国文化、意大利文化,或者是广义上的拉丁语文化,都可依此来评断。而除此之外的其他文化,都只不过是一种"历史性"的存在,它们属于"过去"(在歌德的口中这个词显然是贬义的),或者"现在"。由此,我们再一次触及了歌德理论中的二元化命题:永恒性与现时性。这两个概念,在"自然"中其实都有所体现。[1]

因此,在歌德、席勒及洪堡的直接影响下,福斯等人所从事的对古希腊文学的翻译,自然就因其对翻译对象的选择而获得了某种优先性。也正是因为这一点,歌德并不乐于见到浪漫主义者所带来的翻译浪潮,因为这些译作既非对古希腊文化的译介,也不像施特里齐所说的那样,是对同时代的他者文化的翻译:

> 显然,德国的浪漫主义者对几乎所有的文化都有所

---

[1] "一切都存在于自然之中。……它的当下即是永恒。"(《歌德选集》,第352页)

> 译介。但他们究竟翻译了些什么？但丁、彼特拉克、塞万提斯、莎士比亚、卡尔德隆，还有古时的印度文学。至于当代其他的民族文学，却被他们排斥于兴趣范围之外。所以说，浪漫主义者认识到的只有时间的延续性，他们的眼中只有过往，却没有给予同时性及共存性以应有的重视，他们没有意识到，时间也是一个共时的集体，我们正在这个当下一同存在着。[1]

在这里，我们可以看到歌德对于世界文学的另一种看法。我们知道，歌德其实于莎士比亚及卡尔德隆处受益良多，所以这段论述就更显得有趣了。根据歌德所言，浪漫主义的翻译实践只会导致一种专注于过去的倾向，一种危险的诸说混合的境地。通过这一点，我们再次看到了之前就已提过的两种构建方式的对立，以及翻译领域内在的结构上的断裂。值得注意的是，歌德在《西东诗集》中引出的翻译的三个阶段，同施莱格尔或施莱尔马赫的相关论述并没有本质区别，所以他此处对浪漫主义者的抨击就更令人吃惊了。但事实上，歌德对于浪漫主义者所谓"天才式翻译"的学说和他们热衷于翻译所有外国文学的态度，一向是有所保留的。

不过，歌德至少为我们提供了一种视角，让我们可以明

---

[1] Strich, 同前书, 第 24 页。歌德此处的评述固然有其准确性，却并未穷尽问题的本质。诚然，对于当下，浪漫主义者有着一套截然不同的看法。但我们并不能因此就将他们视为"过去主义者"，其实，叫他们"未来主义者"反而更为妥当。请参见第 10 章关于施莱格尔的论述。

白在翻译同时代著作和译介过往作品之间,究竟有什么本质上的区别。过往为我们留下的只有作品;但若是在当下,我们还有作者,还有进行直接互动的可能,甚至还有更多。共时性的存在,意味着被翻译的语言亦可成为翻译的语言,翻译的主体也可成为翻译的客体,被翻译的语言、作品和作者也都可以充分体验这种被翻译的状态。此外,如果我们把翻译看作两种语言间的互动,那共时性就能达到一种双重的效果:译入语固然会发生改变(这也是我们第一眼就会注意到的现象),而译出语同样会出现变化。歌德所坚持的,就是在共时性的框架下,探究翻译和被翻译作为一种活动的整体性,考量它们在心理学、文学、民族生活及文化领域所引发的具体现象。由此,翻译就进入了互译的无尽循环。实际上,这种循环在所有的文化位移活动中(文学批评、借鉴、相互影响等)都有所体现。歌德为我们展现了一种自我与他者间互动关系的全面性的视野,不仅说明了之于异者而言,何为自我,也揭示了自我与他者对自我的认知间的相互关系。我们可以断定:在世界文学的时代到来之前,与他者间的关系要么就是拒绝,要么就是缺乏理解,要么就是变形化或"模仿化"的吸纳(古罗马的翻译,乃至19世纪的法国翻译都属于这一种),要么就是充满尊重的忠实接受(自18世纪下半叶以来的德文翻译即是如此)。但是,在世界文学的时代来临之后,自我与他者间的关系就趋向于复杂,不同的文化开始在他者提供的镜像中审视自我,在其中捕捉无法在自我身上找寻到的反馈。对自我的限定不仅要借助对他者的认识,更要借助他者对自我的认识。歌德的言论,几乎就是黑格尔所说的"互相认同"理论的另一种版本,歌德也并不排斥后者在《精神现象学》中提到的"斗争"这一概念。

这种自我与他者间的互动关系,自然与翻译活动有着密切的联系,但同时也与文学批评等其他的文化间或文学间的交流形式息息相关。为了阐释这种关系,歌德曾借助许多概念来加以解释,比如"参与"(Theilnahme)、"反射"(Spiegelung)、"回春"(Verjüngung)、"翻新"(Auffrischung)等。"参与",就意味着积极的介入和全身心的投入,所以这一概念本质上就同"影响"(Influenz)一词是相反的。歌德对后者颇有微词,认为它只是一种被动的关系,就像与之同词源的疾病"流感"(Influenza)一词一样惹人生厌。关于这一点,他曾经介绍过英国诗人卡莱尔,认为他:

> 体现了一种平和、明晰和紧密的参与形态,参加到了德意志文学诗性文体及其他体裁的建构之中。他的努力同本民族的力量融合在一起,展现了个体在其特殊的位置上所能发挥的作用,并在某种意义上说明了在一个民族文学的发展过程中,必然会发生内在的冲突。……如果说在多年间,文学内部都因这种冲突而混乱不断的话,他者的加入就可以帮我们拂去骚乱的尘灰,吹散遍布的迷雾,将自我中未曾发现的边缘地带带到他的眼前。在他者的照耀下,这些边缘地带上依然浮动着惯常

的光影；他者凝望着它们，怀着一个如静夜赏月般安静的灵魂。[1]

由此，外国文学成为民族文学内部冲突中的斡旋者，让后者看到一个凭借自身力量无法观察到的自我形象。而歌德本人就曾在意大利的古典主义同浪漫主义之争中扮演过这种角色。他者的介入，诠释了"反射"及"翻新"这两个概念的内涵：

> 他（歌德）曾在 1827 年说道，濒临枯竭的民族文学，可以从他者处得到新生。[2]

歌德更曾断言：

> 任何文学终归都会自我厌倦，没有他者的介入，它无法得到翻新。试问有哪一位智者，会不为反射和思索带来的奇迹而感到欣喜？而关于反射或映衬在道德领域的作用，我们都曾有意或无意地经历过。只要我们对之有所察觉，就能感受到它在我们的成长中所起的巨大作用。[3]

---

[1] In Strich, *op. cit.*, pp.37-38.
[2] *Ibid.*, p.34.
[3] *Ibid.*

在《形态学》一书中,他也提及了下述原则:

> 最美的转身,就是从他者身上破茧而出的过程。[1]

在两种文化间所能发生的反射形式中,翻译无疑是其中最重要的一种,也是最能引起歌德注意的一种。这不单是因为他本人就有相关的经验,更是由于同文学批评相比,翻译更具创造性。当歌德读到《赫尔曼与窦绿苔》(*Hermann et Dorothée*)的拉丁文译本时,他做出了如下评论:

> 我已有多年未曾读过自己的这篇得意之作,而现在我却凝视着镜中的它。经验和眼内的反射都告诉我们,镜子有种神奇的力量。在这里,我看到了与原文既相同又有所不同的感情和诗篇,它们在另一种更成熟的语言中得到了传达。我意识到,拉丁文将那些隐匿在德文中的纯真的内容,用一种更概念化的方式传达了出来。[2]

关于该诗的拉丁文译本,他又补充道:

> 它看起来更加高贵,虽然在形式上看来,它更加接

---

[1] *Ibid.*, p.33.
[2] *Ibid.*, p.36.

近诗歌原初的形态。[1]

无独有偶,歌德同样认为奈瓦尔所译的《浮士德》也让德文得到了"更新"。至于席勒的历史剧《华伦斯坦》的英语译本,他亦曾声称:

> 这是一个全新的论调,一个或许未曾被经历,或许尚未被表述的观点:译者不仅为民族而工作,他同样有益于原著的语言。事实上,这种情况比我们想象的还要多:一个民族汲取了它的伟大著作的所有元气和力量,吸收了它全部的内在生命,以至于在之后的很长一段时间里,它都无法继续从中获取益处或取得养料。德意志民族就曾遭遇过这种困境,他们急于汲取现有的财富,忙于对此进行模仿,并因此抹杀了作品的价值。这就是为什么,在这种情况下,我们需要翻译。一个好的翻译会让作品获得重生。[2]

如果说以上论述仅仅是用来描写歌德发现自己及其朋友席勒的外文译本之后的欣喜的话,那它只不过是些浅显的心理描写;这样,它就同翻译没有任何的关系,无法表现翻译在外文中重塑原著之后所引发的变形。但事实显然远非

---

[1] *Ibid.*, p.36.
[2] *Ibid.*

如此:歌德之所以"欣喜",是因为他意识到翻译事实上已经将原著置于自身的镜像之中,并借此得到了"翻新"和"重生"。在这一点上,"被翻译"就对一部作品起到了决定性的作用,对其作者而言也是如此。因为翻译可以将著作置于一个全新的时间维度,一个更贴近本原的维度,一个如新生般崭新的时段。经过这种新生之后,作品即可再次为母语的读者和作者提供新的可读性。当然,翻译之于他者的意义尚有待进一步的揭示,但是显而易见的是,它的功能并不仅限于为自我一方中那些无法理解原文的读者来译介作品。事实绝非如此:翻译是一种经验,它不仅关系到翻译的一方,也关系到被译的一方;它作为一种被完成的独立作品,适合被所有人阅读。翻译对被译作品的反哺作用其实是它的一种根本特性,歌德敏锐地注意到了这一点,并将其同语言的生命、作品的延续和翻译的本质等神秘的问题联系了起来。他用了一系列空间和时间上的意象来描绘这些神秘问题,诸如镜像中的反射,生命的更新及其对本源的回溯。若是没有翻译为作品带来一股"他者的新风"的话,原著很可能会"自我厌倦",并在自我语言空间对其内涵的无休止的汲取中,最终走向一种枯竭的境地。在这个意义上,它需要被翻译,需要在他者的反射中以一种年轻的面貌出现,以便为母语的读者重新展示它诱人的容光,或者说,是它作为作品的姿态。作品所经历的这种变形,或者说是转生,似乎已经在歌德的意料之中。他在无意识的情况下,创作了一首题为《象征》的诗歌,揭示了翻译的象征内涵:

Jüng pflückt'ich einen Weisenstrauss

Trug ihn gedankenvoll nach Haus,

Da hatten von der warmen Hand

Die Kronen sic halle zur Erde gewandt.

Ich setzte sie in frisches Glas

Und welche in Wunder war mir das!

Die Köpfchen hoben sich empor,

Die Blätterstengel im grünen Flor,

Und allazusammen so gesund

Als stünden sie noch auf Muttergrund.

So war mir's las ich wundersam

Mein Lied in fremder Sprach vernahm.[1]

诗人从田野里采撷了鲜花,将它带回自己的居所。离开了故国的土地,鲜花开始凋零。于是诗人将它们浸入了清水之中,花朵就再次焕发了勃勃生机:"而当我听到用外语唱出的我的歌谣时,心中亦涌动着同样奇妙的情感。"在这里,摘花人便是译者。诗歌离开土壤,当然可能会枯萎。但是译者为它注入了译入语的新鲜血液,它即可再次盛放,就

---

[1] 同前书,第35页。大致翻译如下:"我在田野中采撷了一束鲜花,带着满心的沉思返回居所,掌心的热度让花冠垂下,我将它们置入一杯清水之中,然后就看到了怎样的奇迹!花朵昂头,萼叶返绿,一切都恢复了健康,就像它们仍然生长于故国的田野。而当我听到用外语唱出的我的歌谣时,心中亦涌动着同样奇妙的情感。"

像在故土上一样。这是一个奇迹，因为不管是诗歌，还是花
朵，都已经离开了旧地。虽说此处歌德是用花朵的重开来比
喻翻译之于原诗的意义，但值得注意的是，《象征》这整首
诗都有其象征意义，或者说，对于歌德来说，翻译本身就有
其象征性。那它象征着什么呢？它象征着奇迹，一个每天
都会发生的奇迹：在我们的生活中，无数的位移活动构成
了世界的表象，它们幻化出了变形及重生所带来的无数张
面孔。[1]

但是，虽然其将翻译视为变形，并把它纳入了生命交流
的大循环之中，歌德却并未曾声称"一切都是翻译"。事实
上，翻译所带来的这种奇妙的反射，在其他活动中亦有体
现，特别是在人际交往的领域，比如爱情、友情、社会关系
及文化交流中。

歌德终究还是没有迈出最后一步：他没有发展出一种泛
化的翻译理论，而语言间的译介只不过是翻译的一种具体形
式。这一步，歌德并没有走出；恰恰相反，虽然他常对现实
世界抱着一种同一化的态度，但却一直都隐晦地保留着各个
领域之间的界限。浪漫主义者却并未遵循这一点。他们将歌

---

[1] 霍夫曼斯塔尔有类似的观点："语言是我们的世界中最美妙的东
西……它们就像是最完美的乐器……然而，我们很难让它们奏出想象
中的动人声音。所以，当我们已经对母语的美好听而不闻的时候，一
门外语的出现就会带来一种神奇的催化效果；我们只需将自己那些枯
萎的思想注入外语之中，它们就可以重新焕发生机，就像被放入清水
中的鲜花一样。"（Hofmannsthal, *Die prosaischen Schriften gesammelt*,
t. II, Berlin, 1907, p.105.）

德的反射升华成了反思,把后者视为本体化的原则,并借此发展出了泛化的位移理论,其中的典型代表就是我们之后要探讨的诺瓦利斯的百科全书观。

我们一直都将浪漫主义诗学性的激进主张和歌德相对文学艺术的谨慎态度置于一种对立的境地。现在,我们需要借用一种近似于歌德的观点,而并非他们自己的观点,来解读浪漫主义者的主张,看看他们的思辨激情中到底有哪些负面的东西。当然,我们并不会一直重复《雅典娜神殿》中的诗歌绝对主义,并以此来脱离歌德的人文主义理论,而是会将后者的直觉绝对化,突出翻译的社会性和历史性。

5 浪漫主义革命与"无限变幻"主张

在《诗歌杂谈》一书中,施莱格尔简略回顾了上至古希腊、下至莎士比亚的"诗歌发展的不同的历史时期",随后谈到18世纪末德国文坛的情势:

> 然后,我们至少可以从中概括出一种传统,即那种回归古典、回归自然的必要性。在德意志与经典的互动过程中,其文化得到了渐进的提升,也就自然闪现出了向传统回归的灵感。温尔克曼教导我们要把古典文化视为一个整体。……而歌德的普世性,又以一种柔和的角度,为我们反射了各个民族、各个时代的诗歌创作……哲学也一路高歌猛进,它不仅做到了理解自身,也同样开始解读人类的精神活动。它已经达到了一个相当的深度,可以阐释人类狂热的本源,也可以论证我们对于美的理想;此外,虽然哲学此前从未对诗歌的本质及存在进行过猜测,现在它也明确地承认了诗学的地位。自雅典时代起,哲学与诗歌的璀璨火花,就已向我们证明了

它们才是人类最伟大的能力,但在很长一段时间里,它们一直分道而行。今天,这二者终于相交相汇,互相启发,互相促进,进入了一场永恒的互动。翻译诗人的作品,重现他们的节奏,这无疑是门艺术;批评则成为一项科学,一项足以勘正前谬并为今后的古典研究昭示新的前进方向的科学。

而德国人需要做的,就是继续沿用上述方法,并秉承歌德的典范,对艺术的各种形式进行深度的探寻,以便给予它们一个新的生命,或是一种新的结合方式。[1]

F. 施莱格尔的这段话以高度概括的方式为我们揭示了《雅典娜神殿》的浪漫主义者们是如何看待他们所处的时代及当时发生的巨变的:对古典的回归,那种千变万化的民族诗歌之魂的出现,哲学的自我拓展,思辨同诗歌的结合,以及翻译艺术和批评科学的涌现,对于他们来说,这些都是当下的新生事物。在引言中,施莱格尔不仅论及了许多已发生的历史事件,也映射了浪漫主义者将做未做的某些计划:他们希望可以把哲学和诗歌联结起来,把批评改造为一项科学,将翻译转变成一门艺术,这些都是浪漫主义者的要求,是施莱格尔作为理论领袖的团体的要求。当然,此处若是仅用"要求"这个词,似乎是掩盖了其中蕴含的理论复杂性,因为在浪漫主义的理论体系中,"哲学""诗歌""艺

---

[1] *AL*, pp. 305-306.

术""科学""批评"或"狂热"等词汇都有其特定的含义，我们无法按照现有的概念视野来理解它们，甚至也无法将它们等同于耶拿浪漫派之前的学者提出的类似概念。

若想理解施莱格尔的这段话，需要我们对《雅典娜神殿》成员的理论思想进行一次简短却深入的考察。只有这样，我们才能明白翻译为何会被牵涉在当时的各项重大文化实践中，又在其间占据了怎样的地位。

此项考察的起点，显然应当是浪漫主义者所说的"批评革命"，F. 施莱格尔和诺瓦利斯是主要的倡导者。那么，"批评革命"究竟有何含义？这指向了康德的学说，指向了他的"哥白尼革命"，而费希特，包括之后的第一批浪漫主义者都对此进行了发扬和继承。当然，它同样也指向法国大革命。不过不管指向为何，我们都能看到一种历史性的断裂。康德倡导的革命将批评引入哲学的腹心，树立起有限主体的分析学，并禁止感性元素涉足其间；从此，任何天真单纯的思辨都再无法于哲学领域立足。另外，法国大革命同样以理性的名义，对各种传统的社会形态进行剧烈冲击。这就意味着，伴随着康德和法国大革命，批评的时代已然到来：

> 这个时代，我们都很荣幸地得以参与其间；这个时代，如果我们要以一个词来概括它的话，我们可以很谦逊，但很形象地说，这是一个批评的时代：现在，除去这个时代本身之外，一切都可以被批评，而且自此之

后，批评会越来越重要。[1]

这个时代把一切都置于它的"化学反应"[2]之下，它是一个反天真的时代，或者，从反面来说，也是一个摒弃单纯的时代、一个割裂的时代。浪漫主义思想继承了这种非单纯性，拒绝了一切天真的思考：它完全浸润在一种对批评的热情中。同其他后康德时代的思想一样，它继承了康德的遗志，立志让批评活动变得"更有批评性"，并进一步揭示康德已经为之展开思辨的主体无限性的奥义。耶拿浪漫派正是追随着费希特和谢林的脚步，加入将康德思想激进化的行列之中的。

事实上，浪漫主义者在后康德时代的使命，其实是以艺术和诗歌为媒介，进一步探讨主体无限性的问题，并据此重新书写一切关于艺术、诗歌、构建、批评以及同费希特所说的"科学教育"相关的理论。他们的计划，很明显的是一项由多种"教育"计划共同构建成的项目；其所包含的意义，其实远超同时代由谢林提出、稍后由佐尔格发扬的所谓"艺术扩大化"的理论，因为浪漫派的计划就学术层面来说，并未局限于哲学领域，也没有限定在诗学的范畴。我们知道，第一批的浪漫主义者并没有很多作品问世，甚至在这有限的作品中，有不少处于未完成的状态。例如，假若诺瓦利斯并未写就《断片》的话，仅仅凭借那些诗歌和小说，他

---

[1] F. Schlegel, *Kritische Schriften*, p.532.
[2] *Ibid.*, p.83.

或许根本无法赢得学界的认可；至于 F. 施莱格尔，他的文学创作［比如《卢琴德》(*Lueinde*)］根本未曾摆脱文字实验的范畴。那么，如何界定浪漫主义者的计划所面向的空间呢？或许应该说，这并不是一个作品的空间，而是一个对即将到来的、一直被期待的尚不存在的作品进行思考的空间。浪漫主义者所留下的为数不多的已完成作品，就是他们的批评、断片、对话录、有关文学问题的通信……还有他们的翻译。其实无论是翻译、文学批评，还是对话录、通信抑或是断片（此处的断片是指从尚福处继承来的特定文学体裁，而并非是指所谓的"碎片"［(Bruchstück，即未完成的零碎文字)］，它们都有一个共同点，那就是它们都指向一个不在场的作品：翻译指向原著，断片指向整体，通信和对话指向一个外来的指代物，批评指向被批评的文学作品或作为整体的文学创作[1]。这些文体并不是作品，但它们却和作品有着

---

[1] 此外，需要指出的是，施莱格尔将通信与对话录也视作一种断片："对话，就是由断片组成的链条或圆环。而一系列的通信往来，便是一串大规模的对话，至于所谓的回忆录，更是由记忆中的断片组成的。"（《文学的绝对》，第107页）对他而言，批评更应该以一种断片的形式出现："批评家应当刻意地忽略文学体裁所带来的束缚。在文学批评中，写作的碎片化不仅是可被原谅的，甚至还是合宜地、应当被赞许的写作方式。"（《批评书写》，第426页）至于翻译，它应当是类似于注释和评论的文体："注释是语文学意义上的讽刺短诗，而翻译则是对原作的模仿；另外，如果将原作视为前置文本的话，翻译其实就是对其进行的一个巨大的评论，是同原作进行的完美交融。"（《文学的绝对》，第90页）很明显，对于施莱格尔来说，一个特定的问题可以通过多种写作方式来实现。

极为深切的关系。而这种与事实上并不存在的、预设的作品之间的紧密的关系,以及如何在这种关系的框架下,思考作品之所以为作品的存在本质,正是《雅典娜神殿》浪漫主义者的核心议题。但其中可能有更深层次的内容:有鉴于这种关系的紧密性,他们预感到这些写作形式或许亦可被纳入作品的空间之内,哪怕就现在来看,它们似乎处于这一空间之外的。换言之,原作需要被翻译,同时也无须被翻译;作品需要被批评,同时也无须批评家的介入;断片既代表着整体,同样也不是整体;通信和谈话录既是作品,同时也不是作品。问题因此而浮现:文学作品作为这样一种悖论的集中地,它究竟是什么?浪漫主义者所倡导的批评革命,就是从批评和翻译所展示的与原作的令人着迷的紧密关系出发,从广泛意义上的语文学出发,对作品的内涵进行无休止的探究,正如诺瓦利斯在某个断片里说过的那样:

> 广义上的语文学就是关于文学的科学。所有一切关于书本的学说都是语文学的。注释、题目、题词、序言、批评、阐释、评论,乃至引言等,都是和语文学有关的。所有一切研究书本的,只关于它们的,而并非像原作一样同自然现实紧密关联的,都属于语文学的范畴。[1]

---

[1] Novalis, *Fragmente* I, n°1256, p.339.

事实上，这个游戏是危险的，因为批评和翻译也可能被归咎于创造力的匮乏，而断片式的书写，更可能被解读成对构建完整的作品和系统的无力。从某种意义上来说，它们也就是那种不在场，那种无力感，两者交替往复，直至无穷。当诺瓦利斯在施莱格尔《断片》的空白处写下"这不是断片"及"这不是一个真正的断片"[1]的时候，他并非将断片视为一种既定的规范，而是将断片当作碎片式的书写方法，一种随时可以被扭转的书写方式，一种在普通意义上被割裂和未完成的书写方式。从诺瓦利斯和施莱格尔留下的众多手稿中，尤其是最近面世的几个德语版本中，我们既能看到他们写作中的不完满，也能看到他们有时是故意采取这种断片化的书写方式的。正因如此，我们可以说，浪漫主义思想的丰富性，包括它可以无限自省的反思性，还有它可以适应各种面向的适应性，它对整体的理解的可能性，从另一个角度来说也同样体现了浪漫主义思想极端的贫瘠性，它深处的无能性，是因为它并不具备长时间围绕一个固定的主题或认知对象进行思考的能力。第二代浪漫主义者的作品〔诸如克莱门斯·布伦塔诺（Clemens Brentano）的小说〕就常常能为我们形象地展示浪漫主义思潮的这一特点：它永无停歇，却也永远无法止歇。这也正是黑格尔所说的"负面的无尽性"，他曾经就此对浪漫主义提出过批评，但此项批评却未产生大的反响，因为在此处，丰富和贫瘠、可能与无能

---

[1] Novalis, *Schriften* Band II, éd. Samuel, p.623.

是紧密联结在一起的。

所以说,所谓的批评革命,要完成的第一件事就是要将作品树立为体现其本身的无限性的媒介。这一思想可以为哲学提供思辨的武器,但本身并不能算作哲学思想。在这里,我们所说的作品,仅仅是指书面上的、文学的作品。我们稍后也会看到,在文学之外的其他艺术领域(唯一的例外就是音乐了),浪漫主义者都未能取得什么理论建树,也许是因为这些艺术形式同文学不同,它们与批评、翻译和其他形式的片段写作之间并不具有这种紧密而又悖论的联系,而这种联系,正是文学的本质。而文学还有一个特点,就是它是以语言为媒介的,这也是媒介中最具普适性的。[1] 哪怕是施莱格尔兄弟以及诺瓦利斯在寻找"艺术形式之间的共性"[2]方面所做出的零星努力,也仅停留在泛泛之谈的层面。实际上,他们的激情,只存在于"语文学"上,就是写作上。F. 施莱格尔曾经在《论哲学》(*Lettre sur la philosophie*)中说过:

> 但是,就是这样,我是作者,我仅仅是一名作者。写作对我来说,具有一种无法言述的魔力,也许是因为在它的周围,总是闪动着一种永恒的黎明之光。我必须向你承认,是的,对我来说,在那些死寂的文字之后,

---

[1] *Kritische Schriften*, p.419.
[2] *AL*, F. Schlegel, p.176.

隐匿着一种神秘的力量，它让人惊叹赞美。我常常会感到惊讶，因为那些看起来最简单的词句……却往往蕴含着最丰富的含义，那是一种从灵魂深处迸发的火花，让我们以一种清晰而又形象的眼光来看待事物……在书写的沉默中，我觉得文字的线条相较于唇齿间的声音相比，更能优雅地掩盖那些精神外化出来的想法。我甚至想要借用我们亲爱的H先生（诺瓦利斯）的那种微有神秘的语言，说出以下的想法：活着，就是写作；人类唯一的使命就是要在自然的桌面上，用造物主赋予的语言的锋锐，刻出神明的思绪。[1]

诺瓦利斯也曾说道：

我的自我便是我的精神的作品，我希望在我的自我面前，能够寻到一整套的书籍，其中对各个艺术及科学领域都有所涉猎。[2]

我愿将我的一生都献给一部小说——它应当能占满整座图书馆，而这部小说，也能反映出一个民族的整个学习的历程。[3]

---

[1] *Ibid.*, p.225.
[2] *Ibid.*, p.431.
[3] Novalis, *Briefe und Fragmente*, p.459.

浪漫主义者对书籍和书写的热爱或许还有另一个原因,即书写的成果可以自成系统。俗语里便有"书籍的世界"这个词,诺瓦利斯曾引用过[1]。这种书写中内含的系统性,施莱格尔亦曾提过,他认为所有的文学作品都可被视为一部正在形成中的统一的作品,而这种系统性,也是值得被思考和被研究的。但其实还有另外一个层面:文学同样也是一个会进行自我区分的领域,希腊人就已经为我们展示了其区分的具体形式,即将文学分成不同的体裁。而其他的艺术领域,就不会将自己划分成如此多的体裁,更不会强调这种划分的重要性。事实上,在文学领域中,体裁的区分是一件如此自然的事情,以至于我们每次要否认其间的区别或者将这种区分视为明日黄花的时候,它都会再次浮现。但是,从历史的角度来看,我们刚刚也提到了,还有另外一种可能,就是把不同的文体混合起来:对浪漫主义者来说,之前使用亚历山大体的写作者,还有用拉丁语创作的诗人,或者是当代的莎士比亚和塞万提斯都已经成功实现了这一混合,而且混合也是19世纪诗歌创作的必然前景。这才有了下述的疑问:

> 诗歌是否应该单纯地被分为诸多体裁?还是它应该被视为一体,不被划分?我们是否应该致力于将诗歌从

---

[1] *Fragmente II*, n°1938, p.19.

分裂带至统一的状态?[1]

而浪漫主义者的计划,就是将这种历史上只是偶然闪现过的趋势,变成一种自觉自愿的倾向:我们会看到,批评和翻译都是这项计划的组成部分。

首先要做的,就是创设一种全新的文学批评和文艺理论,以便后者可以同之前的时代进行一场历史性的断裂,将文学行为变成一种反思性的、坚信自身绝对性的行为。实际上,一切事实都向我们表明,哲学领域的哥白尼革命同诗歌领域的哥白尼革命是共生共发的。其中的原因也不难理解,完全可以用康德的学说来阐释:三大批判并非仅仅代表着人类知识的极限,也象征着人类精神的反思,这种反思,可以让精神真正地触及自己的内核,把握住其自身的独立性:

批评。永远处在批评的状态。批评的状态就意味着自由。[2]

这就是为什么在本章开头处的引言里,施莱格尔会通过某种明显的对康德和费希特的影射,指出18世纪末叶时,哲学完成了对自我的认知。还不止如此:康德的批判,可以上溯至人类超验的想象力,并在其中发现"人类狂热的本源

---

[1] *AL*, F. Schlegel, p.174.
[2] Novalis, *Fragmente I*, n°26, p.15.

和对于美的理想",因此,这就迫使哲学去"清楚地认知诗学"。这说明哲学在其自身的发展过程中,已经涵盖了某种"美学认知史"的发展历程、某种"狂热性"的认知过程[1],并因此引发了诗学领域的革命。得益于这场革命,诗歌可以认知自身,就像理性也可以借助超验性的力量来自我认知一样。而另外需要指出的是,诗学革命并不会仅仅局限于诗学的范畴,正如哲学革命也无法完全在哲学领域实现一样,会导致两个结果:首先,批评无法存在于诗歌之外,而应该成为诗歌的自我批评。其次,这种自我批评也无法摆脱哲学的束缚,因为对于浪漫主义者来说,对于自我的思考本身就是一种对自己进行哲学反思的行为:这也就是为什么,诗歌和哲学之间是一种相互交融、相互混杂的状态。关于这一点,F. 施莱格尔有两段颇为精彩的论述:

> 整个现代的诗歌史同时也是一部哲学的批评史;所有的艺术都应当成为科学,而所有的科学也都应当成为艺术;诗学和哲学应当被统一起来。[2]

> 诗歌越接近科学,也就越接近艺术。如果诗歌应当成为艺术,如果艺术家应当对自己的目的及手段有一个清醒深入而又科学的认识……那就需要诗人对自己的艺术做出哲学思考。如果艺术家不仅要成为发现者和艺

---

[1] *Ibid.*, n°1466, p.391.
[2] *AL*, p.95.

术家,还要成为自身领域的专家,……这就需要他也成为语文学家。[1]

在上述文字中,正如在《诗学谈话录》中一样,我们再次注意到了一种术语上的交叉:"艺术""科学""诗歌"同"哲学"等概念相互交错。我们于交错中感受到了诗歌的哥白尼革命:诗歌升华为科学,上升为对自我的认知,成为人为的艺术,完成了对自我的构建,并且借助哲学的力量,最终成为某种对自我的思辨。诺瓦利斯在其《诗歌断片》(*Poéticismes*)中也阐述过相近的观点:

> 之前存在过的诗歌形式之于当今诗歌的意义,就如同之前的哲学之于现在的语言哲学的意义是一样的。直到现在,诗歌仍活跃着,将要到来的超验诗歌也可被称为机体诗歌。等到后者被发明出来的时候,我们就会发现,所有真正的诗歌都会在不自知的情况下——它们甚至都没有相关的主体性意识——对作为整体的诗歌机体造成实质性的影响——虽然它们其中的大多数在细节处都是诗学的——但作为整个的机体来说,它们则是反诗学的。以人类语言为研究对象的哲学一定会带来这种改变。"[2]

---

[1] *Ibid.*, p.136.
[2] *Fragmente II*, n°1902.

5 浪漫主义革命与"无限变幻"主张

在诺氏的这段话中,我们可以看到一种对人类自我认识的极度推崇,或者说是一种对反思[1]中的自我意识的推崇,这正是耶拿浪漫派的思想核心。事实上,在《语言哲学断片》中,诺瓦利斯另有一段话来解释诗歌和哲学的关系:

> 诗歌是哲学的英雄。哲学将诗歌升华到一种原则般的高度。它教会我们认识诗歌的价值。哲学就是诗歌的理论。[2]

但从这种意义上来说,哲学就变成了哲学思考的同义词,而哲学反思似乎应当这样理解:

> 它是一种来自更高层次的自我呼唤——一种真正的自我揭示。[3]

然而,这个诗歌的自我认知过程只不过是第一步——一个康德意义上的第一步——一个语言哲学革命的第一步。第一步之后,必然还有第二步,我们也可以将之称为后康德的一步:对诗歌的无限性进行进一步的展开。其实,对于浪漫主义者来说,反思的过程和无限化的过程本质上是一体的。

---

[1] 因"反思"为费希特哲学的核心概念,故以此为主要译法。
[2] *Fragmente I*, n°1925.
[3] *Ibid.*, n°1968.

其实,他们对"反思"(réflexion)这一概念的外延进行了极大的扩展,将其作为一种本体性的实质活动,诗学革命正是这项扩展的结果:

> 我们应当把所有事物的自我认知行为都当作一项独特的活动。[1]
> 一切我们思考的对象也都会反思其自身。[2]

沃尔特·本雅明也为我们揭示了"反思"是如何影响浪漫主义思想的,于 F. 施莱格尔甚至曾写道:

> 浪漫主义精神似乎是将自己当作了自身狂热感情的对象。[3]

但这种自我反思并非心理学意义上的运动,更不是惯常意义上的自恋手段。实际上,这种对自我的异常关注在初期的浪漫主义者中也并不常见。此处的"反思"更像一种反射的过程,一种自我反射或拒绝反射的过程,F. 施莱格尔就曾不无贬义地说道:

---

[1] *Ibid.*, n°1152.
[2] *Ibid.*, n°2263.
[3] *AL*, p.168.

> 反思一种对自我的鼻尖的枯燥的端详。[1]

反思的形式结构是这样的：它是一种运动，从"反思"变为"对反思的反思"，随后又变为"对关于反思的反思的反思"，循环往复，直至无穷。这其实是一种无穷化的过程，也是一种升华的过程：它是逐层渐进的、分为不同层次的、沿着台阶向上的、随着刻度渐次上涨的，而这种升华，也可以理解为向上的过程，或者说是一种强化的过程（Potenzierung），也是一种扩展的过程（Erweiterung）。这就具体体现了思辨在实证意义上的完整性。

这种体现之所以具体，是因为它展现了现实的完整性，展现了一系列的反思元素是如何互相激发，以便产生更多的反思活动的，就好像是有一条反应链条，在各个方向上激发起了无数的强化反应：

> 力量就是原材料的原材料。灵魂就是力量的力量。精神即是灵魂的灵魂。上帝则是精神的精神。[2]

这种体现同样也是实证式的，因为现实的反思机制能够解释哲学反思的真谛：所有看似是面对外物的反思过程，其实也是外物对自我进行反思的过程：

---

[1] *Ibid.*, p.113.
[2] *Fragmente II*, n°2281, p.139.

> 难道不是只有在自我注视的情况下，我们才能看到别的机体吗？或者说只有在审视自我的过程中，我们才能完成对他者的审视？而在所有我们审视他者的过程中，也会看到他者对自我的审视。

这一理论的直接推论之一，就是我们看不到外物，我们看到的只有自我的反射：

> 思想的内容物必然也是思想。……眼睛能看到的只有眼睛——思考的主体能看到的只有思考的主体。[1]

这样的世界，从其严格意义上来讲，也必然是一个反射的世界。在这个世界中，任何的外在性、任何的区分和任何的对立都只是浮于表面的，是过渡性的。

由此，反思成了一个本体论意义上的普适原则，这让它脱离了轻率的主观性陷阱，成为具有客观性的活动。例如，在诺瓦利斯将死亡或疾病也视作思考活动的时候，我们就可以看到这种将反思客观化的努力。又如，对于浪漫主义者来说，对于机智（Witz）和反讽这两个文学概念来说，它们的内生结构也是具有思辨性的。当 F. 施莱格尔宣称"只有在写作中才能接触到真正的机智"[2]时，我们能够感知到，他

---

[1] *Ibid.*, n°2128, p.104.
[2] *AL*, p.164.

想把这个概念阐释为一种作品的形式,而不是作为作者的一个心理特征。我们还可以据此得出一个不无悖论的结论,作为思考的主体,自我理应是客观的、具有系统性的——这一系统性在于它的本质可以随着其逐渐强化的过程来慢慢得以展现:

> 诺瓦利斯曾写道,……关于自我的思考,就是将自我系统化。[1]

施莱格尔亦曾说过:

> 所有的系统都是个体,就像所有的个体也都是系统,至少它们是系统的种子,或者有变为系统的趋势。[2]

之前在讨论诺瓦利斯的《诗歌断片》时,我们就曾提及过机体这个词,其中也不乏"系统性"的含义:在歌德与赫尔德的作品中,与其说它是"机构"(organisme)的同义词,不妨说它更近似于"组织"(organisation)。这也就是为什么,思考活动可以支撑起有关"天赋"(génie)和"作品"的理论。

如果说思考是一项本体论意义上的活动,那么浪漫主

---

[1] *Fragmente I*, n°1054, p.252.
[2] *AL*, p.133.

义思想就是一系列思考活动的联结。所谓"构建",就是摆脱康德式的局限性,获得"超验意义上的自我",并将"自我的存在扩散至无穷"。这个过程,就是个扩展的过程。而所有的扩展,都既是"提高到某种阶段的过程",同时也是"降低到某种层级的过程"。[1]只要思考是没有穷尽的,这种双向的运动就无从避免。这也就是诺瓦利斯所说的"浪漫化"的精髓:

> 世界需要被浪漫化。只有这样我们才能寻到原初的含义。所谓浪漫化,其实就是一种本质上的强化。在这个活动中,低层次的自我转变为高层次的自我。所以我们只不过是一连串的、不同层次的力量的结合。直到现在,这种活动对于我们而言还是未知的。但是,假如说我正在为日常赋予一种崇高的意义,或者说在为习惯笼上一层神秘的外衣,又或者说我要将有穷变为无穷,让已知充满未知的庄严,都可以说我正在进行浪漫化的工作——反方向的运动就是我要将至上、崇高、神秘、无穷降低的过程。……

这种双向的运动就是诺瓦利斯所说的"反转法"。若是全面说来,浪漫化应会牵涉所有的层级、所有的序列。它理应是百科全书式的。我们稍后也会看到,浪漫主义者所发

---

[1] *Fragmente II*, n°1913, p.49.

起的百科全书计划,其实正是这种百科全书主义的形象说明。但是,这种百科全书主义,并不像杜贝莱在17世纪阐释过的那样,是将所有的内容都纳入同一个体系或者置于同一个"科学圆环"之内[1],而是要在一个无尽的运动中经历一切。这就是我们之前曾提过的,诺瓦利斯称之为"无限变幻"的现象。"无限变幻"(versabilité)显见是"善变性"(versatilité)一词的变体形式,其中包含了转变、倒转、转写、倒转、汇入等诸多含义,诺瓦利斯在一段关于自我限制的断片中提到了这个新概念:

> 费希特式的总结——是一种真正的化学的混合。那是一种漂浮游荡的状态,体现了人类的个性与共性,还有疾病的异同。是关于自我批评的必要性,也是关于成熟(gebidete)的互动活动的无限变幻的学说。我们可以从中提取出一切,可以将一切倒转或逆转,只要我们有这种意愿。[2]

无限变幻就是一种能够通过思辨活动来经历一切的能力,是一种变化和位移的能力,诺瓦利斯曾在《赛易斯城的门徒》(*Les Disciples à Saïs*)中将之比作液体的"肆意流

---

[1] *Défense et illustration de la langue française*, in *Poésie*, Gallimard-Hachette, Paris, 1967, p.221.
[2] *Fragmente II*, n°2369, p.159.

动"。它也同样是一种让自己无处不在,把自己分为数个分身的能力。在这个意义上,虽然这个概念只在诺瓦利斯的《断片》中出现过一次,我们还是可以把它看作一个同"思考"近似的概念:和后者一样,"无限变幻"都可以体现主体——尤其是创作主体对诗歌主题的浪漫化感知,也就是所谓的"天赋"。从这个角度来看,"无限变幻"为我们提供了一种全新的"构建"观,并且还有一种我们稍后会研究的、全新的作品观。此外,与"思辨"概念相比,"无限变幻"更适宜于描述翻译活动,因为无限变幻的理论同样也可以解释无数译文存在的理论可能。

狂飙突进运动中曾经提出过一个关于艺术天才的概念,在这里,艺术天才被视为一种"暴风雨般的力量",一种无意识的自然的力量,它让我们创造出作品,正如我们在对欲望的迷醉中制造出孩子一样。歌德、莎士比亚、卡尔德隆都是这种力量的代表,他们的创作并不根植于理性层面上的思辨活动。除耶拿浪漫派外,这个概念后又为19世纪的欧洲浪漫主义思潮所重拾。他们认为创作的冲动是一种无意识的生命冲动,在这种冲动中,奇迹般地加入了作者的相关认识,然后才生成了作品。但对于《雅典娜神殿》的几位主笔来说,这种观点显然是无法接受的。诺瓦利斯曾明确说过:

艺术家属于作品,而并非作品从属于艺术家。

目前来看,"对自身天才的认知"可以看作主体自我意识的典范。而天才的本质,就是主体性的最高表现,就是无所不能的能力,无所不愿的愿望,就是"无限变幻"的特性。在思想史上,心理分析上所说的"全能性"很少会得到正面和积极的考量。虽然用一种思想体系来阐释另一种思想体系是一种非常冒险的举动,但是我们还是想说浪漫主义的思辨其实是一种自恋性的思辨,如果说自恋主义即代表着一种无法将外物和自我区分开的趋向的话。这种对自我和外物的分离的拒绝,或者说是无能,对浪漫主义者的"构建"观和"位移"观都产生了深远的影响。

而关于天才的理论,就是一种全能性的理论,一种貌似超脱现实的理论,却掀开了文化史的崭新篇章。这页新篇章的影响在19世纪就已初见端倪,直至今天尚有影响。尼采的哲学思考中有很大一部分,尤其是《快乐的科学》中的很多篇幅,就是用来衡量"历史意识"所带来的灾难性后果的。在他看来,"历史意识"就是随着情况改变的能力,是随处渗透、随性进入的能力,主体虽不会长期盘踞其中,但它却能漫入任何空间、任何时间,模仿各种风格、各种问题、各种语言、各种价值观;正是这种"历史意识",在它野兽般的发展过程中,定义了现代的西方,以及它所奉行的文化帝国主义和拿来主义姿态。对我们而言,尼采堪称典范,因为他在一种几乎不可能的情况下,将我们历史中的各个文化流派都汇聚在了自身之上。兰波的创作轨迹也与此颇为相似。与之相反的是,在面临他们自己所树立的主体观、艺术观和构建观时,在面对现存的一切和19世纪的欧洲正在发生的一切的混同时,浪漫主义者却极快地向后退缩了。这也解释了19世纪初期,诺瓦利斯和F. 施莱格尔为何会将目光转向德意志的民族传统和天主教思想。

在浪漫主义者留存的诸多文字中,"无限变幻"被等同于对多样性的要求:

> 关于群体的生活和思想——乃至社群这个概念——多样性就是我们最深处的本质。也许,群体中的其他成员都对我的思考和我的行为有所影响,而我的影响也会波及他人。[1]
>
> 人群的理论。一个真正的、综合的个人当然是一个个体,但他同时也是好几个人,是一种群体性的天赋。每个个人都是一颗无限的天赋的种子。[2]

这种内在的多样性正是"天才"的本质,也是外在多样性的孪生兄弟。事实上,它可以帮助我们抹除内在社会同外在社会(现实社会)的区别:一个个人就是一个社会,一个社会也是一个个人。但是天才并不仅仅是不同个人的集合:这是一个由人组成的系统,一个有机的、有组织的整体:

---

[1] *Fragmente I*, n°1733.
[2] *Ibid.*, n°1695.

> 直至现在,我们只不过有了一个独特的天才——但是精神却可以变成我们作为一个整体的天才。[1]

而整体的天才同样也是诗歌的天才,因为诗歌可以:

> 组成一个美好的社会,构成一个整体的内在。[2]

这样一种关于系统的多样性的看法引生了许多浪漫主义者关于"友好性"或"可融合性"的理论,不管是关于爱情的、友情的、家庭的、"多元批评"的、"混合哲学"的,还是"复合诗歌"的。这些新词大多是从希腊语词根"syn-"创造出来的,所遵循的模板似乎就是"诸说混合"(syncrétisme)一词。诺瓦利斯在他所写的《百科全书》的第147个片断中,将后者看作"折中主义"的同义词。换言之,一个多样化的主体,就是一个"诸说混合"和"折中主义"的主体,在这一基础上,主体会和它的分身一起,进入"多元批评"和"复合诗歌"的历险之中。主体要做的,就是和他者一起追寻它自己做过的事情。所谓诸说混合的思想,就是把分裂的、多元的、无序的事物混同并连接起来;而所谓折中主义,就是将一切都牵涉其中。将一切都牵涉其中,重点应该放在"一切"这个词上。其实,"折中主

---

[1] *Fragmente II*, n°2307, p.143.
[2] *Ibid.*, n°1820, p.13.

义"这个词,不仅可以用来形容施莱格尔及诺瓦利斯的人格,也可以用来描述他们的理论和主体性,教育过程和写作风格:比如说,文学中的机智,或者说是关键点,就是一个折中和混合的范例,而这种折中性或混合性都可以在"友好性"的视野中加以解释:

> 很多时候,机智都来自一种不可预知的重逢,一种两个友好的思想之间的久别重逢。[1]

从这个观点出发,浪漫主义者还留下了诸多文章,宣扬有关"专制"(willkürlich)的观点,事实上,这个德语词既有"任性"的意思,也不无"自由选择"的含义,而这种状态,正是受过教育的主体最理想的状态:

> 一个真正自由且受过教育的人应当可以随着自己的意愿调整自己在哲学和历史学研究中所处的音阶,不管是批评的还是诗学的,史学的还是修辞学的。他是随性的,就像在校准一件乐器或调音笛一样,他随时随地都可以行使自己的专制意愿。[2]

而施莱格尔所写就的、后又发表在《雅典娜神殿》上的

---

[1] *AL*, F. Schlegel, p.103.
[2] *Ibid.*, p.87.

5 浪漫主义革命与"无限变幻"主张

第121篇断片,也就是我们在本章伊始引用的那一段话,亦反复提到一个受过教育的个人身上的"专制""多元性"乃至诸说混合的"系统性"的问题。诺瓦利斯也诠释过类似的观点:

> 一个完满的人,可以同时出现在诸多地点,在诸多个人身体内存在……这样,就成就了精神的真正而又宏大的现在。[1]

在这个理论体系中,引人注意的是诺瓦利斯对于主体意愿的重视:

> 敏感、理性的倾向(*Appetitus sensitivus et rationalis*)——理性的倾向是一种综合的意愿。在同一个时刻,该意愿会感受到外界的限制,可是这种限制也随时会解除。这种折中的自由是诗性的——所以说道德本身也是一种诗歌。自由是无所不欲,是神奇的意志。[2]

这种关于全知、全能和无所不在的理想,有助于建立一种无限的主体观。主体可以通过一系列的升华来摆脱它初时

---

[1] *Fraagmente II*, n°2173.
[2] *Fraagmente I*, n°1711, p.457. 这也是"神奇理想主义"的出处。

的有限性，这种升华可能是讽喻性的、诗学性的、思维上的，甚至可能是身体上的。但是，假若主体不是有限的话，这种无限主体也无法成为绝对的存在，因为主体需要有自我限制、在有限中确立自身领域的能力。在这个阶段上，浪漫主义思想进行了一次双向的拓展，一方面朝向有限性，一方面朝向无限性。他们所提出的"构建"活动就是这两种看似相悖的活动的结合。这就是诺瓦利斯提出的"临时性限制"的理论，也是对康德思想的一次回归：

> 理智的空间越是博大且难以衡量，个人的伟大就越会消逝，但人类作为整体的精神理性的力量就会越发明显。相应地，整体越是伟大崇高，个人的意志就越是引人注目。主体越是拥有限制的能力，就越能摆脱限制。[1]

施莱格尔则说：

> 自我限制行为是神圣的、高尚的，它是第一位的任务，也是最后一位的任务，是最有必要的，也是至高无上的。它之所以是最必要的，是因为一旦你不去限制自身，世界就会限制你；……之所以是至高无上的，是因为我们只有在那些我们拥有无限能力的领域，才需要进

---

[1] *Ibid.*, n°291, p.94.

行自我限制。[1]

在诺瓦利斯的第一卷《谈话录》(*Dialogue*)中,我们可以读到对于这个问题的更通俗的解答:

A:……对我而言,每一本好书都可以伴我一生——它是快乐的不竭源泉。比如,你为什么要将自己的社交圈限制在某几个品行端正、思维敏捷的朋友之间呢?这不是一样的道理吗?我们是如此有限的存在,以至于我们只能充分地享受某几样为数不多的乐趣。与其在百千种外物中徘徊,对所有的东西都只取一瓢饮,从中获取自相矛盾的轻浮的乐趣,最终一无所得,还不如只将精力放在一个美好的事物上,完满地享受它。

B:你这话听起来就像个教堂里的神父——但是,抱歉的是,恐怕你只能在我身上看到一个泛神论者的影子。在我看来,世界如此之广袤,如此之大。首先我想要说,至于交友,我只选择某几位品行端正、思维敏捷之人,是因为这样是有必要的。其他还有什么呢?还有那些书。但是我却认为,书并不应当遵从这个逻辑。比如,若是我有幸为人父的话,多少子女都不算多;十个、十二个都不够,至少也要享有百子之福。

A:你可真是个贪心的人,那你是否也要拥有同样

---

[1] *AL*, pp.84-85.

多的太太?

B:不,我很认真地说,一个就够了。

A:这可是自相矛盾了。

B:这就像我所说的,我只有一个灵魂,而并非一百个。但是与此同时,我的灵魂也可以分解出一百个分身;我的妻子也是一样的,她可以变成一百个女人。所有的人都是可以无限分解的。而书籍、孩子都是一样的。我的自我便是我的精神的作品,我希望在我的自我面前,能够寻到一整套的书籍,其中对各个艺术及科学领域都有所涉猎。我想别人应当也抱有同样的想法。但是如今,我们只拥有一部作品,那就是《威廉·迈斯特的学习时代》;如果可以的话,我们也应当用同样长的时间、遵循同样的指导精神来学习,我们要试图去经历每一个人所经历过的学习时代。[1]

在浪漫主义者的诸项计划中,"无限变幻"原则最清晰

---

[1] *AL*,p.43。可参见 *Fragmente I*,n°68,p.29:"文学艺术。一位智者所做的,所说的,所表达的,所经受的,所聆听的,都可以被视为一种产品,这种产品可能是艺术的、技术的、科学的。这位智者可能还会说些俏皮话,在某部剧作中表演,为剧作编写对白,做讲演,为我们演示何为科学——他讲述逸闻琐事,转述故事(Märchen),撰写小说,他以独特的诗情去感受一切;在他绘画的时候,他就像一位画家,就像一位音乐家;他的人生就是一部小说,他就这样感受人生,这样去看待人生,也这样去阅读人生。总之,真正的智者是受过全方位教育的人,对于他接触过的、从事过的所有的领域,他都能赋之以科学、理想和多元的形态。"

的表达便是诺瓦利斯的《百科全书》和 F. 施莱格尔的渐进的总汇诗理论。在这里，虽然我们无法深入地对这二者进行探究，但我们还是希望，能够说明此处的"无限变幻"原则是如何近似于"一切皆可译"原则的。A. W. 施莱格尔曾经将 F. 施莱格尔称作"翻译的全才"（Ubersetzungtalent），而"一切皆可译"则是这一称谓的哲学理论化版本。所谓"渐进的总汇诗"，就是将所有的文体、形式和诗歌表达法"混同"起来，让它们"融汇"。《百科全书》旨在让所有的科学"诗歌化"。这两个概念是相辅相成的：渐进的总汇诗是百科全书式的，而百科全书则是总汇的、渐进的。

渐进的总汇诗：

> 其目的不只在于将诗歌中所有独立的诗体都联结起来，在诗歌、哲学与修辞学之间架起桥梁，也在于将诗歌与散文、创造与批评、文艺诗歌与自然诗歌混同起来，让它们融化在一起，让诗歌变得更活泼、更社会化，而且让社会和生活更富有诗情。……它囊括一切属于诗歌的东西，无论是那些诗歌艺术的完整体系，还是孩童时代的诗人吐出的那些毫无技巧的吟诵……[1]

显然，此处所说的诗歌创作的第一原则，就是"变幻性"：形式与文体互相融汇，交互转换，在这一永无休止、

---

[1] *AL*, Fragments de l'*Athenäum*, p.112.

热闹熙攘的转变活动中彼此渗透；这是一场诗歌的绝对化运动，也是 F. 施莱格尔所说的浪漫主义的真谛。另外还有一点也是再明显不过了：这种变幻性是百科全书式的，是针对一切的。同样的观点亦见于 F. 施莱格尔关于机智、反讽和断片书写的论述，这种百科全书式的变幻性可以弥补上述几种文体的反系统性。与此同时，"渐进的总汇诗"也是"诗歌的诗歌""超验的诗歌"，因为它是最能徘徊于"呈现者与呈现物之间的文学形态"；它"乘着诗学思辨的翅膀，将思索推向天地间最伟大的所在"[1]。这种在形式、文体及内容方面发生的混同，是历史上存在过的所有的文学形式的极端共存方式，它所遵循的典范，显然就是晚期罗马文学所奉行的诸说混合。它所设定的前提，就是文本形式和文体在本质上并非是异质的，内容上亦是可互换的，彼此之间存在着可译性，或者更具体地来说，就是它们彼此之间存在着无限的异同的可能。

相对"渐进的总汇诗"，"百科全书"是一个更为复杂的观念，因为它其实是"无限变幻性"的更直接的、更明显的表述。我们知道，诺瓦利斯所说的百科全书同达朗贝尔或狄德罗的观念有着极大的区别。他的目的是用"一个浪漫且诗情的视角来看待所有的科学"，因为"所有科学的最高形式都必然是诗学的"[2]：

---

[1] *AL*, Fragments de l'*Athenäum*, p.112.
[2] *Fragmente I*, n°40, p.18; *Fragmente II*, n°1912, p.48.

5 浪漫主义革命与"无限变幻"主张

百科全书式的。总汇诗以及诗歌的完整体系。当一门科学已经达到最高形式时，它必然满足以下三种条件：1）它适用于一切；2）一切都适用于它；3）作为一个绝对的整体，一个广袤的宇宙，它可以将自身体系化，将自己变为所有科学的绝对个体和所有艺术的相对个体。[1]

这一将科学全盘诗学化的努力可能来自诺瓦利斯对费希特哲学的兴趣，后者对许多学科领域都颇有影响，当然也为许多领域所排斥，诺氏所希望的，就是为这一哲学发展出不同的版本。他想要建立"知识学"（Wissenschaftlehre），这一直是一个空白的领域。由此，他产生了将所有的科学范式统一化的想法，也就是建立一部"百科全书"：

我们可以想一下费希特哲学或康德哲学的一系列不同的体现形态，比如诗学的、化学的、数学的、音乐的等。[2]

科学的诗学化依托于以下原则：所有的科学间都存在亲缘关系，可以相互转化。

---

[1] *Fragmente I*, n°1335, p.358.
[2] *Ibid.*, n°239, p.79.

> 所有的思考都是有亲缘关系的。这种"家人感",我们称之为相似性。[1]
>
> 这些门类都是一体的,是不可分割的。[2]

这段话说明,每一门科学都是由 X 体系构成的,但它可以被 Y 体系代替、呈现:

> 心理学与百科全书。只有通过呈现,事物才能变得清楚。当一个物体得到呈现时,它就更容易为人理解。所以,只有在自我为非我所呈现时,我们才能读懂自我。非我是自我的象征,它的用途就是促进自我对自身的理解。〔……〕这一逻辑同样适用于数学领域:我们要理解数学概念,就要用元素来代替它。一种科学只有在另一种科学中才能得到呈现。[3]

由此,我们可以得到一个数学的诗学、一个数学的语法学、一个数学的物理学、一个数学的哲学、一个数学的史学,还有一个哲学的数学、一个自然的数学、一个诗学的数学、一个历史的数学、一个数学的数学[4]。同样的思维方法

---

[1] *Fragmente II*, n°1952, p.64. «Air de famille» en français dans le texte.
[2] *Fragmente I*, n°120, p.123. «Unes et indivisibles» en français dans le texte.
[3] *Ibid.*, n°1694, pp.448-449.
[4] *Ibid.*, n°308, p.99.

也可以用于所有的科学领域,这就是诺瓦利斯的反转思维,也是他所说的"反转法"(Umkehrungmethode)[1]:数学的诗学同诗学的数学,以此类推。与之相符的还有另一个逻辑方法,即"对称反射法":如诗学的诗学、数学的数学。一个科学的自我思索,就是他在另一个科学中的反射,就是它被另一个科学所"象征化":

> 每一个象征,都可以再次被他的象征物所象征,即反象征。但另外还有一些象征的象征,即互相象征。……一切都可成为他者的象征——象征作用。[2]

在这里,我们可以注意到一种普遍的可译性,就像货币之间普遍存在的可兑换性[3]一样:数学变成了诗歌,就像法郎可以换成美元。但是,如果我们继续沿用这个隐喻的话,

---

[1] *Ibid.*, n°61, p.27.
[2] *Ibid.*, n°2084, p.93. 诺瓦利斯的后文如下:"对象征物和被象征物的混同,对它们的区分,对表象和原物的混淆,对表象的全然的信任,对现象和本质的混乱——人类所有时代、所有族群的迷信和错误都源于此。"象征物彼此之间,以及其各个类别之间的可互换性让我们无法将之绝对化。而这种情况的后果之一,就是在语言中寻找不到自然的真理。这就是浪漫主义者为何会批判自然语言。参见下一章。
[3] A. W. 施莱格尔在《雅典娜神殿》中发表了一篇名为《画作》的谈话录,其中就借用了这个货币的隐喻。在他看来,对旧画作的仿制就是一种翻译的过程:"啊!如果我的临摹是个译作就好了!但它却仅仅是一个空洞的仿作……如果要把我所有看到的线条都临摹过来,那我就不免落入了小家子气的俗套;但如果我是指将大致的图形转移过来,我又不免会遗漏掉原作的某些含义。……我长久地注视着原作,(转下页)

就应当注意到,在这种可兑换性中,也是有阶级性的存在的:在货币市场上,总会有币种较其他而言更为强势,而诺瓦利斯所说的科学门类间的转化也会遵循同样的强弱等级,体现出一种由弱到强的强化倾向。这种可兑换性,总是从低级到高级,从实证性到抽象性,从哲学到诗学,等等。最终我们会来到一个最高的等级,就是诺瓦利斯所说的"上升至神秘状态"。

虽然这种论调在科学性上颇可质疑,虽然它破坏了科学门类之间的合理壁垒,虽然它更像一种蒙昧的炼金术,虽然它与其说是"科学的",不如说是"诗歌的"[1],我们还是想指出,"百科全书"证明了翻译在浪漫主义思想中占有的重要的结构性地位,虽然浪漫主义者并未过多提到"翻译"一词[2]。对他们来说,翻译是工具性的概念,虽然并未得到系

(接上页)仔细地研究着它;我整理起我所有的观感……然后我用文字把它们表达出来。……社群与社交才是最重要的事情。……不管对精神财富还是对货币来说都是如此。为何要将钱锁在保险柜里呢?要想获得真正的舒适,就要让它们可以自由地在市场上流通。"(引自 *Die Lust…*, p.52)这说明了浪漫主义者是如何解释翻译视野的,又是如何将翻译置于一个更广阔的流通范畴内。在他们的语境中,财富和金钱就是歌德所说的象征物。浪漫主义者所说的"象征哲学"就是翻译的同义词。

[1]"树木可以变成一朵开花的火焰,人可以成为一簇能言的火苗——动物是一颗流浪的火种。"(*Fragmente I*, n°976, p.267)《火焰的动物本性》(*Ibid.*, n°994, p.272)。巴什拉在此提到了一些关于物品幻想的隐喻。

[2]"哲学将现实世界转入思考的世界,反之亦然。"(*Fragmente II*, n°1956, p.65)

统的阐释，却有助于对思维进行扩展。从这个角度来看，布伦塔诺在《果德维》(Godwi)中的描写已深得其中精髓："浪漫主义本身就是一种翻译。"[1]

这就是所谓泛化的翻译：所有的一切都是别的事物的另一种表达形式。这种想法在日常语言中也有所体现："我这样解释我的想法……""我从自己的角度来阐释事实""我无法表达出自己的感受"，等等。此处所说的翻译，是指事物的表达形态、事物的阐释形态，或者是用另一种方法来表达事物的可能。雅各布森称之为"语言内部的翻译"。更宽泛地说，它牵涉了变形的领域、转变的领域、模仿的领域、再创造的领域、临摹的领域、反馈的领域等。这都是些实际存在的现象，我们可以试着追溯它们本体论上共同的根源。浪漫主义思想显然也有此想法，他们试着从思辨的角度出发，去解释事物间普遍存在的可转换性和相似性。这种泛化的可译性必然会导致下列问题：它会消弭一切事物间的区别。此外，它的确也反映了某些事实上存在的现象。然而，所谓泛化的强调相异性的理论也会遇到问题：它要怎么解释事物间的可转换性、可改造性呢？

这种通常意义上的（语言间的）翻译可以为这种问题提供一个解答的范式：语言彼此之间是可以互译的，可是它们同时也是有区别的，所以只有在某种程度上才是可译的。但又会出现更多的问题：这种语言间的翻译和雅各布森所说的

---

[1] 参见本书第6章。

语言内部的翻译，也就是"重述"（Rewording），究竟有何联系？翻译与纷繁复杂的阐释活动有何关系？以上均触及了翻译和可译性的局限性。

也许我们应当拒绝构建一个普适的位移理论，而是发展出一系列多样化的位移理论（其中当然也包括各种翻译理论）。诚然，我们都能感觉到，不管是在心理学、语言学还是认知学层面，我们都有抵制互相矛盾的理论的倾向。如果仅就各个领域的不同经验出发，多样性的理论也不无道理。可是如果我们承认了事物之间的区别，就必然难以解释泛化的位移，至少是表面上的泛化的位移，更无法解释为何会有如此多的理论对泛化的位移问题深深着迷。

耶拿浪漫派以他们自己的方式面对了这个问题。或者说，这个问题构成了他们的思考和诗歌创作的空间。首先，他们发展了"百科全书""机智""渐进的总汇诗"等概念，对可改变的具体经验进行了理论化，承认了泛化的可译性。其次，他们提出了一套诗歌理论，并就此发展出了一套翻译理论，然后又将翻译变成了诗歌的另一面。随后，他们又从这个角度出发，阐释了诗歌和它的媒介，也就是语言的关系：一切的诗歌都是"翻译"，是从自然语言到艺术语言的转换。马拉美、瓦莱里、普鲁斯特和里尔克都继承和发扬了这一观点。再次，他们虽然预感到语言间的翻译可以为泛化的翻译提供范例，但并未给予前者以特别的关注，而是在哲学层面上更为注重后者。在这个意义上，翻译只不过是"无限变幻性"的一种具体而又颇有局限性的表现形式。之后，他们将翻译视为批评和理解的仆从，因为对他们来说，后两者能够更纯粹地揭示原文的含义。最终，同 A. W. 施莱格尔一道，他们积累了丰富的狭义翻译经验，建立起了整体性的翻译计划，培养了对翻译活动的内在热情：如果说一切皆可译，一切都是翻译，我们可以并且应该翻译所有语言的所有作品，翻译的本质就是无所不译。

上述几点之间互有关联，但最好还是将之区别开来。百科全书式的泛化翻译并非诗歌的超验翻译，却是后者得以实现的前提条件。批评理论并非翻译理论；但批评却是一个翻译的过程，翻译也是一个批评的过程，因为二者都是一种"精神上的模仿"，都植根于"一切皆可转换"的原则之中。"百科全书"虽然只是语言内部"重述"的一个集合，但 A. W. 施莱格尔的翻译计划却是百科全书式的。由此我们可以看到，在浪漫主义者设定的诸多计划中，"无限变幻"这个原则是如何发挥作用的。现在，我们可以看一下他们这个巨大的反思循环的各个具体阶段。

6　自然语言与艺术语言

> 诗人是特殊的译者,
> 他带着情绪,
> 将日常的词句变为神明的语言。
> ——保罗·瓦莱里,《瓦莱里全集》,
> 七星文库版, 第一卷,
> 巴黎: 伽利玛出版社, 第 212 页

在《德国浪漫主义的起源》(*Genèse du Romantisme Allemand*)一书中,罗杰·埃罗(Roger Ayrault)提到,诺瓦利斯和 F. 施莱格尔并未建构起明确的语言理论。当然,施莱格尔兄弟作为两位曾接受语文学教育的理论家,不可能从未就语言活动进行思考,但他们也是在《雅典娜神殿》时期之后,才与格林、博普、洪堡及其他几位学者一道,开始着手构建比较语法和语言科学的。至于诺瓦利斯,他的《断片》中提起语言的只有寥寥数语。这意味着什么? 首先说明了,在早期浪漫主义者那里,我们无法找到类似哈曼或

赫尔德的语言哲学观。或者说，施莱格尔兄弟是在放弃批评、思辨和诗学的思考后，才转而研究语言哲学的[1]。这一切似乎都昭示着，浪漫主义者的思辨活动与客观的语言研究之间，存在着某种不兼容性。

但是，埃罗所主张的"诺瓦利斯和F.施莱格尔都未发展出语言理论"的观点也并非全然正确。首先是因为他们关于作品的理论同样是关于诗歌的理论，而诗歌"与语言有直接联系"[2]。其次，浪漫主义者指出，语言是人类媒介中最为普遍的。但这并非说他们会将语言视为一种独立的存在来进行研究。如果说作品首先是语言的作品，语言也首先是作品的语言。这意味着浪漫主义的语言观是依附在他们的作品观与诗歌观之上的。于他们而言，语言并不是独立的存在，它无法凝聚成一门独立的"语言学说"（Sprachlehre）。浪漫派的语言观主要包含两个层面，其中每一个都以不同的方式否认了语言作为独立存在的可能性：1）所有的一切都是语言，都是交流，所以人类语言作为一种符号系统，与其他的符号系统并没有本质的区别，甚至比它们更为低级；2）作品中所出现的"真正的语言"，应当是从数学语言或音乐语言中发展出来的，也就是从纯粹的形式中生发而来的。后两种语言因为并不包含内

---

[1] 准确地说，F.施莱格尔直到1808年才发表了《论语言和印度人的哲学》（*Essai sur la langue et la philosophie des Indiens*）。
[2] Novalis, *Fragmente I*, n°1394, p.370.

容,所以是"譬喻性"的,也就是说它们模仿的是世界和精神的结构。这些语言形式也因此摆脱了内容的"暴政",更借此摆脱了"模仿"的桎梏。

由上述两个视角来看,现实语言显然只是一种"自然语言"(Natursprache),它应当被改造为"艺术语言"(Kunstsprache):

> 公共语言是自然语言——书本的语言是艺术语言。[1]
>
> 自然语言是模仿式的、图像式的——与之对应的是人造语言、专制语言、表达主体意志的语言。[2]

自然语言的特性在于指向性,它是围绕某项内容的。而对于浪漫主义者来说,这种内容优先的原则与艺术是背道而驰的。

诺瓦利斯:

> 艺术越是粗俗,越能看出内容的限制。[3]
>
> 若只是为传达某种内容而进行交流,这注定是一种粗俗而又毫无内涵的行径——内容、材料都不应当成为

---

[1] *Ibid.*, n°1272.
[2] *Ibid.*, n°1277.
[3] *Fragmente II*, n°1865, p.30.

我们的主宰。[1]

F. 施莱格尔：

  艺术家如果只是想着去生造些什么东西，他就会陷入一种无自由的状态。[2]

所以，这种"粗俗"的语言就需要经历一系列的强化效应，才能成为诗歌创作的媒介。此处，书写扮演了至关重要的角色：

  将日常语言升华为书本语言。普通语言总是在不断地成长——它会成为书籍所用的语言。[3]
  自然诗歌是艺术诗歌的对象。[4]
  我们要借助精神实现强化——所以书本的世界是强化过的自然状态，是改造过的世界。[5]

对诗歌而言，语言仅仅是它的媒介，是它无从避免却又并不完满的开端。诗人兼哲人的使命，就是从自然语言出

---

[1] *Ibid.*, n°2032, p.83.
[2] AL, Fragments critiques, p.84.
[3] *Fragmente I*, n°1277, p.343.
[4] *Ibid.*, n°1411, p.373.
[5] *Ibid.*, n°395, p.123.

发,发展出先验的纯粹语言——在这个领域,数学家、音乐家甚至哲学家都早已确立了其领先优势。在很多文章中,诺瓦利斯同 F. 施莱格尔都尝试过将其他艺术形式——尤其是绘画——视作先验的创作形式。所以说,自然语言与艺术语言间的区别,正是自然同精神之间的对立,诺瓦利斯大胆地发明了一个新词——"制造"(Faktur):

> 制造是自然的对立面。艺术家才是人类的灵魂。自然与制造时而混合,时而分开,时而重聚……自然生产,精神制造。当然,等待被制造远比制造自我来得容易。[1]

自然同制造间的分野为我们解释了语言哲学革命的原因。虽然 F. 施莱格尔和诺瓦利斯都曾尝试将这种对立相对化,却收效甚微:与艺术家的人造性(Künstlichkeit)相对立的,与他的思考、计算、意识、节制、清醒、灵活及抽离相对立的,就是无意识的自然性(Natürlichekeit),它蒙昧、迷醉,就好像狂飙突进运动中所说的"自然力量"一样。这种"自然力量"虽未经思考,却也能"开出"创造的花朵,但对于真正的诗歌艺术来说,这种创作只不过是鸟儿的啼鸣,是风在草木间的呜咽,是初阶的奏鸣曲:相对其指代物来说,它们是模仿,是"不自由"的激情。

---

[1] *Ibid.*, n°163, p.55. 最后一句话在原文中即为法语。

浪漫主义对内容的批评首先是对艺术家及其创作内容间的关系的批评。但这种批评很容易转化为对"内容"这一概念本身的批评,因为为了评介这种关系,浪漫主义者往往会从思辨、讽喻等文学手段同内容间的关系入手,轻易对内容进行全盘否定,或者仅仅将之视为上述文学手段的简单载体。例如,F. 施莱格尔研究过歌德在《威廉·迈斯特》中的讽喻,认为该手法将书中人物变成了"木偶",变成了"譬喻性的形象"[1],如果赞同他的观点,就会忽视这部作品的现实性,认为后者是不重要的。但其实通过这种关系,我们要领会的是因为内容具有指代性,所以它才会让作品偏离其本质,才会让人忽视作品的自我指代性。至于模仿,它的指代物就是外部世界,是既定的事物,是存在的现象。而诗歌的首要任务就是摧毁语言自带的指代结构(与之相呼应的是,浪漫主义者所指的意识一定是反思性的意识,而并非有倾向性的或超验性的意识)。摒弃指代,摒弃内容,摒弃模仿,这并不意味着诗歌会成为一个没有内容的空壳、一个绝对的形式,它至少不会比音乐、哲学或数学更没有内容。所谓"自我指代",就是"象征性的",或者说是"譬喻性的"(虽然同时代有很多人都倾向于将这两个词区分开来,但《雅典娜神殿》的浪漫主义团体却一直将它们混同使用)。之后,F. 施莱格尔在同一本书中说道,"一切的美都是譬喻","若

---

[1] F. Schlegel, *Kristische Schriften*, éd. Carl Hanser Verlag, Munich, 1964, p.471.

从语言的根源来思考的话,它也是譬喻性的"[1]。这一原则同现实的非指代性也是一致的:语言的自我反射性反映了它作为一种非指代的指代物,可以成为现实的自我反射:

> 艺术领域里一切神圣的游戏都只不过是对无尽的现实的致敬与模仿。现实也是一种艺术作品,它为自己制定游戏规则。[2]

此外,譬喻作为艺术的原则,同样指向下述事实:哪怕是诗歌的语言,也并未完全从它的自然性中解放出来,无法直接表达"至高"的内容。而譬喻性的书写方法通过一系列的步骤,目的正是摆脱自然语言的短处。诺瓦利斯和F.施莱格尔曾不厌其烦地申明这一短处。

诺瓦利斯:

> 很多事物都是如此微妙,以至于我们无法去思考;若是说起我们用语言无法传达的事物,似乎就更多了。[3]
>
> 对诗人来说,语言永远不会过于贫瘠,只会过于宽泛。[4]

---

[1] *AL*, F. Schlegel (Entretien sur la poésie), pp.318, 338.
[2] Novalis, *Blhthenstaub*, p.440.
[3] *Ibid.*
[4] *Fragmente II*, n°1916, p.50.

F. 施莱格尔：

语言本身是很难表达道德主题的。在它传达道德观念时，会显得无比粗俗和贫瘠。[1]

由此，批评革命革新了与语言间的关系，而这种关系又在极大程度上影响了西方现代的诗歌创作。若是从这种关系的角度看，自然语言显然先天不足：它无法满足诗歌创作的本质需求。那么，究竟何为"自然语言"？对语言冠以"自然"之名，并非要否认它的人类、社会本质，而是说它于人类而言是被给予的、绝对的存在，是自有其厚度的。这并不意味着我们同这种语言间的关系完全是被动的，我们就会完

---

[1] *AL*, F. Schlegel (Fragments de l'*Athenäum*), p.172. 在这种情况下，我们就能更容易地理解盖尔纳所指出的诺瓦利斯语言中的法文化倾向。最明显的证据就是他的笔名"诺瓦利斯"(Novalis)，诗人的真名其实是哈登贝格(Hardenberg)，但他选择了拉丁文"Novalis"作为自己的笔名（法文中就是 novale），其义为新开垦的土地。这样，德语作为母语就变成了自然语言，而法文则是艺术语言，同时也是他者的语言。诺瓦利斯借用罗曼语，目的就是将自然语言提升为人造语言，并逐渐扩大两者之间的差距。而在路德那里，我们更能看到一种相反的倾向，因为路德所寻求的，正是一种纯正的、民间的德语。诺瓦利斯也注意到了路德的这一特点，并将其混同于一种"高贵与低俗的浪漫主义结合"："粗俗、普通、乡俚同高贵、高尚、诗意的混合。路德的语言……"(*Fragmente I*, n°1402, p.370) 路德和诺瓦利斯之间有着很大的差别，他们一个旨在构建一种新的乡言，另一个则想要创设一种超验的诗歌哲学语言。这种去日耳曼化的倾向其实在 F. 施莱格尔的文风中也有所显现：他酷爱"机智"——一种瞬间闪耀的片段文字，这正是尚福所倡导的"法式灵感"。

全被它所淹没,被它的构架所奴役:事实上,我们在这种语言中创作,用这种语言创作,我们创作新的话语,但是我们很难创造全部的语言。在口头文化中,这种现象更为明显:创造是无时不在的。这种与语言的口头上的关系,就是"自然的":在口头层面上,我们往往满足于开发语言的潜能,而并非对它进行革命性的改造。而在书写层面上,我们就能播下革命的火种。诺瓦利斯预感到了这一点,他在笔记中做了如下表述:

> 书籍是关于历史存在的现代文体,是高度象征的文体。它们在传统中自有其地位。[1]

文学对历史起到了奠基作用。这是因为,人类对自我、对历史的理解,都需要借助书写的媒介才能得以实现;然而书写的源泉,也就是"口头"的自然语言,却往往无法承载历史性。现代人类拥有多种诉求:哲学的、文化的、科学的甚至是诗学的,但口头语言在满足上述诉求时却有天生缺陷。它的自然性同时也意味着它的非普适性、它的非理性、它的当时当地的基于默契的指代性、它的碎片性:口头语言总会分化为各种语言、方言、土语、术语、个人语言等。每当语言融入它独有的自然、历史和社会本质之中,它就开始特殊化的进程了,开始与他种语言进行

---

[1] *Fragmente I*, n°1360, p.363.

区分,开始根据时间和地点进行无限的分化。当然,这也正是它最重要的财富之一。但就现代性的视野来看,它的这一天生特质却阻碍了它自身的发扬光大。在"自然的状态"中,语言不仅会分化,而且还无法固化:它会转变,会改变,会更新。但我们知道,书写行为可以将这种"永恒的流动"固定下来,或者是对语言的转变条件加以改变,正如罗森茨威格之前所说的那样:这些条件大多是从外部生成的。德国的浪漫主义虽然极端憎恨法国的古典主义,但是它们却有着类似的写作观,这对他们的诗歌创作产生了巨大的影响,并因此在自然语言,也就是在"公共语言"和诗歌语言之间划下了一条深深的沟壑。而浪漫主义在诗歌创作和批评中所用的语言也体现了这一分化:他们坚持使用人造的语言[1]。人造性的第一个表现,就是不可读性。无论是晦涩的赫拉克利特,还是难懂的贡戈拉,抑或是无法理解的莎士比亚,再或者是古代南方行吟诗人晦涩的语言(trobar clus),这和我们的日常语言都并非属于同一个范畴。这或许是一种难解的密码,或者是一种故作神秘的写作方式,又或者是诗人故意要在语言和"欲

---

[1] F.施莱格尔曾经表达过对人造性的欣赏,并阐释过人造性与思辨性间的关系:"喜欢再加工过的东西,这是一种崇高的品位。比如说,喜欢作品的仿作,喜欢统计结果的分析,喜欢对于附录的补充,喜欢针对注释的批注……"(*AL*, Fragment n°110 de *l'Athenäum*, p.111)这段文字不仅体现出了惊人的现代性,甚至还提到了翻译,认为它是"语言学层面上的模仿"(第75段,第90页)。人造性可以帮助我们逐渐远离原文。

言"之间徘徊。其实,就其本质而言,不可读性与无指代性有着深刻的联系。当诺瓦利斯将"神秘"视为"崇高的状态"时,我们已然预感到了马拉美或者里尔克时代的先声。除去无限远离自然语言的尝试,我们还可以看到一种对完整的、百科全书式的作品的追寻:这应是一部可以成为任何作品的作品,一部可以针对自我进行思辨的作品;在某种意义上,它可以在任何现存的语言中获得扩展,因为它显然是"超脱于"语言活动的。布伦塔诺在《果德维》中就预感到了这一点,他在某一段中对但丁和莎士比亚做出了如下评价:

> 这两位诗人凌驾于他们的语言、他们的时代之上……他们是自己语言里的巨人,语言无法奴役他们,因为普通意义上的语言不足以表达他们的思想……[1]

现在我们可以重新回到 F. 施莱格尔和诺瓦利斯提出的语言问题的两个层面了。

一切都是语言。几乎所有的浪漫主义作品中都能看到这一观点。一切都是"信号",是"症状",是"比喻",是"代表",是"象形文字",是"象征"……一切都需要被解读,或者是盲目地沉浸其中。但事物和世界所表达的象征性并非为了传达特定内容,而只是单纯的象征行为:

---

[1] C. Brentano, *Werke*, Band II, Carl Hanser Verlag, Munich, 1963, p.262.

语法。人类并非唯一可以说话的事物——宇宙也会说话——一切都会说话——语言是无限的。/ 信号说。[1]

语法。语言就是圣地德尔斐。[2]

图像。不是譬喻,不是某种外物的象征——是自我的象征。[3]

悖论出现了:交流是存在的,但交流的信息并不存在;语言是普遍存在的,但它没有内容,只是为了向人类耳中灌输关于未来的预言或揭露过往的遗存:

> 我们生活中的一切都是交流。事实上,整个世界都是交流——是对精神的揭示。上帝的意志可被我们理解的时代已然过去。世界的意义已经迷失。陪伴我们的只有文字……[4]

由此可以看到,事物普遍有其诗性,如果说诗歌的意义就是将这个一直沉默却总是变幻的世界的语言记录下来的话。在这个世界中,一切都是"语言",而这种"语言"指代的则是一切的语言(花的语言、音乐的语言、色彩的语言)。这其实已经是某种"信号说"了,也让人想起波德莱

---

[1] *Fragmente I*, n°479, p.149.
[2] *Ibid.*, n°1296, p.348.
[3] *Fragmente II*, n°1957, p.65.
[4] *Ibid.*, n°2228, p.126.

尔的通感论,施莱格尔兄弟和蒂克只是为上述学说提供了首个版本而已。但我们同样可以说,如果一切都是语言,那就没有了具体意义上的语言,而人类语言与这种普遍语言相比,先天就是处于弱势地位的。严格意义上的人类语言信号系统与后者相比,立时就会失于贫瘠。所以诗歌的使命即是让人类的语言日益接近于普遍语言。但这并不意味着我们要将诗歌及它的形式自然化:恰恰相反,诗歌要让物的语言成为绝对的神秘、单纯的空洞,并据此发展出具有同样特性的艺术语言。诺瓦利斯在一则著名的断片中表达了上述观点:

> 那些叙述虽彼此关联却无实质联结,就像梦一样。而至于那些诗歌,它们是和谐的,充斥着美好的字眼儿,却没有实际含义,彼此亦无关联,它们至多只是可以被理解的、各有其意的片段。……真正的诗歌最多只有譬喻性的含义,或者像音乐一样产生间接的影响。仅此而已。[1]

如果说一切皆是语言或一切都是"象征",那就必然导致一个结果:据诺瓦利斯所言,"语言符号无法刻意地同其他符号区分开来(unterschieden)"[2]。此处"符号"一词有两

---

[1] *Fragmente I*, n°1473, p.392.
[2] *Ibid.*, n°1285, p.374.

个含义：一是指代事物的标记，二是与世界和自然中的意象有相似性的象形符号。浪漫主义者眼中的人类语言就是矛盾的所在：一方面，作为精神的创造物，它过于抽象，过于宽泛，离它的指代物也有过远的距离。正是在这个意义上，诺瓦利斯才会说，无论是之于哲学还是艺术，语言都是"不够可靠的展现媒介"[1]。另一方面，作为象形符号的语言拥有着积极的甚至是魔法般的力量：

> 用声音和线条来指代物体，这是一种令人钦羡的抽象化的行为。只要四个字母，我就能指代上帝[2]；只要写上几笔，我就能表达出上百万个意思……语言是人类精神王国中的活力因子。[3]

如诺瓦利斯所说，"精神只能借助非我和空灵的方式才能得以存在"[4]，那他所说的方式必然是语言，而且是经过纯粹化和强化的语言。在他的《语言学断片》中也能读到如下论述：

> ……诗人取消了所有的连接。他笔下的字词并非一般的字词，而是一些音响，一些能够激发美好事物的神

---

[1] *Ibid.*, n°1275, p.344.
[2] 德文中的"上帝"一词为"gott"，由四个字母组成。——译注
[3] *Blüthenstaub.*
[4] *Ibid.*

奇的词句。就像是圣人遗留下来的衣冠，它们依然保留着那种神奇的力量；词句也有着类似的魔力，它们其中所包含的奇妙的思想令它们肉身成圣，自己就是一首真正的诗歌。对诗人来说，语言永远不会过于贫瘠，只会过于宽泛。他常常借助那些循环的字句，那些已被用烂的文字……[1]

这段话中我们可以看到诺氏对语言的期许：他要将那种最普通、最平庸、最日常的语言改造为诗歌的表达工具。事实上，诗歌的使命并非要沉浸于自然语言的指代功能所带来的厚度，而是要让自然语言变得越发"空灵"。这一目标应在数学语言和音乐语言的视野下进行，因为二者均被视为先验语言和譬喻语言。

此外还需申明一点：对诺瓦利斯来说，即便是音乐，也只有在它最纯粹的几种形式中才能窥见真理的身影：

> 严格来说，舞蹈和歌唱都称不上是真正的音乐，它们只是音乐门类下的一些分支。奏鸣曲、交响曲、赋格曲或变奏曲才是真正的音乐。[2]

作为德国民间故事研究的积极倡导者，诺瓦利斯却在民

---

[1] *Fragmente II*, n°1916, p.50.
[2] *Fragmente I*, n°1327, p.355.

间音乐和抽象音乐间划下了明显的界限,这也体现了他对自然诗歌与艺术诗歌的不同理解。这种看法有助于将音乐树立为诗歌的楷模,同时避免了让诗歌陷入模糊的感性境地。

但是,音乐若想真正成为诗歌的典范,并将后者转化为没有指代性的语言,首先要确保其本质上是数学的。诺瓦利斯之所以会严格地将民间音乐和抽象音乐区别开来,就是因为只有抽象音乐才是"数学化的"。

同哲学一样,数学在浪漫主义的思想体系中占据了重要地位,如诺瓦利斯所言:"所有一切从虚无中生发出的造物,比如那些抽象的数字或言语,同另一个世界的事物相比,都有一种高度的相似性;而另一个世界,就是一个诗性、数学且抽象的世界。"[1]浪漫主义的数学观徘徊于两种理论的中间地带:一边是纯粹的形式主义理论,另一边是关于数字和图形的神秘主义理论(就像弗兰兹·冯·巴德尔所倡导的那样)。事实上这两种理论完全可以并为一个整体。数学的神秘主义特质正是依托于数字和图形的形式性和先验性。诺瓦利斯在《独白》中说,数学中的逻辑和运算都是对世界中的事物间的关系的想象和重现,这种说法已然贴近现代的实证科学。至于这种本体论和生成论中是否还有更隐晦的含义,却非浪漫主义者的考量范畴。

在诺瓦利斯看来,数学是模范,甚至是令人着迷的对

---

[1] *In Eva Fiesel, Die Sprachphilosophie der deutschen Romantik*, Hildesheim, New York, 1973, p.33.

象[1],因为它是完全意义上的先验的、抽象的且自我中心的精神产物,在数学活动中,我们可以清楚地看到人类精神的创造力。数学是不及物的超验艺术的典范,它使用了一系列符号游戏,似乎是隔着无尽的距离来指代"世界的游戏"。数学是"模仿",但它并非亦步亦趋地模仿世界,也不是纯粹经验论的;它应当引导语言和音乐领域的哥白尼革命,助二者摆脱"模仿的嫌疑"[2]:

> 几何是关于符号的超验艺术。[3]
>
> 数字系统是真正的语言符号系统应当遵循的典范,我们的文字应当变为数字,我们的语言应成为一门代数科学。[4]
>
> 真正的数学是最纯粹的魔法。在音乐中,它像神启一般正式登场,如同造物主的神迹。[5]
>
> 音乐。数学。音乐不正像某种组合分析吗?组合分析不也正像某种音乐吗?语言就是思想的乐器。诗人、修辞学家或者哲学家都按照语法规则来玩耍和谱写。比如说,一段赋格曲,就是完全符合逻辑、充满科学

---

[1] Cf. les étonnants «Fragments mathématiques» dans *Fragmente I*, n°401, pp.124-126.
[2] *Fragmente II*, n°1855, p.23.
[3] *Fragmente I*, n°343, p.111.
[4] *Ibid.*, n°355, p.109, 亦可参见 n°387 和 391。
[5] *Ibid.*, n°401, p.125.

性的……[1]

诺瓦利斯和F.施莱格尔都写过许多称颂音乐的文字。但是，他们对音乐的推崇与同时期瓦肯罗德所阐扬的音乐神话并不属于（至少不是直接属于）同一个范畴，甚至和后期的浪漫主义者所说的"神奇的音符"也有出入。他们指的是一种抽象的音乐，一个由声音组建的系统，一个如康德所说有着"无目的的目的性"的系统，或者用诺瓦利斯那句意蕴丰富的话来说，是一种独白。上述系统有着完美的譬喻性，因为那些声音既是充满含义的，同样也是不具有任何确定的含义的。如果说数学符号是无意义的，那么语言符号就是充满意义的（但这种意义又过于充足：它说明了这个，或者说明了那个），至于音乐符号，它则既是无意义的，又是充满意义的。它包含了三种面向，即数学般的架构、组合而成的系统及它所组成的音响链条所提供的无数种组合方式。在这三者的基础上，音乐凸显出了一种诗学重要性：

最初我们的语言充满了音乐性。……它应当重新成为吟唱。[2]

为话语编曲。书写的音乐化。[3]

---

[1] *Ibid.*, n°1320, p.353.
[2] *Ibid.*, n°1313, p.391.
[3] *Ibid.*, n°1400, p.371.

我们应当像作曲一样写作。[1]

F. 施莱格尔：

当音乐家说起其作品中隐含的思想时，许多人都会觉得奇怪和可笑；我们时常注意到，音乐家们在作品中寄予的想法，往往比他们关于音乐的想法还要多。但对于真正有体悟的人来说，他能感受到各种艺术、各种科学间的共同点。他就至少不会从所谓自然化的平庸视角出发，将音乐简单当作对个人感情的抒发；如果说那些纯粹用乐器演奏出的曲调中蕴含着某种哲学倾向，他也不会认为这是不可能的。纯粹的器乐不也需要编写自己的文本吗？在它的文本中，音乐所涉及的主题不也是一直被申发、被确认、被探讨和被质疑吗？就好像我们用一系列哲学思考来讨论某个对象。[2]

以上几位浪漫主义者赋予抽象的象征诗歌最大的功用：用一种音乐或数学的方式将词句编织起来，让它们发出哲学的吟唱；吟唱可以让词句摆脱它们在意义上的局限，获得一种无限的内涵。这就是诺瓦利斯所说的"无限诗歌"，也是F. 施莱格尔笔下的"渐进的总汇诗"。需要指出的是，这里

---

[1] *Ibid.*, n°1400, p.371.
[2] *AL*, Fragment de l'*Athenäum* n°444, p.176.

所说的"无限",并不是指诗歌的形式层面,而是指它的语言构造。之前,我们引用了诺瓦利斯的一则断片,说到只有那些彼此间没有"联结"的叙述,才能更好地从抽象意义上展现音乐化的诗歌语言的内涵。耶拿浪漫派显然是最早提出此种理论诉求的,一个世纪后,马拉美、象征派诗人及瓦莱里又在法国继承了这一看法。另需补充一点,虽然诗歌以独白式的音乐为典范(同时也作为竞争对手),与后者保持着一种令人不安的关系,但是与音乐相比,它却有一个天生的长处,即它可以成为语言的语言、诗歌的诗歌,但音乐却很难成为严格意义上的音乐的音乐(数学的数学似乎也并不可行)。对诗歌来说,只要它可以摆脱外在的指代物,摆脱模仿外物的痕迹或者主题所带来的超验性,它就可以成为一种至高无上的艺术形式,一种"由自我生成的存在物"(sich selbst bildendes Wesen)[1]。这是诗歌超越数学和音乐的地方,它不仅是先验性的,同时按照费希特的说法,也是超验性的,所以,它同哲学有着深层的相似性。[2]

---

[1] *Fragmente I*, n°1398, p.371.
[2] 但是,在浪漫主义者的文学作品中,我们并未看到任何一部著作的语言可以达到他们所说的类似音乐的内在反思性。直到20世纪,才有类似作品问世。在某种意义上来说,普鲁斯特的《追忆似水年华》和布洛赫的《维吉尔之死》都是这方面的代表性作品,可以生动地体现出诺瓦利斯及施莱格尔所主张的这一系列原则对文学创作的积极影响。关于普鲁斯特的创作,安娜·亨利所写的一系列作品,尤其是《马塞尔·普鲁斯特:审美理论》,都为我们证实了谢林的文学观点是如何经过一系列的传播和接受,而影响到普鲁斯特的创作观的,而谢林则是与《雅典娜神殿》一众浪漫主义者(转下页)

然而，奇怪的是，浪漫主义者从未曾思考过语言成为"语言的语言"的能力；诺瓦利斯的"独白"一词已然是浪漫派所提出的关于"语言学说"（Sprachlehre）最完美的一个表达，但也不过是满足于将语言和数学混同在一起。其实，语言自带的反思性正是来自自然语言本身的特点，和后者的指代能力是分不开的。比如，就好像意识首先必须是有倾向的意识，语言要想成为自我指代的语言，首先必须是一种有指代性的语言；只有在层层叠叠的指代网络中，主体的意识才能定位自己的坐标，标画出自身的空间。浪漫主义者只关注意识的自我反思性在语言中的体现，这样也无法界定真正属于语言的层面。正因如此，他们所说的语言只能算作"将要成为完美的反思之所"的诗歌的一个"不完满"的媒介。《雅典娜神殿》所给出的语言观，是一种关于被强化、被浪漫化的纯粹的语言的思考，在这种观点下，语言无法揭示"部族的词句"（马拉美语）所掩盖的真正本质，而是要人为地让语言摆脱一切内容的限制，剥离同外界的一切自然联结。当然，

（接上页）观点最为相近的语文学家。在普氏的作品中，我们很容易看到一种反思性，哪怕是他的著作的题目也为我们提示了这一点（"Recherche"一词除了"追忆"，亦可译成"追思"或"追寻"）。对普鲁斯特来说，作家的任务类似于译者的任务；作为一部真正的著作，所有的作品似乎都是用外语写成的，它从属于浪漫主义者所说的"文学空间"。贾卡尔（R. Jaccard）曾说，"跟随着普鲁斯特的脚步，我们进入了一个全新的审美空间，这种审美并不植根于日常的生活经验，而是进入了一个稳固的理论范畴"。但事实上，这种审美观并非普鲁斯特的首创，正是 F. 施莱格尔所说的"反思性"（*Le Monde*, pp.5-8，1983）。

这也是整个西方现代诗歌史所面临的悖论,这样生成的"诗歌语言",注定只能将其强调的重点放在自然语言的"神奇性"或"体悟性"上。但这大概率是一种美丽的幻想,诺瓦利斯在评论诗歌时,已经预感到了这一点:

> 我们每为作品添上增光的一笔,它就会更加远离尘世之外的造物主;在所有的笔触都添加完成之后,造物主看到了我们称之为"作品"的作品,但是后者同造物主之间,存在着一条深深的沟堑,连主都无法估量这条沟堑的广度。[1]

马拉美和里尔克也曾如此明确地提到上述"远离定律"。前者说道:

> 作为其本身来说,字词可以向着精神中最奇异、最有价值的方面延展。精神是一切悬念悸动的处所,它会将这些字词同惯常的文字组合区分开来。在它们的流动或静止中,这些字词投射在岩穴的石壁上,表达着话语不能表达的含义:它们闪现,然后又熄灭,彼此遥遥相对,闪现出了互动的火花,还有一种间接的偶然。[2]

---

[1] *Fragmente II*, n°2431, p.171.
[2] *In* Maurice Blanchot, *La Part du feu*, Gallimard, Paris, 1949, p.41. Souligné par nous.

后者则说:

> 在诗歌中,没有任何一个词(即使是最常用的类似"和"这样的词或者是那些冠词),是可以被视同为日常会话中的词汇的。它们有着最纯粹的次序、最宽泛的连接方式,在诗句中也占据着特定的地位,这些都从本质上将它们同日常语言区分开来,让它们失去了其在日常重复的语言活动中所具有的作用。[1]

简言之,这种语言理论扩大了诗歌语言同自然语言之间的区别,里尔克更是发展出了一套有关诗歌炼金术的观点,认为诗歌就需要自我封闭;在诺瓦利斯和 F. 施莱格尔那里,也同样推导出了一个关于"神秘状态"(Geheimniszustand)的理论。其理论基础就是 18 世纪末期流行的存在所谓的"高等语言"的观点,很多内行人认为这种"高等语言"就是梵文。但至于有关"神秘状态"的理论,它的外延还要更宽泛一些:在它的描述中,借由至高的诗化操作,语言可以变得既熟稔又陌生,既相近又

---

[1] «*Aucun* mot dans le poème (j'entends ici chaque "et", "le", "al", ou "les") n'est identique au mot correspondant de la conversation et de l'usage; l'ordonnance plus pure, le rapport plus vaste, la constellation où il prend place dans le versou la prose poétique, le changent jusque dans le noyau de sa nature, le rendent inutile et inutilisable pour le commerce ordinaire, intangible et durable.» In George Steiner, *After Babel*, Oxford University Presse, 1975, p.241.

遥远，既明晰又晦涩，既可懂又难懂，既可沟通又无法沟通。下面是几则诺瓦利斯所写的断片，它们从多种视域提及了上述操作：

> 能创造科学的人，必然也能创造非科学；能让事物更易懂的人，亦可令其更为晦涩。[1]
>
> 所谓浪漫主义诗歌，就是让一个事物变得异质化，但同时又为我们所了解，能够吸引我们。[2]
>
> 提升到神秘状态。未知是求知的驱动力。已知不能再起到驱动作用。神秘化。[3]
>
> 神秘是充满尊严的状态。[4]
>
> 精神试着去消化那种驱动力。他者吸引着它。将他者变成自我。同化是精神的一项无休止的行动。也许有一天，不再会有驱动力，也不再有他者，这样，精神就需要让自己变成他者和驱动力。……现阶段，精神还是直觉的精神，是自然的精神，它需要通过谨慎的反思（Bessonnenheit），通过艺术（自然应当变成艺术，艺术应当成为第二个自然），变为理性的精神。[5]

---

[1] *Fragmente I*, n°1043, p.288.
[2] *Ibid.*, n°1434, p.381.
[3] *Ibid.*, n°1687, p.446.
[4] *Ibid.*, n°1752, p.472.
[5] *Fragmente II*, n°2386, p.163.

这也是浪漫派关于远方的观点。可以在瓦尔特·本雅明的作品中找到呼应。在那篇关于波德莱尔的文章中,本雅明说过美就是"远方的事物的乍现"。诺瓦利斯亦然:

> 未知、神秘,是一切的开始和结束。……远方的哲学传来了诗歌般的回响,因为远方的每个呼唤都有元音般的质感。……所以说,隔着距离,一切都变成诗,变成了诗作。远方的行为,远方的山、人,远方的事件等,一切都变得浪漫了。同样地,我们也有了原初的诗性本质。夜晚的诗歌、黄昏的诗歌。[1]

作品的所在是远方,是熟悉的未知,是熟稔的他者。在《海因里希·冯·奥夫特丁根》(*Heinrich von ofterdingen*)中,诺瓦利斯写道:"我们听到了一些陌生的字词,但我们应当知道它们是何意。"[2]所以说,这次在一个纯粹的诗学及思辨的层面上,我们再次看到了自我与他者的关系,这一德意志构建中的基础要素。就这一点来看,在他这本未完成的小说中,诺瓦利斯有意识地反转(Umkehrung)了歌德在《威廉·迈斯特》这部成长小说(Bildungroman)

---

[1] *Fragmente I*, n°133, p.43. Cf. aussi le n°91, p.33, et le célèbre fragment n°1847:«La poésie dissout l'étranger dans son être propre» (*Fragmente II*, p.22).

[2] *Heinrich von ofterdingen*, in: *Les Romantiques allemands*, La Pléiade, t. I, Gallimard, Paris, 1973, p.448.

中所构建的自我同他者、近处与远方间的关系。这也是浪漫主义者关于作品的理论中所提到的巅峰状态:一旦一门语言中熟悉的词汇都变得陌生,所有的一切都浸润在一个无从理解却又充满意义的远方中,这就证明了该语言已被提升至神秘状态。

上述文学操作正是浪漫化的要旨[1],但它不正是与翻译活动有着异曲同工之妙吗?或者说,翻译不正是上述操作的延续,是对这种浪漫派作品内部活动的激进化吗?翻译所做的,不正是将外国的作品从自然的本土语言的限制中解脱出来?它不正是要"隔着星系"带离作品,通过将其纳入另外一种语言中,来帮助它摆脱腐坏的旧土壤?人们普遍认为,在一切翻译活动中,作品可以说是被"连根拔起"。而这种"连根拔起"的行为,无论是如何进行的,通常的看法是把它当成一种损失或背叛。与原作相比,译作当然是先天不足的,因为译者无法在译入语的环境中,重建起原著所赖以生存的、默契的指代网络。这种看法显然不无道理。但若是从浪漫派的视角来看,恰恰正是这种网络,造成了作品的局限性,而作品自身的目的就是寻求其本身的绝对化。如果反讽正是浪漫主义者所借助的一种手段,用于帮作品摆脱其局限性的话,那么翻译也是一种超越反讽的手段,能够帮助作品

---

[1] "浪漫主义。绝对化—普适化—对单一瞬间和个人情境的归类整理等。这些都是浪漫化的本质。"(*Fragmente I*, n°1440, p.333)

完成其内含的反讽的任务。[1]

实际上，在翻译中，这种将他者转为自我，又反将熟悉变成陌生的一系列活动，和浪漫主义者所说的文学作品的生成过程，即否定自然语言和摆脱外在指代的过程有很大的共同点。在这个意义上，对文学作品的翻译就可以视作对翻译的翻译。而这浪漫化的双重过程，这种将远方变近处又将近处变远方的过程，就是翻译的目的：译本中，他者当然会变为近处，而近处（译者的母语）也同样会因此拉开距离，变为他者。[2]

---

[1] 本雅明在谈论翻译的时候就注意到了这一点："翻译将原作移植到了一片全新的土地上，讽刺的是，它在这片土地上长得更加稳固，因为人们已经很难再将它移种到其他土地上了。〔……〕'反讽'一词之所以可以用来概括浪漫主义者的思维模式，并不是没有原因的。"（*La Tàche du traducteur*, in: *Mythe et violence*, Denoël, Paris, 1971, p.268）.

[2] 在《火之作》中，布朗肖曾不无欣赏地描述过这个过程："我们要承认，文学的对象之一，就是要创造一个语言，创造一部作品，让死亡的文字真正归于沉寂。……其实，这种新的语言同现行语言之间的关系，与原文和译入语的关系有很大的相似之处：都是一连串的字和事件，我们能够理解它们，把握住它们，但是虽然它们让我们感到熟悉，我们却不可避免地对它们中的一部分产生未知的感觉，就像有的时候，那些我们明明很熟悉的事物，突然就会变得陌生。有的时候，文学作品是刻意地保持这种距离感，是有意识地维持这种间隙，让翻译作品成为一部真正的外国著作，这也部分地说明了为什么象征派喜欢用一些生僻的文字，为什么人们会对异域风情有所偏好……若伊·布斯凯有一本书，题名就叫《译由无声处》（*Traduit du silence*），它表达了文学的一种态度，希望能够成为一种纯粹的翻译，一种无须翻译什么内容的翻译，一种可以让语言同自我保持一定距离的翻译，超出这个距离，语言就可能会遭遇困境。"在这段话中，我们可以看到布朗肖的主张已经接近浪漫主义者的思想，有关布斯凯的引用也可以证明这一点。或者说，布朗肖的思考已经进入了《雅典娜神殿》一众学者所说的文学空间的范畴。

然而，这种"变形"，这种"反转"，就正是诺瓦利斯所说的"提升到神秘状态"的过程。翻译就像一座巅峰，或者说是曾凭经验论证过的巅峰之一，是作品绝对化的巅峰。所有因翻译而在具体层面缺失的东西，都可以借着超验现实中的收获加以补偿，也就是在作品之为作品的层面上。

诺瓦利斯曾大胆断言："毕竟所有的诗歌都是翻译。"这似乎也是若伊·布斯凯（Joë Bousquet）欲言未言的潜台词。现在，这个论述也不难理解了：如果说真正的诗歌就是将自然语言提升到神秘状态，那翻译就是上述过程的重叠，以至于我们可以说所有的写作（Dichten）都是翻译（Ubersetzen）。或者说诗歌实现了超验的翻译（浪漫化），惯常的翻译则是植根于日常经验的，即将一种语言转化为另一种语言。第一种"翻译"针对作为语言的语言进行介入，第二种翻译面向自然语言，是语言的一种具体表现形式。这样，我们就能明白为什么浪漫主义者会对翻译抱有如此之大的热情了，这种热情并不是因为与自然语言的关系，而是因为在任何译介活动中，译者均需"杀死"自然语言，让作品飞升为恒星般永恒的语言，也就是纯粹的绝对语言。这也正是本雅明的翻译观，如无浪漫主义思想的长期滋养，他也无法提出这一理论。事实上，他的理论也只不过是为浪漫主义者的上述直觉提供了一个更纯粹的表达方式。

由此，我们可以看到"艺术语言"的理论（类似的还有"无限变幻""渐进的总汇诗"及"百科全书"等概念），是如何将浪漫主义者隐秘地导向一个翻译理论的：在这种视角下,所有的作品都是翻译,都是文本或文体形式彼此交融而成的一种不确定的版本,是"部族的语言"的无限化。我们通常借以对翻译进行指摘的那些缺点,在浪漫主义者那里,都变成了翻译在诗学上的优势。之前,赫尔德及歌德还停留在从文化视角或"纯经验论的"文学角度来看待翻译的阶段,并且他们也并不认为有必要将诗歌从它的指代土壤中拔除开来[1],而现今,诺瓦利斯等人对于翻译的思辨式的理论态度,显然已经超出了上述范畴。

上述理论态度是近世所称的"文学"诞生的必要前提,如福柯在《词与物》中所展示的那样:

> "文学"这个词是新近才诞生的,恰如在我们的文化中,将一种特殊的语言剥离出来,并把"文学的"当成这种语言的特有样态也是新近的事一样。这是因为在19世纪初,在语言深埋于其对象深处并任凭被知识所贯穿的时期,这种特殊语言是在别处被重新构建的,是以独立的、难以接近的、反省其诞生之谜,并且完全参照纯粹的写作活动这样一种形式而被重建的。文学,就是语文学的争议(然而,文学又是语文学的孪生形式);文学把语言从语法带向赤裸裸的言谈力量,并且正是在

---

[1] 实际上,歌德恰恰持有与之完全相反的观点。在与埃克曼的谈话中,他曾多次提到一种"情境诗歌",这与浪漫主义的诗歌观完全是背道而驰。他所说的"情境",即是指诗歌需植根于其同时性和自然性之中。

那里，文学才遭遇了词之野蛮的和专横的存在。从对一种自己的仪式中墨守成规的话语所做的浪漫主义的反抗，直到马拉美发现处于无能状态中的词，我们都很清楚地看到在19世纪相关于语言之现代存在形式的文学的功能是什么。在这个根本作用的基础上，其余的都是结果：文学愈来愈与观念的话语区分开来，并自我封闭在一种彻底的不及物性中；文学摆脱了所有在古典时代使它能传播的价值（趣味、快乐、自然、真实），并且在自己的空间中生成了所有那些能确保有关这些价值之游戏性否认的东西……它同一切有关"体裁"的定义决裂……并成了一种对语言的单纯表现，这种语言的法则只是去断言——与所有其他话语相反——文学直上直下的存在；文学要做的，只是在一个永恒的自我回归中折返，似乎文学的话语所能具有的内容就只是去说出其特有的形式：或者它求教于作为写作主体的自我，或者设法在使它得以诞生的运动中重新把握全部文学的本质。[1][2]

通过这段文字，可以明显看到，通过一系列的文学、文化和历史交流，浪漫主义有关作品及语言的理论，成为整个西方世界"现代"文学的生发土壤，也成为我们所说的

---

[1] M. Foucault, *Les Mots et les Choses*, Gallimard, Paris, 1966, p.313.
[2] 此段译文主要参考了莫伟民中译本，上海三联书店2001年版，第392—393页，有少许改动。——译注

"文学领域"的主流趋向。这一趋向显然是非及物的,若是借用巴赫金新近发展出的概念,或许还可以说是独白式的。在正式开始研究浪漫主义者著作中有关超越作品的独白式翻译理论之前,我们可以首先思考一个问题,即这种作品观,或这种趋向本身是否应当受到质疑。难道我们不应在现代西方文学中,或是在早于现代及现代边缘(其他与西方相比非主流的文学系统)的文学创作中,寻找那些与上述独白意识不符的文字吗?这种所谓浪漫的、现代的文学观,压抑了文学的另一个面向,一个更加丰富、基础更为牢固的面向。难道我们不应努力去发掘这个面向吗?上述面向还与文学的抒情性和小说息息相关:拉古-拉巴特和 J.L.南希曾指出,浪漫派未能将抒情性纳入文学范畴;我们也应重新发现"小说",也就是那种在巴赫金笔下得以重生的传统小说。当然,浪漫主义者同样自称是传统小说的继承人:塞万提斯、亚里士多德、薄伽丘、18世纪的英国小说……但他们只是从中学会了如何操纵文本形式,并未体悟到这些文本非凡的厚度。在《小说美学与小说理论》一书中,巴赫金颇为突兀地对诗歌的"独白性"和小说的"对话性"做出了区分。这一区分本身是难以接受的:我们可以说所有的小说本质上都是对话性的,却不能断言所有的诗歌都是独白性的。诚然,独白性对于诗歌而言是一种难以抵制的诱惑:创造一种"恒星般"的语言,一种"神祇的语言",的确是现代诗歌创作中的主流趋势,浪漫派更是为之提供了理论依据。但除去这些可以支撑巴赫金论点的表述外,诗歌中仍存在另一种面向，即对话性的面向，后者足以改变我们的文学经验，继而颠覆我们的翻译经验。翻译是否仅仅是诗性独白的延伸？或者相反来看，它岂不就是一种从内生的对话性向作品抬升的位移活动？以上就是本书的中心问题：两类完全相反的理论给出了不同的回答，一边是浪漫主义者的翻译观，一边是歌德和荷尔德林的翻译思想，与之共生的还有另一个问题：在独白式的理论中，翻译本身究竟占据着何种地位？我们将会看到，在这种视域下，翻译根本无法同其他活动区分开来，必然会与批评和诗歌混同在一起。有时，翻译是诗人的任务，是改写（Nachdichtung）；有时，翻译是语文学家、批评家或阐释学家的任务。虽然在18世纪时，A. W. 施莱格尔尚且可以做到身兼数职，既做诗人、译者，也做批评家、语文学家，但到了19世纪，这种身份的分割就不可避免了。一方面，我们可以看到一些学术性的翻译；另一方面，还有主要由作家完成的、文学性的翻译，诸如奈瓦尔、波德莱尔、马拉美和格里高利的作品。但是，在这种分割中，首先要面临的问题就是翻译作为一种活动，并没有明确的、属于它自身的活动范围，而只是作为某种语言性的且依托于语言的活动，所以它才会一时偏向于诗歌，一时又偏向于语文学。我们将会看到，浪漫主义者是如何进行这场分割的，如何在这场分割中让翻译失去了独立活动的身份，又如何将它上升到一种思辨的高度，一种时至今日翻译都未能于实践中达到的高度。

7　翻译的思辨论

当我们阅读 F. 施莱格尔与诺瓦利斯的著作时,尤其是甫一研究他们书写的断片时,不免会注意到一点:虽然我们已经看到,关于翻译的思考已内嵌入他们的文学理论中,但在其著作中,翻译只占据了很少的篇幅,尤其是同与批评有关的文字相比时。当然,诺瓦利斯和 F. 施莱格尔均非译者。但我们仍难免疑惑:他们在谈论书籍和写作的时候,对相关的翻译活动未置一词,却不停提到文学批评。例如诺瓦利斯的这段笔记:

> 百科全书式的。评注、书写、实验、观察、阅读、谈话……我的书应当是对上述所有活动的形而上的批评。[1]

在大量诺氏未出版的笔记中,翻译也难觅踪迹。能找到

---

[1] *Fragmente I*, n°10, p.11.

7 翻译的思辨论

的只有下面这则似乎是和另外几篇一起随手为之的段落:

> 每个人都有他独特的语言。语言是精神的表达。个人的语言。语言天赋。被翻译成其他语言和翻译其他语言的能力。每一种语言的丰富与和谐。真正的表达可以让想法更清晰。透明的语言表达,可以指引行为。[1]

另一篇断片中,诺瓦利斯提到了质量和数量的"互译",这似乎更接近他在《百科全书》中提到的"一切门类皆可相互转换"的观点,但并无面向翻译的深入思考。[2]

F. 施莱格尔与翻译相关的大多数论述也属这种情况。其中多是一些或平庸或尖锐的批注,以讨论翻译古希腊罗马作家时所遇的问题为主,但事实上,在此之前福斯就已将上述问题提上日程。这些文字无论在数量还是质量上都无法同施莱格尔关于批评的论述相比,就好像在浪漫主义者的眼中,"批评"可以完美涵盖"翻译"概念的所有维度,就好像批评的身影已全然掩藏住了翻译的痕迹。之所以这么说,是因为我们知道他们并未轻视翻译的文学、文化和历史作用。我们之前介绍过浪漫主义的文化场域,场域中包括翻译的介入。《诗学谈话录》中,F. 施莱格尔赞颂过福斯"作

---

[1] *Ibid.*, n°1280, p.346.
[2] AL, n°s73, 76, 119 des Fragments critiques, n°s229, 392, 393 et 402 des Fragments de l'*Athenäum*.

为译者和语言艺术家的功勋,他以无法描述的毅力和专注力,开垦了一片全新的土地"[1]。之后,他还提到"德意志的艺术家",以及"专属于他们的翻译天赋"。[2]我们很容易猜到上述称许的背后有 A. W. 施莱格尔的强势影响。不过,若要选出最大胆地表达出浪漫主义翻译观的文字,还要数诺瓦利斯的两篇文章,其中不难看出作者对翻译和批评间的界限的模糊,而这恰是专属于诺瓦利斯的特色。第一篇文章出自《花粉》,1798 年发表于《雅典娜神殿》;第二篇则是一封于 1797 年 11 月 30 日写给 A. W. 施莱格尔的信。

数年后,克莱门斯·布伦塔诺在小说《果德维》中,也有一章专门讨论浪漫派的翻译艺术,其结论尤为惊人:"浪漫主义本身就是一种翻译。"其实文学批评中也有类似观点,只是未曾得到充分阐发。

现在,我们要着手评论这三篇文字。首先是诺瓦利斯的两篇,对浪漫派的翻译观进行了简要概括。至于布伦塔诺,他并不属于《雅典娜神殿》这个群体,但他的小说是对浪漫主义的遥远回响,虽有模糊和变形,却更能让人体悟到其中的真谛。在对三篇文章做出逐一阐释后,我们就会试着回答:为何"批评"会掩盖、改动或部分隐藏"翻译"概念?为什么浪漫主义者未给翻译行为留出独立的理论空间?我们还会发现,这种掩盖可以反映出一个现实问题,那

---

[1] *Ibid.*, p.309.
[2] *Ibid.*, p.316.

就是在浪漫主义者眼中,作品的文化和语言维度远没有它被绝对化的"诗性的内涵"来得重要。

我们先来看最早面世的文字,即诺瓦利斯 1797 年 11 月写给施莱格尔的信,当时后者刚开始他日后可称为"皇皇巨著"的莎士比亚译介。

> 那位为您的莎士比亚译本做评注的先生是位极认真的人。但他的批注却算不得诗歌。谈到您的莎氏译本,自然会有颇多感言,尤其是就其同莎翁全部著作的关系方面。您的译本之于翻译,就如《威廉·迈斯特》之于小说。还有谁人可以比肩?我们从事翻译已有些年头,对翻译的喜好几乎是全国性的——重要的德国作家几乎都曾投身其中,为译作付出了几与原作等同的创作才能,但我却认为,人们对翻译还是尤为无知。其实,在我们这里,翻译可以成为一门科学、一门艺术。您的莎翁译本对科学的观察者来说,就是一个完美的样本。除罗马人外,再无一个民族像我们这样,感受过如此澎湃的翻译冲动(Trieb),也再无一种文化,曾经如此无尽地倚重翻译,来完成对自身的构建(Bildung)。这就是我们的文化(Kultur)同晚期罗马文化间极大的相似性。而那种翻译冲动,就是德意志民族崇高而又特殊的品格的外在表现。"德意志性"就是一种从最活跃的个性中混合而来的世界性。对我们而言,翻译就是扩展,它需要我们牢记诗歌的道德,放弃自我的执念,全身心地投

入翻译活动中——我们翻译,是出于对美诚挚的爱,也出自对祖国文学的热情。翻译既是作诗(dichten),也是创作自己的作品,甚至比这二者更难、更稀有。毕竟所有的诗歌都是翻译。我确信,现在德文的莎士比亚一定会比英文的莎士比亚更好……[1]

本段话中的任何一句都值得关注。其中无须进一步阐释的,也只有关于翻译对于德国文化构建的重要性的那几句,几乎所有的德国作家都表达过类似观点,诺瓦利斯只是用自己的语言将之表述出来。

首先可以看到,信中提到某个对 A. W. 施莱格尔的译本的评注。表面看来,诺瓦利斯对这版校订本的态度是积极的,但它"却算不得诗歌"。潜台词显然是:按照浪漫主义的要求,一切的批评都应是诗歌,就像 F. 施莱格尔在《雅典娜神殿》中所指出的那样。这也间接表明了诺瓦利斯对批评的要求:若以诗歌翻译为批评对象,批评本身也应是诗歌,理应揭示翻译中的本质和真实。那么,究竟是何种本质?何种真实?我们之后再行探讨。对诺瓦利斯而言,A. W. 施莱格尔的翻译是一种典范,如同《威廉·迈斯特》是所有小说的典范。浪漫主义者给予《迈斯特》特殊的地位,将之视为第一部具有反思性的现代作品,第一部真正可被称为"作品"的作品,第一部通过内容和形式上的反讽接

---

[1] Ed. Wasmuth, *Briefe und Dokumente*, pp.366-368.

近了象征层面的作品。那时,无论是 F. 施莱格尔还是诺瓦利斯,都曾为它做过批注。此处,诺瓦利斯声称 A. W. 施莱格尔的译本已经可以同《威廉·迈斯特》相提并论,就是承认翻译作为翻译真正变得可见,成为自主的写作形式,把这一活动提升到了前几章所说的"艺术"或"科学"的境界;并意味着 A. W. 施莱格尔的译本在其与形式和内容的关系上,同《威廉·迈斯特》有着相似之处;承认了翻译的反思性、反讽性、象征性和"艺术语言"(Kunsprache)的无限趋近性。我们可以将这几句话同信末的那句联系起来:"我确信,现在德文的莎士比亚一定会比英文的莎士比亚更好。"诺瓦利斯为什么要做这种赞美?这一结论是不是在同原文比较后得出的?当然不是,即使我们假设——这已经很令人怀疑了——诺瓦利斯能用英文阅读莎士比亚,这一论断也必然不是从比较中得来的,更何况诺瓦利斯对彼方语言文化的了解都不足阅读原文。那是不是因为"民族主义"在作祟?自然也不是,同赫尔德、歌德、施莱尔马赫一样,诺瓦利斯在这封信里,说到了"德意志性"即是源自翻译带来的融合。那他为何断言德文的莎士比亚要优于原版呢? A. W. 施莱格尔尤为骄傲的一点,正是他忠实再现了原作,将其中的散文或是诗歌段落都用旧有的形式还原出来。[1] 在他的眼中,自己的译本和原文是对等的,虽然事实上,就像所有的翻译一样,这种对等只不过是差相仿佛。如此看来,诺

---

[1] 参见本书第9章。

瓦利斯的判断就有些奇怪了,但并非全无道理。德文的莎士比亚之所以比原文"更好",是因为它是翻译。当然,此前的各个译本都比不上莎士比亚的原著,因为它们都是散文体的,是自由化的翻译,颇显枯燥,无法同 A. W. 施莱格尔的译本一样,担负起原文的诗学美。换言之,这些都属于"不自知"的翻译,就像《威廉·迈斯特》之前的小说也无法触及小说的本质一样。但自施莱格尔起,莎士比亚的德译本开始认真"模仿"原文,而模仿的必然结果就是超越。让我们试着解释这一悖论。"模仿"是批评和翻译中都会发生的现象。诺瓦利斯有一则断片说:

> 模仿,诠释了让个体自主定义自我的原则。
> 存在表象模仿和生成模仿。只有第二种才是具有生命力的。它需要想象力和沟通力间的紧密融合。
> 这种在自我身上唤醒别的人格的能力,并不简单地等同于表层的模仿。我们对这种能力还近乎无知,已知的是,它基于一种进入,一种令人惊叹的精神上的模仿。艺术家可以成为他所见的一切,可以成为他所想的一切。[1]

---

[1] *Fragmente II*, n°1890, p.41. 翻译活动实际上就建立在异质人格的"进入"活动以及"精神模仿"之上,所有的文学翻译都有过这种经历:译者与被译的文本(以及源语言、原作者)之间的关系,就是译者要进入一个正在形成,可是并未完全成型的新的文本领域。译者会进入一个原作者建构起的私密空间,这个空间是用源语言(转下页)

模仿可以帮助主体进入他者的人格内,并重现这种人格:所以它是深层的/内在的。与之相关的还有另一段断片:

> 只有将我们自己变成他者,完成一种对自我的改造,我们才能变成他者。[1]

我们之前提到过,F. 施莱格尔将翻译称为"语文学上的模仿",他用创造和理解这两种活动解读翻译中存在的辩证关系:

> 要想完美地将古典文学译为现代语言,首先需要译者对后者有良好的掌握,有能将一切变为现代语言的能力;同时,他也需要理解古典文学,不仅能够模仿它,

---

(接上页)建成的,在这里,源语言对人类共有的语言进行了改造。凭借着这种"进入",译者才可以在母语的语言空间中对原作进行模仿。但是,与之相反的是,虽然翻译的关键词是"进入",但批评的关键词则是"靠近"。在这个意义上,翻译并非一种经验,而与批评家相比,译者与作者的距离也会更为接近。或者说,翻译中译者采用的自我认知手段和批评是不同的。遗憾的是,浪漫主义者却将这两种手段混同在了一起,将"深层模仿"作为这二者的共称。在他们看来,这个"模仿"的空间是没有界限的,是无限的:由此,我们再一次意识到了"无限变幻"理论的局限性,它虽然可以用来解释批评活动,却不能揭示翻译活动,或者诗歌活动。这里所谓的自我限制的理论的限制效用还是有其局限的。

[1] *Fragmente I*, n°236, p.77.

还要能够创造它。[1]

那么，为什么一个生成式的、语文学层面上的模仿，不会止步于做一个与原文差相仿佛的译本，而是可以提供一个比原著更好的版本呢？这是因为借助翻译的过程，原著可以在译本中获得强化。翻译的目的并不是处于初始状态的原著，在 A. W. 施莱格尔这里，它也并不是莎士比亚的原作。因为按照浪漫派的说法，原作本身是有"趋向"的，它有先验的目标：所谓作品，就是无论作者是否有明确的意愿，都会趋向于变成先验的作品，虽然这个目标永远无法在现实中实现。从这个角度来看，原作也只不过是个副本，或者说是个译本，它另有一部真正的"原作"，一个早在它之前即面世却只能借助它才能存在的"原作"。但翻译则不同，它比原作更接近真正的"原作"，即"原作的原作"。正因这一点，它会比原作更好，因为通过语言间的转化（Übersetzung），它可以将后者从最初的现实指代网络中剥离开来，而这一网络正是阻碍原作完成它的趋向的主要原因。换言之，译本比原文更贴近文本内在的目标，更远

---

[1] *AL*, Fragments de *l'Athenäum*, n°393, p.164. Cf. aussi le n°401："要想理解一个对自我一知半解的人，首先要全盘了解他，对他有比他对自己更深入的了解，然后再把自己降到和他一样一知半解的状态。"（第165页）这些道理显然都不仅仅适用于批评，也可应用于翻译。施莱尔马赫就是从 F. 施莱格尔的反射论中汲取了灵感，建立起了系统的阐释学理论，也就是对人类理解的阐释学说，并据此发展出了他自己的翻译观。参见本书第9章。

离其现实的羁绊。翻译是原作的第二个版本，让原作更接近它的真相。这就是"模仿"活动的本质，通过将浪漫主义作品的内在运动和翻译活动两相对比，我们更加趋近了这种本质。我们之后会看到，批评也有类似的效用，所以在批注《威廉·迈斯特》的时候，F. 施莱格尔毫不犹豫地将他自己的评注称为"超迈斯特"（Ubermeister），类似的还有尼采所说的"超人"（Ubermensch）[1]。相应地，所有的翻译（Ubersetzung）都是一个超越（Uber）的过程，一个强化的过程：所以，我们就可以说，A. W. 施莱格尔的莎士比亚是一个"超莎士比亚"（Ubershakepeare）的作品。如果说"自然"低于"制造"，那么原著必然低于翻译。我们离自然越远，就越接近绝对的诗性核心。之前引用的一则 F. 施莱格尔的断片就说过，他喜欢"对原作的仿作"，喜欢"对批注的注释"等。遵循这个逻辑，我们可以得到以下关于作品的链条，箭头之后的作品依次是对上一层的超越和强化：

《威廉·迈斯特》之前的小说——>《威廉·迈斯特》（小说的小说）——>对《迈斯特》的评注或"超迈斯特"
    莎士比亚——>莎士比亚译本——>对莎士比亚译本的评注

事实上，若对诺瓦利斯的第二段文章加以解读，亦可印

---

[1] Walter Benjamin, *Der Begriff*..., p.67.

证这一推论。但现在我们已能更好理解他的结论了：所有的诗歌都是翻译，这一点我们已讨论过。既然诗歌本质上就是一种超越，一种对"自然语言"的强化，一种对"恒星般的语言"的建构，那么它就是翻译[1]，因为翻译也只不过是类似的过程。诗歌其实也是语言间的转换，是一种狭义上的翻译，也是翻译在实践中的众多形式之一。但诗歌这种形式却可以作为——此处诺瓦利斯已预感到这一点——所有的广义上的翻译中最具代表性的形式，在所有的翻译形式中，只有诗歌翻译和科学翻译（《百科全书》）才能达到至高的状态。诗歌是一种内置的翻译，它只能被理解成一种自我翻译：作品自行翻译自我（setzt sich über），超越了自身的范畴，飞向了属于它自身的无尽的苍穹。翻译，并不仅仅要将作品从 x 语言移植到 y 语言中，并且要把它从母语（也就是其现实基础）转移到一个他者的语言（就是我们所说的"遥远的语言""纯语言"的譬喻形态[2]）里，让它经历 F. 施莱格尔所说的大型"环球之旅"。我们现在可以重读 F. 施莱格尔在

---

[1] A. W. 施莱格尔在《艺术文学讲义》中，曾做过同诺瓦利斯和瓦莱里相似的论述：诗歌是"科学的巅峰，是这种神启的阐释者和译者，古典时代，人们将它称为神的语言"（*AL*, p.350）。参见本书第 9 章。
[2] 杰拉尔·热奈特曾经说过，英语对马拉美来说也有类似的效用：这是一种完美的语言，"在它的身上可以看到很多语言的美好品质的投影，而这些品质在现实语言的身上已经很难看到了。……一切外语，或者说一切他者的语言，都可以起到类似的效用，也就是类似'至高无上'的语言的效用。……所谓'至高无上'的语言，就是在自我的对面的语言"（*Mimologiques*, Le Seuil, Paris, 1976, p.273）。

《雅典娜神殿》中发表的297号断片了:

> 当一部作品……忠于自我,与自我并肩,却又超越自我的时候,这部作品就已经"学成"(gebildet)了。它的荣光和完善,都来自它的环球之旅,就像一个英国的年轻人在成长过程中所必经的那样。它需要游历过五大洲四大洋,这不是为了磨平其个性中的棱角,而是拓宽它的视野,给它的精神以更多的自由和丰富的内涵,这样它才会更加独立、更加自信。[1]

这再次说明了翻译是严格意义上的构建,且是诗学上和思辨上的构建,并不像之前歌德所说的那样,仅仅停留在文学和人文的层面。或者说,在某种理想化的层面上,翻译就是一种扩大化的过程。

在这封信中,诺瓦利斯前所未有地几乎触碰到了翻译对于文学和诗学活动的典型意义。他显然无法忽视这一点,毕竟翻译曾经在德意志文化的构建中起到过关键性作用。同歌德一样,他对此有着清醒的认识,甚至认识得更为深入。但是,虽然他通过某种夸张的颠覆,将诗歌变为翻译,甚至让翻译成为更"稀有"、更"困难"的活动,但是他却未能由此发展出一个有关翻译行为的整体理论,因为在他的理论中,"狭义"翻译的特性被掩盖了,被等同于在他的视角中更为重要的"强化

---

[1] *AL*, p.141.

式"翻译,而所有的"强化式"翻译,虽然名称各有不同,实际上都是利用对自然语言的摧毁来肯定作品的身份。这两种翻译只有一个共同点:要想摧毁一部作品中的自然语言,就必须通过另一种特定的语言来实现。我们甚至可以说,翻译,就是燃烧一把毁灭性的诗歌之火,让它从一种语言蔓延至另一种语言。这就是诺瓦利斯所做出的、颇具冒险性的理论假设。

正如我们看到的那样,这种思考可以导向两种极端立场。这两种立场在自有的理论框架内是有其逻辑的,但会对我们的常识造成冲击:所有的诗歌都是翻译,所有的翻译都优于原文。其中的第一点,是说所有的作品都是受一种自我反思行为的驱动的。但无论如何,当里尔克声称诗歌中的字词同日常语言"隔着星系"的时候,他认为自己阐释的是一种适用于所有诗歌的常理。我们还需要了解的是,是否所有的诗歌都有类似目标,或者说是否所有诗歌都是独白性的。

第二点同第一点有关联:如果说一切翻译都是翻译的翻译,那这个强化的过程就是一个为原文"加冕","完善"原文的过程。该过程的实质并非要寻找作品中原初的东西,而是让原作经历"环球之旅",变得更具有"普适性",更有"渐进性"[1]。我们也可以说,翻译代表着比原作生命更高级

---

[1] 翻译很明显的是一种渐进式的过程:它并不是已经成形的或完结的过程,而且也无意变成这种过程。我们必须要说,翻译的生命一般要比作品的生命更短,而且所有的作品都可以衍生出无数的翻译。翻译活动就属于那种碎片式的书写活动,浪漫主义者一直试图定义和构建后者的范围。在他们那里,碎片书写的理论就等于翻译理论。

的存在状态。这种论断是不是过于夸张了?或许是的。但我们还能看到如下事实:有时,翻译会给人以比原著更高级的印象,而这种高级感并不仅仅停留在文学层面。例如下面这段儒勒·苏拜维埃尔(Jules Supervielle)的诗,是由保罗·策兰译为德文的:

> 耶稣,你知晓树林中
> 新绿的每一片叶子,
> 你知晓每一段吞噬过
> 秘密的根茎,
> 你知晓夜幕来临时
> 那段短暂的恐惧,
> 你知晓那无边的宁静中,
> 大地的叹息。
> 你追随着所有的游鱼,
> 旋转于深处的旋涡,
> 鱼儿游弋,溯回,
> 它们的心脏停止……[1]

---

[1] 法文原诗为:Jésus, tu sais chaque feuille/Qui verdira la forêt, /Les racines qui recueillent/Et dévorent leur secrer, /la terreur de l'éphémère à l'approche de la nuit, /et le soupir de la Terre/dans le silence infini./Tu peux suivre les poissons/tourmentant les profondeurs, /quand ils tournent et retournent/et si s'arrête leur cœur…——译注

> 耶稣,你知晓其中的一切:
>
> 树叶,它们创造了森林的绿色,
>
> 根茎,它们在最深的隐秘中,
>
> 收集和保存,
>
> 短暂的恐惧,
>
> 随着夜晚的来临和抽搐,
>
> 大地的叹息,
>
> 在一片空寂的氛围中。
>
> 你可以陪同着鱼儿,
>
> 入水沉下,
>
> 随着它们游入水中,
>
> 直到它们的心跳消失……[1]

这两段诗歌的对比摘自乔治·斯坦纳的著作[2],后者也曾向我们展示过原文同译文间的区别:苏拜维埃尔在对诗歌氛围的构建中,所用诗句过于平淡,近似平铺直叙,而策兰却捕捉到了他要创造的氛围并加以深化。我们可以简单地说,其中有诗学上的再创造,已不能再称为

---

[1] 德语原诗为:Jesus, du kennst sie alle: /das Blatt, das Waldgrün bring, /die Wurzel, die ihr Tiefstes/aufsammelt und vertrinkt, /die Angst das Taggeschöpfes, /wenn es sich nachthin neigt, /das Seufzen dieser Erde/im Raum, der sie umschweigt./Du kannst den Fisch begleiten, /dich wühlen abgundwärts/und mit ihm schwimmen, unten, /und länger als sein Herz...——译注

[2] George Steiner, *After Babel*, pp.404-405.

"翻译"。甚至可以说，原作和译作是两种诗学的交锋。但我们无法抗拒下述直观印象：策兰精准把握了苏拜维埃尔的诗学目标，并且凭借对其诗意的捕捉，创作出了一首在诗情上更胜一等的诗歌。我们并不是要说，策兰是一位比苏拜维埃尔更出色的诗人（此处不是讨论这一问题的恰当场所），而是要说策兰的翻译"强化"了法文的原诗，让它更接近自己的目标，助它净化了困囿苏拜维埃尔诗歌创作的普遍性困难，而这些困难也部分关系到它同自我语言的关系和它本身的诗学表达。这么来说，策兰翻译的苏拜维埃尔，就是真正的"超苏拜维埃尔"。有时，人们对马拉美译的爱伦·坡也有类似评价。但在翻译领域，此类例子极少见，这也佐证了诺瓦利斯的观点：翻译是一件稀有且艰难的事情。这同样也说明，只有在浪漫主义者从时间维度上所定义的特定诗学空间内，超越原作的翻译才能够得以实现，策兰的苏拜维埃尔和马拉美的爱伦·坡都属于这一空间。我们还远未能明确上述现象产生的原因。但是，直到现在，在所有莎士比亚十四行诗的译本中，虽然其中很多都出自有名的诗人和翻译家之手，却仍然没有出现过让人满意的版本。那么，这是不是说明了，在莎士比亚的诗歌书写中，包含着一种无法接近的诗学目标，尤其是无法通过"强化翻译"来实现的诗学目标呢？是不是说，这种"强化翻译"本身就意味着某种作品同语言、同自身间的关系，本身就在呼唤、允许和为翻译行动辩护呢？

现在来看诺瓦利斯的第二篇文本。这段引言出自《花粉》(*Grains de pollen*):

> 一个翻译,要么就是语法的(grammaticale),要么就是变形的(transformante),要么就是神话的(mythique)。"神话翻译"是至高风格的翻译。它展现的是个体艺术作品中最纯粹、最完善的精神。它呈现出的并非真实的艺术作品,而是作品的理想。据我所知,目前还不存在完美的"神话翻译"。但在很多对艺术作品的评论和描绘中,都能找到与之相关的清晰的痕迹。要想成就这个类型的翻译,需要一个聪明的头脑,实现诗学精神和语文学精神彼此间完满的进入和交融。某种程度上,希腊神话就是当时的民族信仰的一种翻译。当代的圣母像也是这样一种神话。
>
> 语法翻译就是惯常意义上的翻译。它需要译者博学,但只掌握叙述能力即可。
>
> 至高的诗学精神属于真正的变形翻译。它常常变成对原著的改造,就像比格尔曾经把荷马翻译成抑扬格,还有蒲柏的荷马译本,还有全部的法文翻译。属于这一类别的真正的译者要把自身改造成艺术家。他要能够用这样或者那样的方法,以自己的理解把全部意思表达出来。他要成为诗人中的诗人,让作品既按照他的想法,又按照原作者的方式来发声。人类普遍的精神和单独的个体之间,也有着类似的关系。

不仅是书籍,一切都可以用这三种方式来翻译。[1]

上述摘自《花粉》的选段显然影射了 A. W. 施莱格尔的翻译工作;但细细品来,似乎也隐晦指向 F. 施莱格尔,尤其是他那篇关于《威廉·迈斯特》的文章。引言中在缺少上下文的情况下提到了圣母像,是指当时耶拿浪漫派曾多次参观德累斯顿的美术馆,诺瓦利斯在那里得以欣赏到拉斐尔的圣母像。[2]

让我们先来探究一下这段文字,和之前歌德的那段关于翻译的分类学一样,它也是三段式的:翻译有三种。第一种(文中列为第二种)是"语法翻译",它近似于歌德的散文化翻译,目标仅在于复述原文内容并再现其大致面貌。然而其余两种翻译就无法在歌德的三段论里找到对应概念了。诺瓦利斯将第一种翻译称为"神话翻译",第二种为"变形(verändernd)翻译"。我们打乱下顺序,先来研究后一种。在"变形"(Veränderung)这个概念里,本就有模棱两可的成分。诺瓦利斯引用了比格尔、蒲柏和法国式翻译为例,这些翻译都直截了当地改变了原文及其形式:译者要么就将一部诗体著作转成了散文,要么就用一种诗歌形式来翻译另一种。对于这种翻译,赫尔德、歌德、施莱尔马赫

---

[1] *Ed. Samuel*, Ⅱ, pp.439-440.
[2] 参观过后,威廉·施莱格尔和卡洛琳施莱格尔于1799年在《雅典娜神殿》上发表了《画像》一文。

和 A. W. 施莱格尔等人,虽不至于声讨谴责,至少也认为它属于次等翻译。但诺瓦利斯却认为,这些译者进行的"变形"只不过是独属于这种翻译的危险,却并非其本质。在他看来,操纵"变形"的译者堪称"诗人中的诗人"——现在我们对于这种"自反式"的表达法应当很熟悉了——这也为我们暗示了翻译可能起到的强化作用。按照类似的说法,人类普遍的精神就是"人中的人",是个人无限的能力中的一种。所以说,"变形"的译者可以被纳入"至高的诗学精神"的范畴,他从事着"精神上的模仿",让"他者的人格"得以被复制,就像这句话中所说的一样:"他要成为诗人中的诗人,让作品既按照他的想法,又按照原作者的方式来发声。"所谓的"变形翻译",就是上句中两个诗学目标的结合,最终实现了对原文的强化。我们还可以说:这一类翻译中的变形,并不是一种武断的操作,而是"至高的诗学精神",象征着译者作为"艺术家"对诗学目标的追求。这样看来,我们就可以将策兰和马拉美的翻译当作一种"变形翻译",它们忠实于原文的"理念",并在事实上接近了"至高的诗学精神"。

然而,对诺瓦利斯来说,这种翻译并不是拥有"至高风格"的翻译,也就是说就其本质而言,它并非最高等的。最高的等级是留给"神话翻译"的。诺瓦利斯只留下了很少的文字为我们阐释这一概念的含义。诚然,我们知道,当时"神话"是 F. 施莱格尔最钟爱的主题之一,在《诗学谈话录》中,他甚至还探讨过在"旧的神话"(也就是希腊神话)的基础上,创造一种新的神话的可能。诺瓦利斯对施莱格尔的这些研究早有耳闻,他则认为,希腊神话就是一种对"民族信仰"的"翻译"。这种论断究竟有何意义呢?在《诗歌断片》中,他写道:

> 如此说来,小说是一种自由的<u>历史</u>——或说历史神话。自然神话难道就不能存在吗?(在我看来,所谓的"神话",就是诗性的自由创造,就是对现实生活的多种再现等。)[1]

诺瓦利斯还另有一组断片,题为《苏菲或女士们》,其中他曾说:"命运就是神话化的历史。"[2]

神话—神秘—神秘主义—神秘化—象征物。根据诺瓦利斯在《百科全书》中制定的规则,这些词语彼此间是可以互换的。他们共同指向同一个浪漫化的运动:一种"提升到神秘状态"的运动。神话翻译就是将原作提升到象征状态,也就是说,让作品成为"自身的影像",成为(没有指代物的)"绝对影像"。我们可以来看一下两个同通常的翻译相距甚远的例子,即希腊神话和圣母像。

希腊神话就是一段"自由的历史",是"诗性的自由创

---

[1] *Fragmente* II, n°1868, p.36.
[2] *Fragmente* I, n°2100, p.96. Cf. aussi le fragment n°1954: «Les symboles sont des mystifications» (p.69.)

造",它将一段事实转换为纯粹的象征系统,而这个事实,就是古希腊人的宗教信仰。它创作了一个"文本",在这个文本中,信仰的真谛,也就是其中的故事主线,得到了鲜明的浮现。那么圣母像呢?诺瓦利斯提到了"当代的圣母像",也就是之前他在德累斯顿的博物馆里同朋友们一起欣赏过的那幅肖像。当然,这幅现代作品和历史上的宗教圣母像间显然存在着历史的传承关系,但它比前作更纯净,是更纯粹的**图像**。这幅肖像与天主教会所宣传的圣母形象间已然"隔着星系",成为后者的更高一层的象征物,闪耀着属于它自身的独特光辉。它不是譬喻,不是对他者的指代,而是指向了一种理想。借用康德的术语,它就是一个**理念**的"可感模式",而非真实外物的呈现。在诺瓦利斯的第十五首《精神颂歌》里,也有类似的表述:

> 在千万幅画作里,我都看到了你,
> 玛利亚,你的笔触如此细腻;
> 但是没有什么办法能够画出,
> 我的灵魂是怎样看待你的。[1]

在《基督教界与欧罗巴》中,也有类似的文字指出了圣母像代表了上升至"神秘状态"的运动:

---

[1] Novalis, *Œuvres*, tome I, trad. A. Guerne, Gallimard, Paris, 1979, p.301.

> 面纱之于圣母来说,就像精神之于躯体。这是一个不可或缺的器官,它的皱褶组成了它那温柔的领报的文字;它的皱褶的无尽的游戏就像一段编码的乐曲。[1]

在发表于《雅典娜神殿》的断片中,F. 施莱格尔也提到了圣母像:

> 现在,耶稣的存在似乎是被大大地忽视了;但是在这种情况下,圣母像不是更应当将自己视为一个原初的、永恒的且必要的理想,或者将自己看作一个纯粹的真理,或者是一个男女理性的代表吗?[2]

"理想"一词在两位作者的笔下都有出现。《花粉》一文中,诺瓦利斯将"理想"定义为某种特定存在的"纯粹而又完善的特性"。而只有在某种神话式的操作中,即我们之前提及的"浪漫化"的过程中,这种特性才会出现。"浪漫化"的过程超越了"变形翻译",因为它可以将诗学精神和语文学精神统一起来。在神话翻译的过程中,**理念**会体现为**图像**,变成**图像**本身。所以说,拉斐尔的圣母像并不是对现实中的圣母的模仿,而是对圣母这一**理念**的纯粹化。此处诺瓦利斯

---

[1] Trad. A. Guerne, in *Les Romantiques allemands*, Desclée de Brouwer, 1963. 在这里,诺瓦利斯所说的圣母,同样也是他的未婚妻,即英年早逝的索菲。这幅图像与死亡紧密相连。
[2] *AL*, p.132.

的表述虽略有不同，但我们还是不难看到：在这封信里，他隐晦地表达了，关于神话翻译，尚且不存在完美的范本，即使是 A. W. 施莱格尔所译的莎士比亚也未达到此种境界。他绕过了施莱格尔的译本，为神话翻译提供了另一个例子：文学或艺术批评家常试图提取出作品的"倾向"，说明作品存在的必要性，而并非从客观角度来评断或描写这些作品。

相较于写给施莱格尔的信件，诺瓦利斯在《花粉》一文中对上述观点的阐述更为深入。"超验的"翻译的存在愈发将"经验论式"的翻译推至次要地位。前者将成为最有普适性的活动："一切都可以用这三种方式来翻译。"其实，无论是诺瓦利斯在《基督教界与欧罗巴》中对于中世纪的论述，还是他在《信仰与爱》中就普鲁士国王夫妇所给出的观点，都毫无疑问地可以视为对历史事实的神话翻译。他未曾客观描述上列事实，却阐释了它们"纯粹而又完善的特性"。

然而，如果按照这种方式对翻译概念的范畴进行扩大，翻译就会失去所有特殊性，与其他概念混同起来，和"上升到神秘境界""象征"还有"神话化"之间都不再有任何区别。在浪漫主义的理论框架下，"翻译"甚至险些被这些概念改变或驱离。[1] 事实上，我们之所以会声称我们要在浪漫

---

[1] 诺瓦利斯在《花粉》中就阐释过这一问题："有很多概念都汇同成同一个想法。"这是一种刻意营造的术语上的混沌状态，浪漫主义思想也因此成为一座理论迷宫，并借此向我们展示了，语言可以处在一种何等丰富的创作状态。换言之，我们可以说，浪漫主义并非一种"指称准确"的理论。

主义者关于批评、诗歌和百科全书的思想中寻找一个关于翻译的理论，并非我们要编造一个幻觉，而是要在这个由多种名称共同指代的理论体系中找出那个"纯粹而又完善的特性"，从翻译已然消弭的特性中，借由其他的角度来发现翻译。

正是这套关于翻译的浪漫派思辨理论以它独有的方式定义了A. W. 施莱格尔和蒂克的翻译实践，虽然这两位译者显然有一套更为具体的行为原则。这里所说的"定义"，并不是说这一理论直接决定了他们的翻译方法，而是框定了译者深层的诗歌观，直接影响了他们翻译场域的形成。施莱格尔和蒂克翻译的著作都是浪漫主义批评指定的"典范"，是草图，是"诗歌的诗歌"，是"超验的诗歌"，是"渐进的总汇诗"，是"无限的诗歌"。另外还需补充一点，就是他们在翻译之余，对相关作品还进行了批评活动，这一切都是为了同一个使命：为"未来"的文学以及与之不可分割的"未来"的文学理论，来积累素材：

> F. 施莱格尔写道，一项关于小说的理论，本身也应是一部小说，一部能够在神异的闪光下，将幻想的光彩从各个维度展现出的小说。……在这里，过往的人物都以全新的面貌出现：但丁神圣的身影再次从地狱中拾级而上，劳尔重新变为天人，莎士比亚同塞万提斯闲谈古

今,而桑丘又和堂·吉诃德开起了玩笑。[1]

现在,我们来看一下在另一位浪漫主义者那里,诗歌和翻译间的关系是怎样一种状态,他亦曾感受过《雅典娜神殿》的理论冲动,却再无浪漫派前辈的思辨热情。他就是克莱门斯·布伦塔诺。

《果德维》出版于1801年,灵感来自对同时代小说作品的主观戏仿(包括歌德、让·保尔和蒂克的作品)。在接下来这段引言中,三个人物就浪漫主义的本质展开谈话:果德维本人,作为叙事者、诗人的玛利亚(文中的"我"),还有哈

---

[1] *AL*, Entretien sur la poésie, p.328. F. 施莱格尔这几段充满诗情的话语可以帮助我们更好地理解神化翻译:虽然很难定义究竟何为神话层级,但是,一个翻译却可以将作品提升到这一高度。最终,正是得益于翻译和批评的高度,《堂·吉诃德》才能真正成为一个神话。而这个神话,这个作品中所蕴含的真正的"思想",才是作品背后所存在的真正的"书籍"。这个过程就是一种对原著毁灭的过程。而这一发生在"世界文学名著"身上的事情,正是浪漫主义者思辨中的理想状态:这些典范作品被过度翻译,过度了解,却很少被阅读,在我们的世界中像神话里的幽灵一样徘徊。我们甚至不用承认浪漫主义者的辩证法,就可以注意到浪漫派将但丁、塞万提斯、彼得拉克和莎士比亚神化了。他们的作品所能保存在世上的,只有一个纯粹的思想、一个空虚的意象。对于当代的翻译和批评来说,它们的使命,就是透过这些空虚的意象,重新寻找到这些作品中语言和实践的厚重内涵。

但是,虽然所谓"神化翻译"和现实中的翻译相去甚远,其实却是一个极富深意的概念。它展现了神话、历史和翻译之间的深层次关系,而罗森茨威格和本雅明对此早有预感。但若想真正地把握这一概念,则需跳出理论思辨的框架。

伯[1]，一位"理性"的莎士比亚和塔索的译者。

玛利亚揭开了本次对话的序幕：

"所有一切扮演着媒介者角色，能够将我们的眼睛和遥远的事物连接起来的，能让我们靠近这个事物，并将它的某些内容传递给我们的东西，都是浪漫的。"

"那莪相（Ossian）与他不同的呈现方式之间，又是什么关系呢？"哈伯说道。

"就好像存在一张竖琴，它存在于一颗伟大的心灵和它的忧郁之间，我们能透过它了解一位诗人的故事和他的创作主题。"我回答道。

果德维补充道：

"所以说浪漫主义是一种视角，是一个染色的玻璃镜片，是通过形式来定义事物的手段。"

"这样说，您认为浪漫主义是没有形式的了？"哈伯说，"我却认为，在古典艺术中，存在着更多的作品，它们没有内容，而仅仅凭借着一种形式，就留下了极深

---

[1] 德国批评家认为所谓"哈伯"的原型，就是19世纪初期曾经翻译过莎士比亚、塔索和卡尔德隆的翻译家格里斯。当然，布伦塔诺也可能是想到了A. W. 施莱格尔，后者是整个《雅典娜神殿》团体中最"理性"的人。小说中对于但丁翻译、莎士比亚译本与文艺复兴时期意大利诗人的译介的影射都可以看作对这一点的佐证。

刻的印象。"

"我不知道,您说的形式所指的究竟是什么。"我继续说道,"坦率地说,无形式会比被形式限制传达出更多的形式。要想获得更多的形式,只需让维纳斯显得更丰腴一点就够了。对我而言,所谓形式,就是对思考对象的恰到好处的界定。"

"所以说",果德维继续着我的思路,"形式本身是没有形式的,思想总是起源于某一个特定的点,向外进行着全方位的扩散,但是这种扩散却会在某一个界限前停下,这个界限就是形式。这里所说的思考对象,可能是一颗石子、一点声音、一抹颜色、一些字词,甚至是一些理念中所蕴含的内在。"

"我倒是想起了一个例子。"我说道,"这个例子颇为平庸,还请你们原谅这一点。我们常常会用肥皂泡这个意象,来描述人世的浮夸与虚荣。其实,气泡中的空间,你们就可以把它当成思想;相应地,气泡的外壁,就是它的形式。在某一个特定的时间点上,随着气泡不断地扩大,它的内容和形式达到了一种最完满的和谐状态;它的形式不仅同它的材质,也和它的内在尺寸、外在光线等实现了完美搭配,让它能够展现出一个极美的外表。外界的所有的色彩都在它的身上熠熠闪光,它也达到了最极致的完善状态。然后,就在这个时候,它从吹泡泡的管子上脱离开来,开始在空中飘浮。我认为,这个时候它就获得了人们所说的形式,一个只包含着理念的界定形式，一个对自身未置一词的形式。其余的一切就都是非形式了：可能太过火，也可能未到火候。"

哈伯反驳道：

"要是这么说的话，塔索的《被解放的耶路撒冷》也只能算非形式了。"

"亲爱的哈伯，"我说道，"您会惹恼我的，无论是您不再继续说下去，还是您不愿去理解我的意思，还是您不想让我生气，我都会生气的。"

"不要气恼。"哈伯说，"这几种情况都不是我想要的结果。但我无法赞同您对于浪漫主义的非形式的看法。我只是想用塔索的例子来反驳，因为我很了解他，天哪我是多么清楚他的作品形式是清晰而完善的。是的，我实在是过于了解他了，因为我曾冒险翻译过他。"

"您说您过于了解他，这对我恰恰是个佐证。"我说道，"只有面对纯粹的形式，您才能达到过度了解的状态。但您要注意，不要让您译著的读者过多地感受到塔索的形式，因为在我看来，那些纯粹而又美丽的作品，由于它们只是尽力地展现自己的思考对象，所以都不算太难翻译，而所谓的浪漫主义的作品，却因为它们不仅要描述对象，还要为对象添上一笔色彩，所以较难用译笔传达。就拿塔索这个例子来说：在翻译塔索的时候，译者需要同什么战斗？如果他的笔力能如塔索一般虔诚、热忱和凝重，其实还不如由他来重新创作一部作品。但如果这几点要求他都达不到的话，那么哪怕他自身是个新教徒,也要先变身成为天主教徒,然后再置身于和塔索一样的历史空间,用同样的语言和敏感来重现原作品。他需要完成一系列的转变,最终才能开始翻译,因为浪漫主义的诗人并不仅仅是呈现:他们还拥有源自自身的存在的力量。"

"事实并非如此",哈伯反驳道,"纯粹的诗人才是离我们更远的。"

"不",我辩解道,"在某种意义上,他们可能是离我们更远,但也恰恰是因为我们和他们之间的遥远的距离,让我们可以省略一切的媒介物,让我们避开这些媒介物所反射出的不忠实的幻影。你说的翻译的前提,是一种在语言和事物上的纯粹的科学性。但是如果译者的使命并不仅仅是翻译语言,他的译本和原著间的关系就应当类似石膏模具与大理石间的关系。我们同他们间的距离同样遥远,我们于他们处读到了一样的东西,因为他们的目标只是呈现,因为他们的呈现没有色彩,因为他们的呈现仅仅是形式。"

"本来,要想译入我们的语言,"我继续说道,"为了保留原作的韵律我们就不得不编造一些拙劣的诗句。您看,这些诗句其实就已经是形式的形式了。您想要如何传达这些诗句呢?意大利语诗歌的韵脚就是一种音素,决定了整首诗歌的曲调。我不相信你作为一名音乐家,可以用另一种乐器完整地再现出另一种乐器的所有声音和曲调。但是若是少了这些声音和曲调,诗歌就会失去它的眼睛，陷入一片黑暗，就像一只神气的雄鹰，我们要是在它头上戴一顶纸质的傻乎乎的小丑帽子，它也只能在那个角落里呆呆坐着。"

果德维笑了起来，说道：

"问题就是：如何将一只意大利的鹰翻译到德语里？答案则是：在它的脑袋上戴一顶纸做的帽子，这样就能将这只野生的动物变成家养的禽鸟。它不会再来啄我们了。但是，这肯定还是同一只鹰！一只被忠实地翻译过来的鹰！"

"对啊，这就是所谓翻译的忠实，"我接过了话头，"它现在就坐在一群德国的母鸡中间，像所有的家禽一样乖巧和忠诚！"

我继续说道："所有的语言都像一种特定的乐器。只有彼此相似的两种乐器之间才有互译的可能。但是音乐就是音乐，它并不取决于乐手的敏感（*Gemüt*），也不取决于乐手使用的乐器。只有当乐器、乐手、乐曲三者之间能够实现完美的契合时，才会出现真正的音乐。很多源自意大利文的作品，原本都是用口琴或者是吹奏乐器表演出的片段，现在却被我们译成了钢琴曲或者是小号曲。"

"那么在你看来，但丁就是不可译的了？"哈伯问道。

"的确，若是同其他作者，比如莎士比亚相比，他的可译性要小一点。这两位诗人凌驾于他们的语言、他们的时代之上。他们的激情比词汇更多，词汇比音韵更多。他们就像语言里的巨人,语言无法奴役他们,因为普通意义上的语言无法表达他们的思想。所以,我们完全可以把他们移植到另一片语言土壤之中。他们可以在那里生长,但是这个移植的过程,恐怕只有参孙那样的大力士才能够完成。这些被移植过去的橡树依然是橡树,需要耐心地将他们的根须从土壤中拔出,然后再种到新的土地中。但是,绝大多数的意大利诗人(Sänger)都有他们特殊的方法,这是同他们所拥有的乐器的特性息息相关的;他们可以用音韵营造出独特的效果,就像莎士比亚所创造的文字游戏一样。音韵效果无从翻译,但是文字游戏却可能被传达。"

"我们究竟是怎么聊到翻译的?"果德维突然问了起来。

"是从弗拉明顿的歌中引申出来的。"我说道,"浪漫主义本身就是一种翻译。"

正在这时,光线晦暗的房间中突然涌入了一束阳光,我之前提到过的那个浅口盆也因此漫射出了绿色的微光。

"看看这个,这是多么的浪漫主义啊,和您之前给出的定义完全吻合。这个浅口盆所用的绿色玻璃,正是太阳的媒介。"

这段引言可以说与浪漫主义的作品观之间两相呼应,虽然这种呼应已经失之模糊并有少许变形:古典作品往往是由一种纯粹的形式来定义的,也就是说,它们其实是对某种内容的纯粹的呈现,但是浪漫主义作品则与之相反。后者的特征就是那种呈现中的色调,这种色调让作品的呈现方式和现实的呈现物之间出现了区别。对于语言构成的作品来说,"色调"就是词语的"音韵"(韵脚、双声等,这些都是我们常说的词语的"色彩")。换言之,浪漫主义作品将呈现的中介(也就是语言)音乐化,借此得以与现实中的被呈现物划清了界限:在某种意义上,它只不过是语言中介所散发出的光辉,是它的色彩所发出的声响。浪漫化,就是为形式涂上色彩,像上述引言结尾处所说的那个浅口盆一样。在这种论述中,我们不难看到《雅典娜神殿》的理论影响,尤其是那种对抽象的理论描述的热爱。这样就出现了一个悖论,浪漫主义作品本身也陷入了不可译的境地,但由于它本身是一种对现实的有色彩的表述,其实它自己也可被视为某种意义上的翻译。不知道布伦塔诺自己有没有衡量过这句话的后果:"这位浪漫主义者本身就是一部译作",这是一句可与诺瓦利斯的言论形成精准呼应的话。或者说,这句话是对浪漫主义艺术最深的本质的遥远的呼应,也是《果德维》中唯一的一处呼应。我们很难在这处呼应同文中其他那些讨论诗歌翻译、认为浪漫主义作品不可译的论断间建立联系。诚然,"对于浪漫主义作品的译者来说,呈现的形式本身也是一部应当翻译的艺术作品"。但是,如果这个形式是由作品的声音和色彩构成的,要如何才能将之翻译出来呢?对于布伦塔诺来说,声音与色彩恰恰正是最难以从一种语言转移到另一种语言中的东西。他对于意大利诗人所发表的看法也说明了这一点,而布伦塔诺自身的诗歌创作也为此提供了侧面的佐证,他有两行著名的诗句:

> 哦!星辰和花朵、神灵和服装!
> 爱情、痛苦和时光和永恒![1]

这两句诗无法翻译,任何字面上忠实的翻译都可能让它们原有的光环中出现缺失。然而,它们就像分水线一样,是布伦塔诺和晚期浪漫主义间的界限:它们究竟是一串互相激发、可以发音,并借此产生一种不可译的音乐效果的音符,还是一种如诺瓦利斯所说的,由意义和声音共同产生的"联合物"?又或许两者都是,但是"诺瓦利斯所说的联合物已远远超越了单纯的诗歌音乐性的范畴,这种音乐性是经过无数次打磨的,它并不仅依托于自然语言的福祉。或者说,它并非是偶然性的产物,然而在布伦塔诺的诗句里,它像一种'魔法',一种美丽的重逢,一种由能指与所指的意外碰撞所做成的意外结果,总是无法否定偶然性在其中所发挥的作用。这是一场偶然所造成的、运气和时机共同作用下的游戏。以上所说的,就是两种浪漫主义间的区别,也是可译作品同不可译作品间的区别,而后者之所以不可译,首先就因为它并

---

[1] In: *Le Romantisme allemand*, p.220. Traduction littérale: «Ô étoile et fleur, esprir er habit, /Amour, douleur et temps et éterniré!»

不是一部人力所能为的作品。在上面的那段引言里，布伦塔诺已经将两种作品对立了起来：一方是可译的作品（包括莎士比亚和但丁的著作），它们的可译性帮助它们把自身的"精神"和"语言"之间区分开来；另外一方是意大利文的诗歌作品，它们同自然语言之间有着紧密的联系，所以无法容忍任何翻译，对这一方而言，任何译作都只是一种背叛。而在对双方进行对比的过程中，布伦塔诺就已经以他独有的方式意识到了可译与不可译的区别。虽然但丁与莎士比亚的可译性尚且有待商酌，虽然文字游戏并不一定会比音韵效果更易于传达，但这一区分毫无疑问应当是重要的。

《果德维》中的这一段落有其象征意义，因为布伦塔诺在其中模糊了耶拿浪漫派的理论主张。一方面，他对后者的理论直觉进行了重新表述：诗歌是翻译，译者应当自我翻译（就像诺瓦利斯所说的"精神模仿"），作品应当是根据它的音乐性和无对象性来定义的。值得注意的还有布伦塔诺所使用的意象，他一直说到空洞这一概念（作为阳光媒介的透明的浅口盘、肥皂泡）。这些意象显然是具有讽喻性的，它源自F.施莱格尔与诺瓦利斯所阐释过的那些最美妙的直觉：作品是空洞的，是不及物的，可以捕捉住模糊的远方。另一方面，虽然"音乐性"这一概念也继承自《雅典娜神殿》学派，但是它不仅仅扰乱了浪漫派的理论，甚至对其进行了逆转：在这里，我们从某种抽象的、数学的、以及以"赋格曲"作为最高典范的音乐性，过渡到了一种真正的民众歌曲中的音乐性，一种德意志歌曲（Lied）中的音乐性，一种感性和感知上的音乐性,而在最初的浪漫主义者那里,这种音乐性是根本没有生存空间的。因此,才浮现出了诗歌的不可译性,因为诗歌正是大量的美妙的音素的集合。虽然并不是第一次有人发表类似的看法,但是将诗歌和音乐联系起来,这种观点就显得更是重要:诗歌其实处于音乐的阴影之下,处于真正的艺术诗歌和民众诗歌间的空白地带。而正是在这个空白地带里,浪漫主义真正发展起来,衍生出了一系列抒情和小说创作,这些创作有时高明至极,有时却又颇为粗烂。类似的针对理论议题的庸俗化在浪漫主义有关"神奇"和"梦"的论述中也能见到。

作品的可译性理论突然转变成了作品的不可译性理论,这是一个无法回避的辩证关系,后期的浪漫主义者也正是借助这一点来肯定诗学领域的绝对自主性;与早期的浪漫主义者相同的是,他们也在力图超越自然语言,试图在无法"言说"的音乐领域里寻找这一自主性。所以说,很多后期的浪漫主义诗人20世纪时都曾被"翻译"成音乐,并因此获得了他们的诗歌"音韵"本无法带给他们的声名,这并非偶然。当然,其实在《雅典娜神殿》时期的理论设想中,已经出现了这种逆转的先声,就像在早期浪漫主义者的主张里我们能找到所有现代诗歌史的变形一样。换言之,我们甚至可以说,正是关于文学的可译性理论催生了某种不可译的诗学,这种诗学并非如它表面看上去那样单纯,因为它最终会导致一种关于不可沟通性的逆向的诗学。在浪漫主义理论中,几乎找不到有关自然语言的正面观点,这也间接促进了这种诗学的出现。这样,我们就能明白,为什么明明浪漫主义者如此欣赏福斯,却还要对下面这段他对洪堡所说的话抱有如此大的敌意:

> 所有不能用人类语言表述出的事物,都不是真实的。[1]

另外,布伦塔诺的言语中还有一点应当引起我们的重视,我们可以将其表述如下:作品可以分为两种,一种是和自然语言有着密切的关系的(所以是难以被译的),另一种是可以同自然语言保持距离的(所以相对可译)。我们之后还会再次探讨这一点。所谓的不可译性,一定是刻意的:在晚期浪漫主义诗歌中,我们不难找到一种刻意的不可译性,一种自我封闭的愿望,一种不愿沟通的心态,也就是说,这也是一种要从语言领域逃逸的愿望,一种对音乐的过度崇拜,一种对母语的认识的偏离,一种向民俗研究滑动的倾向。这种奇怪的刻意也是德国浪漫主义内生的不平衡之一,用歌德的话来说,甚至有些"病态"。

---

[1] E. Fiesel, *op. cit.*, p.40.

8　作为批评活动的翻译

现在,我们要回答一个前一章中被反复提及的问题:在F. 施莱格尔和诺瓦利斯的视域中,翻译的概念是否已被批评全部覆盖?有两个显见的理由可以导向这一理论猜测:《雅典娜神殿》团体一直以来的诗学目标都是对诗歌进行哥白尼式的革命,而若想将这种革命变为现实,少不得要借助康德式的批评,所以文学批评应在浪漫主义者处占据重要地位。另外——这也是第二个理由——浪漫主义思想的源头,至少是施莱格尔兄弟理论思考的源头,在于语文学活动及批评活动,这些活动甚至被渐渐抬升到了"哲学实践"的高度[1]。诺瓦利斯的教育背景和施莱格尔兄弟有所不同,他将"语文学"定义为一切与文本及书写有关的东西。"批评"一词因此拥有了两种含义:一种是超验的批评,是诗歌对其本身的思考,是一种逻辑学;另一种是面向文本的批评,即文学批评。如此即可对广义的批评和狭义的批评做出区分,就

---

〔1〕 Cf. Beda Allemann, *Ironie und Dichtung*, p.63.

像广义的翻译同狭义的翻译一样。但在这里，至少是在某种理想情况下，两种批评会渐渐趋向同一个点，以至于我们无法再区分文学与批评。事实上，未来的文学中已包括了对自身的批评，如 F. 施莱格尔所言，"它忽而扰乱，忽而混同，将诗歌和散文、创作和批评融合在一起"[1]。但是，作为一种文学体裁和一门独立学科，文学批评完成的是一项与"诗歌化"全然相反的活动：

> 诗歌只能被诗歌批评。对艺术的批评如果其本身不是一件艺术作品，那它也没有立足于艺术之国的权利。[2]

诺瓦利斯也以自己的方式声援了朋友的论断：

> 不会创作诗歌的诗歌评论家只能对后者进行负面的批评。但真正的批评家应有自我生成被批评的作品的能力。文学品位本身只能进行负面评断。[3]

以上就是浪漫主义者文字中常出现的论调，也是他们希望部分借由断片艺术实现的目标：将思考与诗学形式结合起来。在 20 世纪，这种结合并不是什么新鲜事，但它仍是复

---

[1] *AL*, Fragments de l'*Athenäum*, p.112.
[2] *AL*, Fragments critiques, p.95.
[3] *Fragmente II*, n°1869, p.36.

杂的。因为如果说作品的内在批评是它的外在批评的前提，那么顺着F. 施莱格尔的思路，就可以说外在批评借由这些"未来的断片"，开辟了文学领域本身，并为"未来的作品"的出现提供了可能。

但要想实现这一目标，首先需从根本上改变"批评"这一概念。批评一部作品，不是依据美学或感知规则做出一系列的评价，以便为公众提供信息或带来阅读上的启迪。在那段关于"神话翻译"的断片中，诺瓦利斯曾说过，译者要提取出作品纯净的理念，提取它"纯粹而又完善的特性"，完成"精神上的模仿"，这也是所有面向文学作品的阐释活动的前提。的确，在F. 施莱格尔那里，批评成了具有"预见性"的活动，即某种阐释行为。他在关于莱辛的论文中清晰表达了这一点：

> 要多理解，多解释，少批评。我们的任务，并不单单是在艺术作品中发掘美的片段，而是要把握住**整体**的印象。……我认为……只有在一位艺术家所有作品所构成的体系中，才能真正地理解某部特定作品。……所以一切在艺术中貌似孤立的现实，……都可以将我们引向那个不可估量的**整体**。如果您想要获得这个**整体**，……您就要充满自信，相信在任何方向上您都不会遭遇自然的限制，……直至到达真正的中心。这个中心是所有艺术和所有科学的中枢，也是这个中枢的法令和历史。在我看来，这是一门形成中的科学，由于它可以解释所有

幻想和所有艺术的运行原理,所以也可以叫它"百科全书学",但它还未完全形成。……现在,无论是在我们这里还是在别处,在所谓的实证批评中,我们还没能找到适用于所有学科的通行规范。既然如此,真正的批评就不应着眼于那些无足轻重的作品,因为它们无法推动艺术和科学的发展。是的,只有直接作用于这个文学和天赋的中枢,才能构建起真正的批评学。

如果您要试着理解某些作者和某些作品,就要以这个巨大的科学和艺术的体系为参照,重新建构生成他(它)们。

高层次的艺术和形式的本质都在于它们同**整体**的关系。……这也解释了为什么所有的作品都是一部作品,所有的艺术都是一种艺术,所有的诗歌都是一首诗歌……每一首诗、每一部作品都代表着**整体**,真正地、实际地代表着**整体**。[1]

理解一部作品,就是将它置于文学和艺术的**整体**之中,展现它的象征本质,它的本质就是对**整体**和艺术这一**理念**本身的象征(bedeuten)。换言之,要将作品无限的意义提取出来。要完成这一操作,批评就必须是"正面的",即一定要立足于作品本身,说明它如何促进了艺术精神的实现。而否定的批评只会引发论战。在另一篇关于莱辛的文章中,

---

[1] *Kritische Schriften*, pp.377-381.

F. 施莱格尔再次提到这一论题:

> 批评之于文学的重要性已无须赘言。但对于"批评"这一概念,我们一直依托的理论基础都是历史上通行的定义。我们谈论的批评活动,也不过是至今为止存在过的批评活动。但是否可以存在另一种批评呢?……这不仅是可能的,也是可行的,原因如下:在希腊人的时代,文学已经存在了很久,并且臻于完善,这时批评才刚刚出现。但对于现代人来说,至少是对于我们德国人来说,情况并非如此。批评和文学是同时诞生的,甚至前者还要更早一点。我们在了解自己的作品之前,已经对外国的作品有了一定了解……哪怕是那些不怎么重要的作品。直到现在,我想似乎还是我们对批评的自信,要远大于我们对于文学的自豪感。因此,批评和文学间的关系,在我们德国人这里,得到了极大的改变,也让我们有可能创造一种新的批评。这种批评不仅是对已经完善了的文学的评价,而且是一个为还在起步、正在形成的文学所提供的工具。一种文学的工具,一种不以解释和存档为最终目的的批评,一种间接地具有创作力的文学门类。……所以我们有必要建立起一个新的科学门类,让它来确定更高级的科学和艺术间的同一性和不同点。[1]

---

[1] *Kritische Schriften*, pp.424-425. 参见斯塔尔夫人《论德意志》(*De l'Allemagne*):"德意志文学可能是唯一一个以批评为起点的文学。"

这段文字非常重要，F. 施莱格尔在此为批评的哥白尼革命下了定义：批评要为未来的文学的来临提供可能。这场革命并不是单独发生的，它同"批评的诗歌"的革命共生共发，诗歌也会因此成为"诗歌的诗歌"。这两场革命不仅是同时发生的：它们还要混合在一起。我们之前也看到过，F. 施莱格尔曾宣称，小说的理论（浪漫主义诗歌在形式上的实现方式）也应当是一部小说。

由此看来，批评行为就是一种理解活动，一种如本雅明所说，"可以让个别作品的有限性在方法论上接近艺术的无限性"的活动。[1] 它将作品导入了其自身的无限性的空间，通过这个活动，它能够"更加忠实于作品的自我，与作品比肩，甚至可以超越作品"[2]。F. 施莱格尔补充道：

> 若没有批评，就没有任何一种文学可以在时间维度上长存。[3]

批评存在于作品问世之前与问世之后，是作品强化过程中不可或缺的活力因子。所以说，F. 施莱格尔希望他关于《威廉·迈斯特》的批评可以成为一部"超迈斯特"（Ubermeister），能帮助原作品在方法论上靠近它所蕴含的**理**

---

[1] W. Benjamin, *Der Begriff...*, p.67.
[2] *AL*, p.141.
[3] *AL*, p.410.

念，而在这个**理念**面前，所有的作品都不过是一个不完美的实现形式；能提取原作品"无限的象征意义"，体现原作品的象征功用。在现实维度上，歌德的作品同18世纪英国的小说传统之间有着千丝万缕的联系，施莱格尔在批评中却毫不在意这一点；当诺瓦利斯发现可以从这个方向（在内容中）着手寻找《威廉·迈斯特》的含义时，他迫不及待地对小说进行了全盘否定。同样，F.施莱格尔在评论莱辛的时候，也并不关注真正的、历史上的莱辛，而是"趋势中的"莱辛，也就是莱辛所揭示的关于未来的可能，还有他书写的关于"未来的断片"。

事实上，这种超越单部作品、将作品的有限当下同艺术的**整体**联系起来的活动，我们并不是第一次看到，诺瓦利斯在描述神话翻译时也有类似论述。所以说，我们是不是可以说神话翻译也是一种批评活动？我们先来探究这一点："理解"对批评和翻译而言同样重要：

> 要想完美地将古典文学译为现代语言，首先需要译者对后者有良好的掌握，有能将一切变为现代语言的能力；同时，他也需要理解古典文学，不仅能够模仿它，还要能够创造它。[1]

在此前引用过的一则断片中，F.施莱格尔提到翻译是

---

[1] *AL*, p.164.

"语文学上的模仿",也就是说,他已将翻译纳入语文学的范畴之中。这样,翻译就和"注释"还有"评论"一样,都属于"批评类文体"。与之相矛盾的是,《雅典娜神殿》中的第287号断片又将批评和翻译放在了同等的地位:

> 只有当我深入到了一位作者的精神里,我才能真正理解他;只有我在不破坏他的个人特性的情况下,能够翻译他,能够将他变换为各种形式,我才算是明了了他的想法。[1]

此处有诺瓦利斯所说的"精神模仿"的影子,这也是对译者和批评家共同提出的要求,因为他们均需俯身看向他人的文本,对其进行"重新建构"。当然,对于译者来说,这个文本既是他人的,又是异域的;但若批评家面对的是一篇古典文献,翻译和批评间的差别也就没有那么明显了。如果说所有对作品的重建性模仿的目的都是提取作品"纯粹而又完善的特性",那么就可以推论出,批评虽然和翻译有着相同的本质,但是却比翻译要高一个层级,因为批评就是一个被抬升至纯粹的自我意识层面的提纯过程:它是艺术作品的超越作品,是真正的精华。而翻译,却仅是且一直是一种语言间的互动:它虽可帮助作品摆脱原初的现实性,但随后又会将它浸入另一种语言的现实。当然,在译者把作品从源语

---

[1] *AL*, p.140.

言中"拯救"出来的那一瞬,的确会闪现出一种灵感的火花,让我们能感受到作品至高的内涵,让它能摆脱所有的现实语言的羁绊,进入到那种纯洁的、半透明的至高语言的境界。这是一种理想性的视角,在这种视角下,现实语言并非绝对精神的直接媒介,浪漫主义者的主张和黑格尔之间也有了共通之处。但是,正如在黑格尔看来,哲学是高于诗歌的,在浪漫派这里,批评也是高于翻译的。我们还可以换一种表述方式:超验批评与经验论批评、狭义批评与广义批评、内生批评与外在批评,这一切都会融合在一起,汇聚在一个真正完善的批评文本中,这个文本是作品精神的真正提纯,也是批评的自我理论,更是"一部小型的艺术作品"[1]。这就会导致一个矛盾的结果,就像本雅明所说的那样,"在浪漫主义的艺术中,批评当然是可能的和必要的,但他们的理论中不可避免地存在一个悖论:批评甚至比作品拥有更大的价值"[2]。还有另一个事实可以印证翻译的次要地位:在具体的翻译实践中,翻译可以达到那个超验的时刻,可以超越作品,超越作者,超越现实性,但这些都无法像在批评中那样纯粹。翻译只有依托于作品的结构才能成为可能,但它对后者来说并没有超验层面的必要性。本雅明说过,批评作品可以将事物推进到理想性辩证关系的界限边缘,它既是可能

---

[1] Ainsi F. Schlegel définit-il le fragment. Cf. *AL*, p.126.
[2] *Der Begriff*..., p.119. Cf. Lautréamont: «Les jugements sur la poésie ont plus de valeur que la poésie. Ils sont la philosophie de la poésie [...]» (Poésies II, *Œuvres complètes*, Garnier-Flammarion, Paris, p.289).

的，也是必要的，在本体性上也是可以超越原作品本身的，因为根据浪漫主义者的逻辑来说，次生的产物总要优于原生的产物；那么按照这个逻辑，翻译也是可能的，也是优于原作品的，但它缺乏和批评一样的深层必要性。在浪漫主义语文学的追求强化效果的王国中，它只是一种次等体裁，虽然诺瓦利斯曾在某段时间里，把诗学的批评活动也称为"翻译"。这或许是因为他曾和 A. W. 施莱格尔短暂地投入到一个"共同批评"的活动里，当时后者刚刚开始他译介莎士比亚的伟大计划。

虽然翻译和批评在定义上颇多相似，但它在与后者的角力中，却总是位于下风。它的位置被强行迁移了，在本体论上就被置于二等公民的地位（以至于它可能为片段化文本的书写做出的文学贡献也被忽视，而批评的类似作用却得到充分重视），它的概念也被批评的外延所覆盖，但它的活动领域却同批评是完全相同的：它们都面向那些"可以推动科学艺术进步"的作品，其中就包括莎士比亚、但丁、卡尔德隆、塞万提斯等人的作品。不过我们会再一次看到，就像本雅明所说的那样，浪漫主义者的翻译计划也不是由他们本身的翻译目标决定的，而是他律的，是由其批评计划决定的。这就导致了一个无从避免的后果：赫尔德、歌德乃至洪堡虽然都提到过翻译，但是作为一种跨语言、跨文化的文本交流活动，翻译却未能成为他们理论建构的对象，或者说，翻译活动一直处于诗学创造活动和批评"重建"活动的威压之下。

不过,仍需指出的是,在这个唯心主义的视角下,浪漫主义者得以揭示了作品作为作品与翻译(乃至批评)间的关系。作品与语言之间存在一种张力,让它与语言间若即若离;在另一个层面上,也可以说它一方面植根于语言之中,一方面又与语言保持一定的距离。这种关系让翻译成为可能,让它成为作品内在的需求,成为一个在语言、文化和心理上都富于意义的历史活动。无论具体的作品同语言和文化间的关系是多么的多种多样,以上就是翻译同作为作品的作品间共有的关系。作品是语言的产物,它呼唤翻译,就像呼唤自身的命运。这种呼唤,我们可以暂时地将它称作"可译性"。但是,我们需要将这种可译性与通常的语言学意义上的可译性区分开来。第二种可译性是一种事实:语言是可译的,虽然可译性的空间里也充满了不可译性。语言学上的不可译性源自语言间的不同;而语言学上的可译性,则是因为所有语言都是人类语言活动的呈现形式。所以说,在语言学的领域里,可译性与不可译性只是相对的概念。

但是,文学上的不可译性却有着不同的内涵,虽说文学翻译也不免遇到语言学上的可译性(或不可译性)问题。这种不可译性来自一个事实,作品作为作品而呈现的时候,总是会和它的语言保持一定的距离:这个距离生成了一个空间,让朝向另一种语言的翻译成为可能,也让翻译成为必要的和本质的;正是这个空间让作品成为语言、文化和文学上的新生事物。作品在两个语言和文化间的旅行,也让翻译成为 F. 施莱格尔所说的"环球之旅"。在这个意义上,翻译是超脱于语言而存在的,它并不依存于后者。但在另外一个意义上,它又可以完善语言,让语言超越自身的局限,只是它与原作语言间的关系会无可避免地导致某种异化,因为原作本身就是异者的,而作品被转移到另一种语言中,这又更加剧了这种异化。所以说,对于语言而言,翻译是一种真正的变形,是一种真正的变幻(Veränderung),而这种变幻却应当是忠诚的,是文字层面上的。实际上,不忠诚的翻译会破坏作品和语言之间的辩证关系。这种关于自我与他者、关于上升到神秘状态(或者是他者状态,又或者是已知和未知的融合)的理论,正如诺瓦利斯所说,都会指向一种变形的活动,这样看来,之前所说的至高的翻译是"神话的"和"变形的",并非全无道理。作品本身为这种活动提供了可能,而通过这种变形活动,它也可以成为"神话的",换言之,作品就是一种创造,借由这个创造,翻译成了一种充满意义的活动。由此看来,关于作品的翻译同通常所说的翻译是不同的:那些翻译所面对的并不是真正的作品,而只是人类日常交流中所需的一些日常的文本,或者是日常交流领域中一些不同层级的书写。在这种情况下,翻译行为在技术上可能是简单的,也可能是困难的;它遇到的文本可能并不会有什么语言阻力(一些语言上正确却并无深度的文本),也可能是一些书写并不规范的文章(也就是说作品和语言之间的关系尚未达到通常应有的状态)。如果文章本身就不够规范,翻译所能实现的目标也无非就是传达某种含义,虽然原作都未能很好地完成这个任务。也就是说,因为这些翻译面对的不是真正的作品，所以它们的实现并不是因为受到了作品的呼唤，而是出于交际的需求，它本身是没有意义的。传递过来的只有一些内容，一种在语言间徘徊的似是而非的内容，所以这种翻译充其量只能当作改编，而不是转化。这样看来，它们不管是紧贴原文的，还是更接近于某种重写，都未曾在语言层面上遇到什么根本性的阻力。但如果翻译遇到的是一部真正的作品，情况就完全不同了：作品允许翻译，呼唤翻译，也为翻译提供了无可估计的阻力；相应地，翻译也为作品赋予了无可估量的意义。这样看来，在同一个翻译活动中，翻译既植根于某一种语言，又脱离了那种语言，完美地展现了它的可译性和不可译性。或者说，作品越是可译，就越是不可译。这就是作品的悖论，在批评和阐释学中也有类似的情况。

面对这种让人困惑不已的状况，浪漫主义者给出了自己的描述，因为他们也总是在追问如下问题：什么是作品？作品既然是已经完结的，那么在它的周围，为什么还会有许多的文本，形成了某种语文学上的扩散，构成了第二重的文本圈？其中就包括注释、断片、批评、评论、引用和翻译，这些次生文本可能出现在作品问世之前，也可能出现在作品问世之后，它们有时像寄生虫一样，依托于作品而存在，有时又像作品的拓展，将它带入无尽的空间中。这些文本又是什么？它们明明以解释文本为目标，却忽而让作品更明晰，忽而让作品更模糊，有时更是让作品一方面更清晰，一方面更模糊。阅读活动究竟让作品周围出现了怎样一个多元的文学空间？是否存在着一部作品，或者一种作品，能够以其内在的多元性和无限性，将所有的文学空间囊括其中？这些都是耶拿浪漫派提出的问题。重新思考这些问题，并将它们从原生的思辨空间中剥离开来，这就是浪漫派的文学理论为我们提供的灵感，也是我们抵御他们的幻想激情的具体手段。在这个意义上，反驳这种理论，就是将浪漫派的理论直觉从那种理想化的视角中解脱出来，把它们放在一个更大的语言和文化的视野中加以检验。歌德、赫尔德、洪堡和施莱尔马赫都曾经探讨过这种视野，但是他们却未能像浪漫主义者一样，用同样的哲学深度来探讨上述问题。这里，最让我们感兴趣的，其实是一个至今还无人回答过的问题：在作品中，究竟是什么东西赋予了翻译可能性、必要性和充足的意义，却同时让翻译变成了一种浅薄、荒谬和不可能的行为，也同时将翻译变为了文学和语言活动中最具空想性的活动之一？在理想化的视角之外，那种以作品为起点，又以批评和翻译为手段的"强化"活动，究竟意味着什么？如果说这种强化本质上是一种"反思"，那么在这一浪漫主义的"反思"和歌德所说的"反射"之间，究竟存在着一种什么样的关系？毕竟歌德也曾说过，借由这种反射，作品可以重获青春、新鲜和生命。我们之前也提到过，作品和语言之间的距离，让作品成为作品，也让翻译成为可能，我们要如何理解这一距离？是否也应该同浪漫主义者一样，将它视为一种翻译？

9 奥古斯都·威廉·施莱格尔：翻译一切的愿望

A. W. 施莱格尔或许是历史上最伟大的德国翻译家之一。他不仅对现代主流欧洲语言运用自如，也通晓希腊语、拉丁语、中古法语、古德语、奥克语，甚至还有梵语。可以说，他对梵语成为西方学界的研究对象起到了决定性作用。若为他的翻译作品拉一个清单，也同样令人印象深刻：他译过莎士比亚、但丁、彼特拉克、薄伽丘、卡尔德隆、亚里士多德，以及诸多知名度较低的意大利、西班牙和葡萄牙诗人的作品，最后还要添上一部《薄伽梵歌》。

但 A. W. 施莱格尔不仅是位伟大的多面手译者，还是出色的语文学家，曾在海涅（Heyne）教授和比格尔（Biirger）门下接受语文学教育；他精擅的方向极多，是梵文和中世纪文学的专家，很多"文字的科学工作者"——诸如博普（Bopp）、迪茨（Diez）和冯·德·哈根（Von der Hagen）——都从他身上受益匪浅。

A. W. 施莱格尔还是一位伟大的文学批评家，写过许多关于莎士比亚、但丁、黄金时代西班牙戏剧、卡蒙斯、席勒、行吟诗人、印度文学、诗歌和韵文的评论文章。1801年和1808年，他先后在柏林和维也纳授课，这些课程的影响包括但不限于德意志和奥地利，其后，在斯塔尔夫人的佐助下，甚至还影响了整个欧洲：第一次，浪漫派的理论灵感走出了见证其生成的封闭的小圈子，得以为外界触及。[1]这些课程的影响颇为可观。所有19世纪的诗学和批评纲领都源于其中。

此外，A. W. 施莱格尔亦同他的弟弟 F. 施莱格尔一起，创办了《雅典娜神殿》。时至今日，人们才刚刚开始评估该期刊对于欧洲文学和批评走向的影响。[2]他还一直坚持诗歌创作，却未投入全部精力，因为他很清楚自己真正的创造力在于其他领域。

需补充的是，A. W. 施莱格尔的个人影响已经超出了耶拿浪漫派的小圈子，他的活动空间和当时整个德意志的思想和文学活动都结合到了一起，比如，他和席勒、歌德、洪堡和谢林等人之间，都有着紧密的、有时甚至是暴风骤雨般的

---

[1] Cf. l'article documenté et sympathique de Marianne. Thalmann：《August Wilhelm Schlegel», dans *A. W. Schlegel 1767-1967*, Internations, Bad Godesberg, 1967, p.20. "施莱格尔在维也纳的讲稿在1809年到1841年间就再版了三次，可能是被阅读次数最多的文学史著作。它被翻译成多种语言，（……）甚至还在北欧国家和斯拉夫国家引发了类似于浪漫主义的运动。他的论述甚至还决定了"古典"和"现代"等概念在其他国家的定义。"
[2] Cf. *L'Absolu littéraire*, pp.13-21, et Maurice Blanchot, «L'Athenäum», dans *l'Entretien infini*, Gallimard, Paris, 1969.

关系。他被崇拜、被崇奉，却也因他的咄咄逼人及论辩天性而被人厌恶。[1] 在那个时代，他的声名远超他的弟弟，但他并无后者在批评上的尖锐度；也超过了诺瓦利斯，虽然他的思辨能力和诗情都比不上诺氏。所以说，他的名气，更像一种德不配位的上流社会的浮华声名。以下原因可以解释这一点：一方面，虽然他并不了解后两位作者断片写作的意义（但他们本人就一定了解吗？），但他却拥有能力：一种完结的能力，这一点在他的翻译中清晰可见。另一方面，他同语文学和诗学间保持着紧密的联系，且同他的兄弟及诺瓦利斯相比，这种联系在他身上更加系统，更加世俗化。1798年，在F.施莱格尔写给卡洛琳.施莱格尔的信里，他就已经感受到了这一点：

> 在我看来，现代历史才刚刚开始，所有的人都会分化成两个阵营：精神领袖和暂时性的思想者。威廉、亨利耶特和奥古斯都，你们都是这个世纪的孩子。而我、诺瓦利斯还有特罗蒂阿，我们是精神领袖。[2]

---

[1] 关于施莱格尔，维兰德在评价他的时候，用上了"精神充沛的神灵"一词。而歌德，在他生命的最后时刻，表达出了他对于施莱格尔的厌恶：他抨击了那个叫"施莱格尔"的小子（Schlegelei），认为他是"粗野无礼的人"（Flegelei）。对于歌德这个想要"自然"的人来说，施莱格尔过于造作，也过于善变。

[2] Cf. Thalmann, *op*, *cit*., p.13.

如玛利亚·塔尔曼所言,A. W. 施莱格尔的创作重心曾有过渐进的偏移:翻译渐渐让位于批评,批评又因语文学和比较研究而淡出。当然,他并没有放弃这三种活动中的任何一种,但他的兴趣中心的确有过变化,其变化轨迹大致可概括为从纯粹的文学激情到对知识的渴求的过渡。他的弟弟也经历了类似变化,用米歇尔·福柯的话来说,他们显然属于文学与语文学并重的"双子星"。

但有一点非常明显,A. W. 施莱格尔的批评家和语文学家的身份是根植于他的译者身份中的。在翻译的原野上,他耕耘、创造,发挥了自己的全部天分;在这里,他培植了自己的诗学直觉;也是在这里,他确立了自己的独特地位,让自身有别于其他浪漫主义者,也与同时代的其他思想者划清了界限。他从根源上就是一名译者,而歌德、荷尔德林、洪堡、福斯、施莱尔马赫和蒂克皆非如此。在批评家、讲授者和博学之士的背后,是献身于翻译这一艰巨任务的灵魂。

当然,上述次序亦可颠倒:译者施莱格尔的身后还有一位批评家兼语文学家,后一重身份为其具体决策提供了指导。总之,施莱格尔是三重影像的集合,此处正是他与同时代的其他译者的区别所在。这也解释了他为何能偶然地、间歇地提出关于翻译的理论,虽然这一理论首先是一项关于诗歌语言的理论。

一切都始于施莱格尔对莎士比亚的翻译。他的老师比格尔向学生提议,想要同他一起翻译这位英国剧作家,随后又撤出了这项计划,留下学生一人。这是一项面向莎士比的诗歌翻译计划。诚然,1796年时已有诸多莎士比亚德译本,但译者多用散文,其中维兰德的版本最为有名[1]。最开始时,在1796年的《时序》杂志上,施莱格尔发表了题为《在〈威廉·迈斯特〉出版的时刻对威廉·莎士比亚的一点感想》的文章,文中向维兰德提议共同完成一部忠实的、诗歌体的莎士比亚翻译。他声称要将莎士比亚:

忠实地呈现,就像恋人也愿意保留爱人脸上的斑点一样。[2]

这意味着两点:一方面,需对英语文本保有敬畏,即便是"缺陷"或"晦涩处"也予以保留,拒绝对原文做出改变、改善或修订,哪怕是它有悖该时代的审美;另一方面,在原文以韵文书写的地方要尽力重现诗歌韵律。

以今时眼光看,这些要求再正常、基本不过,但在那个时代并非如此;它们也正面触及了莎士比亚翻译中一直存在的可怖问题。

莎翁语言可分为不同层级:修辞学的、诗学的、语文学的、政治的、民俗的等。要重建其语言的层次感本就是一项极庞大的任务。此外,作为戏剧作品,也需要特定的口头性。换言之,莎士比亚的诗学翻译需在文本上可读,在口头

---

[1] 维兰德自称是莎士比亚的"中介和完善者"。Thalmann, *op. cit.*, p.10.
[2] *Ibid.*, p.9.

9 奥古斯都·威廉·施莱格尔：翻译一切的愿望

上可听，在舞台上可演。直到今天，德国的戏院在演出莎翁剧目时仍使用施莱格尔译本，证明译者以特定的方式解决了这一问题。A. W. 施莱格尔个人对此也有明确认识。[1]

但是，译本本身依凭的仍然是对莎士比亚的批评性重读。莎士比亚并不是个粗枝大叶、对自身才能一无所知的天才：若真如此，译介他时就不必顾及原本的形式了，尽可以改变和改善，只需原"视角"的深度即可。但事实上，莎士比亚是一个：

> 集合了明晰的意图、对自我的认知和反思的深渊。[2]

简言之，莎士比亚是位用词考究、文笔慎重的诗人。对他的重新解读令人联想起 A. W. 施莱格尔不久前写就的一篇文章，题为《关于诗歌、韵律和语言的思考》(1795)，他在其中阐述了一整套关于诗歌的理论。诗歌首先是由语言形式、韵律形式和节奏形式构成的系统，诗人凭借高等的技巧对这一系统进行操控。毕竟诗歌：

---

[1] "我的翻译改变了德国戏剧。"施莱格尔在1837年9月3日写给蒂克的信中说道。"比较一下席勒在《华伦斯坦》中创作的抑扬格和后来的《唐·卡洛斯》，你就会明白我的翻译对诗歌创作产生了多大的影响。" *Frank Jolles A. W. Schlegel Sommernachtstraum in der ersten Fassung von Jahre 1789*, Vandenhoeck et Ruprecht, Göttingen, 1967, p.34.
[2] In Thalmann, *op. cit.*, p.9.

无非由诗句组成的;诗句又由词语组成;词语以下是音节;音节以下是独立的因素。应当考察这些组成单位和谐与否:音素应当被谨慎筛选,认真组合;词语应当被细心挑选;而诗句应当被仔细地排列和连接。但这还不是全部。我们发现,如果相同的韵脚能在一定的间隔后再次出现,耳朵就会感到愉悦。诗人应该追求所有的这些东西,所以他们通常需要对语言这一领域进行彻头彻尾的探索,……有时只是为了寻找一个韵脚……。你挥洒自己的汗水,只是为了几个诗句!你用痛苦催生诗行![1]

这一诗歌观被 A. W. 施莱格尔完全践行,是他创作的核心要点。他曾在课上说道:

韵律(Silbenmass)并非仅是外部的装饰……它是诗歌的本质性和本源性的条件。既然所有的韵律形式都有它特殊的含义,那么它们在诗歌的特定处的必要性也就不言而喻了……翻译艺术的首要原则之一,就是在语言允许的情况下,用同样的韵律重新创作一首诗。[2]

---

[1] In M. Thalmann, *Romantiker als Poetologen*, Lothar Stiehm Verlag, Heidelberg, 1970, p.32.
[2] A. W. S., *Geschichte der klassischen Literatur*, Kohlhammer, Stuttgart, 1964, p.17.

9 奥古斯都·威廉·施莱格尔：翻译一切的愿望

随后在《艺术文学课程》一书中，他又说道：

> 自其问世开始，语言就是诗歌的原材料；（广义上的）韵律就是诗歌现实的形式。[1]

据此，我们或许可以认为，这体现了一种过于简短、过于重视形式的诗歌观，和浪漫主义的主要理论直觉并无太多关系。但事实并非如此：对诗歌形式的重视可生发出一项关于诗歌形式的普适性的理论，足以作为 F. 施莱格尔和诺瓦利斯所提出的语言和翻译理论的精准补充。[2]

对 A. W. 施莱格尔而言，诗人所做的韵律和节奏工作（"挥洒自己的汗水只为了几个诗句"）都属于诺瓦利斯所说的"制造"的范畴：它"强化"了自然语言——同其他浪漫主义者一样，施莱格尔对自然语言的态度绝不温柔——并借助诗人的行为为自然语言戴上了法令的枷锁。在本书的序言中，我们引用过他为蒂克写的后记，而他也在古典文学课上强调过这一点：

> 我们可以将所有重要的语言译为德文。但我并不认为这是存在于我们语言的本质中的优势，而是得益于译

---

[1] *AL*, p.355.
[2] 这种对于形式的推崇其实是基于诗歌翻译的特殊性，就像在歌德那里，他对于内容的忠实让他对翻译的形式有着极大的包容。

者的决策和努力。[1]

而语言活动本身,就像施莱格尔在《艺术文学课程》(*Leçons sur l'art et la littérature*)中所说的那样,也源自类似的工作:

> 任何时候,人类的语言活动都起源于诗歌的核心。语言并不是自然的产物,而是人类精神的再现,是人类的精神赋予了它全部的呈现机制。在诗歌中,许多已经被创造的事物又得到了重塑,它的机体中获取形式的能力,就与精神借由对更高力量的思考以回返自身的能力一样,都是无限的。[2]

这里有个很熟悉的词语:反思。如果说语言在起源上就是一种诗歌(poiesis)——此处"诗歌"应作"写作艺术"(Dichtkunst)解——那么它就是诗歌反思的重影。A. W. 施莱格尔毫不迟疑地借用了他弟弟提出的"诗歌的诗歌"这一概念,并将之改造,在某种意义上把它平庸化了:

> 当谈到"诗歌的诗歌"时,人们会觉得奇怪或不解。但是,对于构建精神存在的深层机制的人来说,让

---

[1] *AL*, p.355.
[2] *AL*, p.349.

产生诗歌成果的同个行为重新回返到它自身的成果之上是件再容易不过的事。所以我们可以毫不夸张地说,严格意义上所有的诗歌都是诗歌的诗歌。这样说的前提就是,语言本身就起源于一种诗学的能力,它是整个人类共同谱写的诗歌,是处在不断书写、不断变幻中的诗篇,一首永远不会完结的诗。[1]

这段文本只是使用了《雅典娜神殿》第116段断片中的术语,而这段断片的主题则是"渐进的总汇诗"。

但上述理论立场会导向一个结果,那就是所有的语言,如同诺瓦利斯笔下所有的人一样,都是"可以无限变幻的";相应地,诗歌创作中所创造出的形式,在某种程度上也是可以从一种语言转移到另一种语言的。与对形式的创造(诗歌)相对应的就是对形式的重造(翻译)。既然语言是作品,是"制造"而不是"自然",那翻译就是该进程的诸多侧面之一,借助翻译,语言越来越可以成为作品和形

---

[1] *AL*, p.349. 在这一段之后,文章还提到了神话和诗歌,认为它们是神的语言的翻译和阐释。在这里,诺瓦利斯和瓦莱里表现出了令人惊讶的相似性。同样地,翻译也是翻译的翻译。A. W. 施莱格尔也因此表现出了对浪漫主义的独白性理论的忠诚:诗歌只能是诗歌的诗歌,翻译只能是翻译的翻译。在这个意义上,A. W. 施莱格尔可以说完全地复制了他弟弟的思想。但是他作为译者的活动空间,主要是那些诗歌的韵律的形式;F. 施莱格尔作为批评家,主要关心的是文本的诗歌和文学形式。所以说,A. W. 施莱格尔创设的主要是一种韵律的理论,而 F. 施莱格尔创设的则是文体学理论。这两种理论互为补充,共同构成了某种"形式理论"。

式：这就是构建的过程。关于语言活动及其诗歌形式的人为性的理论为诗歌翻译的必要性提供了理论基础。A. W. 施莱格尔作为一名翻译的践行者，比任何人都清楚形式只有在一定程度上才是可译的，因为就经验来看，翻译总是受到局限。但同样也不存在绝对的不可译性：翻译中碰到的困难往往来自译者自身，或是语言和文化的限制，又或是为了重现某一文本、某一韵律，需要采取的翻译策略的复杂性。[1]在最坏的情况下，它指向的是语言的自然内核，一个模仿性的、拟音性的内核，一个诗歌一直试图超越的内核。所以说（这完全是诺瓦利斯的逻辑）：一个待翻译的文本越是诗歌化，它在理论上就越是可译，也越值得翻译。

此处，我们介绍了 A. W. 施莱格尔翻译理论的几个要点，这一理论显然同施莱格尔个人对翻译问题的具体认知是一致的[2]，也完善了浪漫主义对于艺术语言（Kunstsprache）

---

[1] 所以才会有这条又模糊又准确的真理："所有的一切，哪怕是'忠诚'这个概念，都是由译者所面对的文本和两种语言之间的关系来决定的。"

[2] "显然，即使是最出色的翻译，也只不过是与原文相近似的一个差相仿佛的版本。"（*Geschichte*..., p.18）翻译是一项"不讨人喜欢"的活动，"这不仅仅是因为哪怕是最好的翻译，也无法赢得与原文同等的尊重，也是因为译者越是经验充足，越能感受到他的工作中难以避免的不足之处"（Störig, *op. cit.*, p.98）。但奇怪的是，三行之后，施莱格尔又转换了语气，译者又变成了"一个活跃在冷漠和拒绝的地带、负责沟通的民族间的信使，备受双方信赖和尊重的中介人"（同上）。所以说，译者似乎是永恒地徘徊在绝对的骄傲和绝对的卑微之间，他的地位也并不稳定，这可能也是由于浪漫主义者一直没有给他一个固定的地位，甚至有些忽视了他的重要性。

的思考。当然,该理论并未断言翻译在本体论层面上是优于原文的,而是说它和有关艺术语言的论述在理论基础上是一致的,弥补了自然语言相关理论的缺陷,即创设了一个有关诗歌的韵律形式的理论。

以上这种形式上的可转换性一直被视为诗歌的本质,但潘维茨的预感也并未因此成真,如在译介意大利文的诗歌时,译者并没有使用"意大利的韵律"将德语"意大利化"。他所做的,只是向自身的语言中引入一种形式,这种形式当然是源自意大利文的,但它的天性中就有超越自我的本源的倾向,即朝向诗歌的普适性而运动。译者总会面对多样的异域诗歌韵律形式,他将后者引入母语,在诗歌上对自我的语言加以扩展。所以,"构建"包含了一种形成式的辩证关系,或者说是一种激进的普世政治理想:德语太过贫瘠,太过生硬,只有他者的韵律形式才能把它变成"艺术语言"。在这个意义上,所有的翻译都只能是多面向的翻译(Polytraduction),也就是需要面对各种作品的翻译。无论从语言还是文学的角度,翻译实践中都不存在应予以特别重视的领域[1],同样也不存在禁忌。稍后我们还会探究何为浪漫派的"多面向翻译"。现在,我们只想提请读者注意,"多面向翻译"同歌德所说的多样性间仍有区别,因为它在作品和语言的视野上,并不试图建立起具体的文化交际,它所关心的,只是建立一个以可无限互换的诗歌的普适性为基础的世

---

[1] 比如荷尔德林面对希腊语时的状态。

界,一个类似于诺瓦利斯所描述的"百科全书般"的世界。

诗歌的本质是形式,所以一切诗歌均可译,A. W. 施莱格尔意识到了这一点。这是场奇妙的发现,是翻译史上的标志性事件。就像诺瓦利斯在《花粉》中说过的那样:

> 书写的艺术尚未被创造出来,但它即将诞生。[1]

施莱格尔也在《愤怒的罗兰》的译后记中,对蒂克说道:

> 只有对各国的民族诗歌表现出多重的接受度,并在可能的情况下让这种接受度成长成包罗万象的普遍性,我们才可能更进一步地忠实再现诗歌。我认为我们即将创造一门真正的诗歌翻译艺术,这份光荣属于德国人。[2]

他甚至提到了蒂克刚刚译成的《堂·吉诃德》,引用了塞万提斯那句有关翻译的名言,宣称这句话已然过时:

> 在我看来,要将一门语言翻译为另一种语言,只要它们不是语言中的皇后(比如希腊语、拉丁语),翻译就好像是我们从背面去看那些法兰德斯的织毯上的

---

[1] *Schriften*, t. II, éd. Samuel, p.250.
[2] *Athenäum*, t. II, p.107.

图案,我们可以看出图案大体上是什么,但那些纵横的线条却让它们变得晦涩,哪怕借助环境中的光线也难以看清。[1]

---

[1] *Don Quichotte*, t. Ⅱ, Garnier-Flammarion, Paris, 1969, p.435. 在布朗肖看来(《无限谈话》,第 239 页),"《堂·吉诃德》是一本真正的小说,它其中有对自身的反思,也总是将反思回馈到自身"。实际上,塞万提斯的作品对浪漫派有着极大的吸引力,因为这部小说同翻译之间有着深刻的关系,马尔特·罗贝尔(Marthe Robert)在《旧与新》(*L'Ancien et le Nouveau*, Grasset, Paris, 1963)中已经提到了这一点。塞万提斯开始就曾告诉读者,他的这部作品其实是从阿拉伯文译过来的,是一位名叫熙德·哈姆特·本格里(Cid Hamet ben Engeli)的作家创作了原文,然后他又雇人译成了西班牙文。此外,书中堂·吉诃德与议事司铎也对翻译的问题表现出了浓厚的兴趣。堂·吉诃德在巴塞罗那的印刷厂里对翻译发表的那些言论,A. W. 施莱格尔至少曾经引用过两次。再者,堂·吉诃德之所以会"变疯",也是因为他阅读了大量的书,这些书许多都是译本。在这种情况下,浪漫主义者自然会将《堂·吉诃德》视为一部典范的反思性的作品,认为它是"对仿作的复制"。这本小说自称是一本译著,其中就已有讽喻的意味,有浪漫主义者所说的相对化的痕迹。就像马尔特·罗贝尔所说的那样:"翻译,就象征着语言统一性的断裂,象征着语言的崩塌。只有通过翻译这种不讨人喜欢、注定也要失败的活动,才能把这些碎块联系起来。"(同上,第 118—119 页)但事实上,西班牙语最伟大的小说却被他的作者当作翻译来呈现,这个事实本身就可以引起多方面的思考:这体现了语言、文化、文学是通过什么方式来自我肯定的。虽然只是塞万提斯的游戏,但显然在这里,这种自我肯定离不开翻译的帮助。但是如果我们如布朗肖(同上)所说,将《堂·吉诃德》当作一部拥有"灵巧的、奇妙的、讽喻的和光彩的可移动性"的著作,让它脱离了之前所根植的历史土壤,它的反思性也就不存在了。此外,塞万提斯的这部作品,也因此从属于那种自认为"翻译作品"的范畴。它不再是简单的作品,而是体现了一种写作和翻译间的互动的可能性。又或者说:所有的写作所位于的空间,都是有着翻译和语言互动的空间。类似的例子还有托尔斯泰、托马斯·曼或者卡夫卡。

F. 施莱格尔在《诗学谈话录》中也说过，"翻译诗人的作品并重塑他们的韵律，已经成为一门真正的艺术"。这门艺术，是诗歌－翻译的思辨理论和诗歌－形式的普适性韵律文学理论的结合。这一结合促进了翻译的"语言逻辑"革命的出现，而 A. W. 施莱格尔写给蒂克的信——一封译者写给译者的信——就是这场革命的谦卑的宣言。

但是，如果所有诗歌都是可译的，那就可以翻译一切，投身到一个全局性的翻译计划中。还是在《愤怒的罗兰》译后记中，A. W. 施莱格尔骄傲地告诉蒂克：

> 我的目的，是用诗歌的方式翻译一切，重建原文的形式和特色，无论原文带着什么样的标签：是古典还是现代，是古典的艺术作品还是民族的特色创造。我也不排除自己会涉足您所专长的西班牙文领域，是的，我说不定还会有机会亲自学习梵文或其他东方语言，以便尽全力捕捉它们诗歌中的呼吸与语气。也许人们会说，我自愿做出的决定颇具英雄主义色彩；但我只要看到他者的诗歌，就忍不住立即对此产生觊觎，我似乎成了与永恒的诗歌有通奸关系的囚徒。[1]

文字表达了同诺瓦利斯相类似的狂热激情：诺瓦利斯在《对话录》中提过这点，还另有一篇断片讲述了"无所不愿"

---

[1] *Athenäum*, p.107.

的想法[1]。或者说：这种激情属于每一个耶拿浪漫派成员。"百科全书"理论让他们试图将一切科学诗歌化；浪漫主义的诗歌像迎风展翅的鸟儿，迎接着一切文体；而施莱格尔的翻译实践，也是要翻译一切，不管是古代还是现代，是经典还是自然，是西方还是东方。诺瓦利斯在《对话录》中宣称要做游走于书籍丛中的唐璜，与之对应的，就是浪漫主义译者在面对百科全书式的翻译欲望时，表达出的对"通奸"的不设限的渴求。这样看来，"多面向的翻译"一说不够准确，应当说无所不翻的翻译（omnitraduction）。翻译一切，这是真正的译者的使命：无限的翻译冲动，纯粹的翻译一切的欲望。

但 A. W. 施莱格尔和 F. 施莱格尔或诺瓦利斯间仍有区别：后两者的"未来的断片"仅停留在计划阶段，前者的翻译项目却已付诸实施，[2]且其实施过程也符合他在写给蒂克的后记中所提到的翻译计划。[3]这是浪漫主义发展史上

---

[1] F·施莱格尔也说过："要想知道点什么东西，就必须得知道一切。"（*AL*, Lettre sur la philosophie, p.244.）
[2] 但是，在 A. W. 施莱格尔的翻译实践中，他也曾有过碎片化的倾向："面对莎士比亚，我经常陷入一种奇怪的情绪中：我既无法舍弃它，也无法坚持到最后。"他在 1809 年写给蒂克的一封信中曾这样说到（《失去》，第 149 页）。实际上，也是由蒂克和他的女儿最终完成了莎士比亚的诗歌翻译任务。
[3] 通过对塞万提斯的翻译，蒂克也参与到这个翻译计划中，他还曾与 A. W. 施莱格尔一同译介过莎士比亚。他与浪漫主义者之间维持着亲密的关系。但由于他并未就翻译发表过什么看法，所以在本书中我们并不会专门对他进行讨论。不过，无论如何，这都是一位伟大的浪漫主义翻译家：他所译的《堂·吉诃德》至今无人可及。

唯一一次全然的胜利,我们可以看到,这场胜利与浪漫派关于圆满的愿望,还有《雅典娜神殿》成员对于批评和其他问题的思辨理论是分不开的。"翻译一切",就是要翻译过往的和外国的作品,因为这些作品身上有未来文学的种子,尤其是那些属于"小说空间"或"东方空间"的作品。[1] A. W. 施莱格尔从不翻译与他同时代的作者,也很少着手希腊文。暮年时,他断然声称:

> 我对当代文学漠不关心,我只为诺亚洪水前的时代热血沸腾。[2]

这句话可以从以下两方面评论:一方面,我们一直说,对作品的翻译要么预示了浪漫主义艺术的出现,要么就代表着浪漫主义艺术的精粹,其实,在对翻译作品的选择上,浪漫主义者也遵循了独白性的原则:他们只翻译浪漫主义作品,只译介"自我"。他们不会把异者当作异者来进行体验。这就体现了作为同"异者"的关系的构建所拥有的局限性:自我在离心向的活动中,在它的"环球旅行"中,所寻

---

[1] 翻译《薄伽梵歌》的过程中,A. W. 施莱格尔遵循了《诗学谈话录》中所说的原则:"我们应当在东方的作品中寻找最高级别的浪漫主义。"(AL, p.316)蒂克也曾说:"我越来越坚信东方与北方之间有着紧密的联系,它们可以互相阐释,一起解释古典和现代的创作。"(Thalmann, op. cit., p.29)
[2] Thalmann, op. cit., p.24.

找的其实还是"自我"。它离心是为了实现向心的融合。在"无所不愿"的理论中,也有类似的局限:我就是一切——一切都是我——不存在绝对的他者。

另一方面,还应该指出,从浪漫主义的角度来看,虽然歌德、尼采、施特里齐都曾指责浪漫派只翻译过往的作品,但这种诘问并未触及浪漫派翻译计划的实质。首先(虽然我们无法在这里彻底解释清楚这一点),在浪漫派的眼里,不存在不是未来的过往;过往和未来地位相当,共同构成"远方"——一个全方位的圆满空间。相对这种"远方",当下就是"近处",一个需要改变的"近处",一个不带任何实证主义色彩的"近处"。浪漫主义的过往主义同样也是一种未来主义,甚至是所有现代的未来主义的源泉。[1]

其次,《雅典娜神殿》成员在对作品的选择上既不武断,也非有所局限,他们只翻译"推动科学和艺术发展"的作品。对他们来说,其余的作品本质上都是"否定的",是"错误的趋势"[2]。"无所不愿"的理论并未被他们对作品的选

---

[1] "真正的新只能诞生于旧/过去为我们的未来打下基础/迟钝的现在无法减缓我们的脚步。"(A. W. Schlegel, dédicace à *Blumensträusse italiänischer, spanischer und portuguesi-scher Poesie*, 1804, in: *Die Lust…*, p.505.)

[2] 对于浪漫派来说,法国古典主义就是这种"错误的趋向"的代表。比如以下摘自《诗学谈话录》(*l'Entretien sur la poésie*)的片段:
"卡米耶:你刚刚在谈论诗歌史的时候,并未提到法国诗歌。
安德雷阿:我不是有意的,只是没找到合适的机会而已。(转下页)

择而推翻:他们只翻译和批评那些可以"代表"**一切**的作品。而错误的趋向并不是**一切**的一部分。

也许我们可以将这种翻译一切的愿望,和现代一些译者表现出的多向的翻译激情做个比对,比如说阿尔芒·罗宾(Armand Robin)。罗宾是掌握多种语言的译者,善于在翻译中"变形"。他的翻译激情源于多语言的冲动,以及他与法语间伤痕累累的关系(他的母语是费塞尔语,一种布列塔尼方言):

> 语言,我要做所有的语言!
> 五十种语言,一个声音的世界!
>
> 人类的心灵,我要用俄语、阿拉伯语和汉语来学习它,
> 我要旅行,从你那里到我这里,
> 我要三十种语言、三十种科学的
> 入境权。

(接上页)……
吕多维克:我之前有一本书,讨论的就是错误的诗歌,她只是耍了个小把戏,为错误的诗歌举了个例子。"(*AL*, p.306.)
但是我们之前也注意到了,F. 施莱格尔的文风是颇为法国化的,诺瓦利斯的行文中也有法文的影响,所以说德国浪漫主义和法国文化间的关系是颇为复杂的。

我不满足,我还无法用日语聆听人类的呐喊!

为了换取一个中文的词汇,我愿意让出我童年的所有草场,
还有那个让我感到自己是如此高大的洗衣槽![1]

另一首诗中,罗宾还将这种对语言的寻求同真实的语言联系到一起:

我大步向前,
在四十年间,将我的灵魂放在所有的语言里,
我自由而又疯狂地寻找,寻找所有真理的所在,
还有那些未被人类驯化的方言。
我寻找所有语言中的真理。

法文禁止我追念,
我的人民中的殉道者,
我就借助克罗地亚语、爱尔兰语、匈牙利语、阿拉伯语和中文,
好让自己觉得是个自由的人。

我更爱那些外语,

---

[1] *Le monde d'une voix*, Poésie/Gallimard, Paris, 1970, p.178.

> 它们对我而言更纯粹，间隔更远：
> 在我的法文（我的第二语言）中却充满了背叛
> 对于别人的辱骂，我甚至要说'是'！"[1]

还有《信仰至上》一诗[2]：
"我不是布列塔尼人，不是法国人，不是拉脱维亚人，不是中国人，不是英国人，
但我同时又是以上所有的人。
我是这个世界上最普适和最普遍的人。[3]

但是，这种面对语言时创伤感和胜利感交织的状态，也会变成一种异化、一种无休止的自我放逐：罗宾有着无所不能的政治理想，认为自己无所不在，认为自己是"唯一的言语而非言语之一"。但这一点的反面却是：

> 啊！一对四十的贴身搏击！
> 我被这些强壮的外国人抢去了躯体！
>
> 我失去了住所，被人取代，
> 我的家里住进了更强大的居民。

---

[1] *Ibid.*, p.160.
[2] *Ibid.*, p.93.
[3] *Ibid.*, p.81.

在 20 世纪，类似罗宾的情况并不鲜见。当然，浪漫主义者的"无所不愿"是一项远超出翻译范畴的计划。但我们还是可以思考，这种无所不能的愿望（至少是在文学层面上）和翻译间是否存在着辩证关系，或者说，它是不是也代表着广义上的翻译所能带来的某种深层诱惑（抑或是风险）。面对语言的巴别塔，译者是否都有过自己可以翻译一切的幻梦？

现在，我们可以去探究，A. W. 施莱格尔的翻译究竟在多大程度上折射了浪漫主义整体的理论计划。或者说，A. W. 施莱格尔究竟是如何翻译莎士比亚、但丁和卡尔德隆的？要回答这个问题，需要将他的译本同原文进行比对。直到现在，尚没有人做过这个工作。[1]我们手头的材料，只不过是些对施莱格尔译本的评价，褒扬性居多却失之模糊，只满足于肯定施莱格尔译本的历史意义。

在本书的理论框架下，我们无法完成该项比对。此外，施莱格尔译本的理解难度也不容小觑。我们能做的，仅仅是指出比对工作该在何种视野下进行。今天，我们评价一部莎士比亚或塞万提斯译本的方式部分取决于我们是如何在文化层面看待这两位作者的。可以这样说：在我们看来，莎士比亚（或者塞万提斯以及薄伽丘）属于欧洲文学最璀璨的星座，而这一星座是在 15—16 世纪时借助民众文化及文学发展起来的——虽然也不应否定精英文化和文学在其中扮演过

---

[1] F. Jolles, *op. cit.*

的角色。要想理解这些作品,就必然要考虑口传文学源流的影响。同样的说法也适用于拉伯雷和路德。翻译上述作家,意味着需重建他们的口传文体中的所有语言层次。也就是说,需要让以下两种语言做一个较量:一边是我们现代的欧洲语言在历史中和书写发展中所积累下的所有可能,另一边是一些显然更为富足、更为灵活、更为自由的作家的语言。这样,我们就能从一个不同的视角下,重新发现18世纪语言的"自然的灵魂",并且将这种灵魂重新置于语言的口语性中。而浪漫主义者的观点则完全不同:他们不在意所谓语言的灵魂,而是要借由莎士比亚的作品,展现一种诗歌创作的艺术,并借由这种艺术创作出更多拥有自我意识的作品。他们追求的是一个"高贵的莎士比亚",一个戏剧中的莱昂纳多·达·芬奇。所以说,浪漫主义者眼中真正重要的,是混合了高雅和粗俗、原始与精致的"浪漫主义"的莎士比亚,或者是融合了十四行诗和乡间叙事、讽喻和诗歌的塞万提斯。翻译并不会表现这些作者的粗俗一面(也就是说他们的民间来源,这无法引起浪漫主义者的兴趣),而是要证明表现出他们是伟大的诗人:当他们引用民间俚语的时候,这只是因为他们在追求文学的普适性,而不是因为他们要模仿口传性。

这就说明,在浪漫派的眼中,如果是在理论层面上,我们可以声称莎士比亚、塞万提斯和薄伽丘是高尚与卑下、粗俗与典雅的结合。但事实上,比起之前的译本,浪漫主义者很少会在翻译中忠实地重现作品卑下和粗俗的一面:在整个欧洲的浪漫主义流派中，有不少人模仿过这些作者，但"粗俗"的部分几乎被全部删减，又或者是采取了某种讽喻的手法，大大削弱了这些部分的表达效果。浪漫主义坚决拒绝语言的自然性，他们常常站在古典主义的对立面，倡导一种"晦涩"和充满象征性的语言（偶尔他们还会借用一些古老的词汇，以便营造出一种远方的效果）。由此可见，他们怎么会接受这些作者文字中淫秽、放荡、渎圣或具有侮辱性的内容呢？他们所写的关于这些作者的批评文字甚至从未提及类似层面。蒂克和他的女儿多罗蒂在翻译莎士比亚时，还擅自删去了所有粗放的情节。[1] A. W. 施莱格尔的行事风格却与他们大有不同：他将莎士比亚诗歌化和理性化了（通常是以诗歌美感为借口），但也没有明目张胆的删节。所以说，正如潘维茨所说的那样，他没能重塑莎士比亚诗歌中"神圣

---

[1] Erich Emigholz, dans «Trente-cinq fois Macbeth» (*A. W. Schlegel* 1867-1967, pp.33-34)："在有关看门人的那一场的下半部分（第二幕，第三场），有很多淫秽的语言。但是多罗蒂·蒂克的译本中将这些内容全部删去了。我们很快就会明白她这样做的原因，她把"躺下"（lie）曲解成"谎言"（mensonge），但是这个词在这里其实是"给某人塞被子"的意思。这样做的后果显然是对原文意义的全部破坏。从某种程度上说，这样的曲解（或者说是理解上的错误），在浪漫派那里其实是非常典型的错误。他们并不是假正经，而是在他们看来，像莎士比亚那样伟大的诗人，不应当说出这些淫词浪语。或者说，在他们看来，这样过于放荡的话，与诗歌艺术的要求是背道而驰的。这也是为什么多罗蒂·蒂克要把莎士比亚一句直接的评论换成一行诗句。也可以说，浪漫主义所用的乐器决定了他们在翻译中的选ון。在这段埃米格尔兹针对蒂克的《麦克白译本》的简要评论中，我们可以看出浪漫主义译本的明显的局限。"

的粗俗感"。他的翻译局限,一方面应当归咎于浪漫主义的诗学翻译观,另一方面也是由于当下的时代背景很难全盘接受外国文学中超出本民族的文字敏感性的东西,所以很难让"构建"成为一场成人前的"环球旅行"。

另外,A. W. 施莱格尔和福斯间的对立正是源自于此:福斯过于粗鲁地将德文"希腊化"了。A. W. 施莱格尔评注福斯《伊利亚特》译本时指出,如果译者要突破自身语言的局限,那他就会冒很大的风险:他所说的语言不再是一门"真正的语言,一门被肯定的语言,而是由他自己一手创设的黑话(Rotwelsch)。无法援引任何必要性来为此类行为做辩护"[1]。福斯或许已经突破了洪堡所说的"他者"与"奇怪"之间的界限。[2] 当然,翻译就应当徘徊于"他者"和"奇怪"间模糊而又无法言明的界限上,这显然超出了古典主义和浪漫主义对于"构建"的理解。同样,F. 施莱格尔也严肃批评了路德的《圣经》译本。[3] 因为路德并未将口头和笔头、精英和民众区分开,但是在浪漫主义和歌德的时代,这种区别已经被确立。F. 施莱格尔在回忆录中写道:

> 我曾听有人说,要像写作一样说话,像说话一样写作,但在我看来,口语和书面语是两种截然不同的语

---

[1] In: *Jenaischen Allgemeinen Litteratur-Zeitung*, cité in Jolles, *op. cit.*, p.32.
[2] 参见本书第 10 章。
[3] *Kritische Schriften*, p.403.

言，它们分别被创设就应当要求专属于自我的权力。[1]

虽然有克洛普施托克的存在，但总体而言，德国18世纪下半叶的翻译理论还是丢掉了路德眼中最重要的东西：使用"家里的母亲、街上的孩童和集市里的行人"的话语来说话和翻译。这种路德所说的语言的本质，直到荷尔德林的笔下才有所回潮；但此处的语言本质已非语言的原初形式，而是指被方言和外语同时滋养的诗歌语言。由此，荷尔德林开启了德意志诗歌和翻译史上的崭新时代。

---

[1] In Tonnelat, *Histoire de la littérature allemande*, Paris, 1952, pp.165-177.

10 弗里德里希·施莱尔马赫与威廉·冯·洪堡：在阐释语言空间内的翻译

我们能否将施莱尔马赫和威廉·冯·洪堡放在一起介绍？后者虽是德国古典主义的重要代表，却同当时所有的思想趋向均有关系。他一生的建树遍及哲学、文学和语文学，但其中最鲜明的注解则是他对语言的持续关注。[1]这一关注并不类同于赫尔德或哈曼提出的语言哲学，也不像现代意义上的语言学。他的文字里混杂着对语言的抽象思考和具体研究。这种混杂有时令他的文章颇为晦涩，但时至今日这些文字仍有强大的号召力，吸引了包括乔姆斯基和海德格尔在内的不同背景的思想家。或许可以说，洪堡的语言研究是面向

---

[1] 席勒在1796年写给洪堡的一封信中说道："在我的眼中，您的天性让我无法把您归纳到理论家、博学者或者是思辨者之中，您的学识也让我无法把您等同于自然科学家。您的天分并不在于创造，而是评断和那种耐心的热情。"（Introduction aux œuvres de Humboldt, trad. Pierre Caussat, Le Seuil, Paris, 1974.）洪堡的评断和热情正体现在他对于语言的研究之上。

语言象征性的首个现代意义上的研究。[1]

那施莱尔马赫呢？他青年时是《雅典娜神殿》一派的活跃分子，后又将学术生涯的黄金时代献给了一部兼具神学和翻译学色彩的著作（柏拉图），还有一门名为阐释学的学科。的确，需将其视为现代阐释学的奠基人，该学科的目标即是建立一门有关"理解的学问"。[2]从施莱尔马赫到狄尔泰，再到胡塞尔、海德格尔、伽达默尔和利科，这就是一条完整的阐释学发展脉络。在某种意义上，他们的主张与尼采或弗洛伊德作品中提出的诠释理论还是不同的。[3]

这种着重理解的阐释学冲破了传统阐释学的局限（尤其是那种试图为宗教文本的阐释设立规则的阐释学），希望能

---

[1] "象征系统是一个复杂的系统。它的特色就在于它的卷积（Verschlungenheit），也就是一种语言要素间的互相交叉的状态。所有看似独立的语言符号，其实都和其他符号处于同一个整体之中，它们彼此重叠，聚流到一起，构成一些互相决定的对应关系，并最终组成可以分为不同的层级的语言系统。我们的话语就在这种系统中活动，我们将自己的短暂的意图放入这个系统中。但这个系统难道不是已经超越了我们所有的意图吗？"（Jacques Lacan, *Le Séminaire*, tome I, Le Seuil, Paris, 1975, p.65.）

[2] Voir l'article de P. Szondi, dans *Poétiques de l'Idéalisme allemand*, Éd. de Minuit, Paris, 1975, pp.291-315.

[3] 大致来说，阐释学认为，"语言表达"的意义之所以是可获得的，主要是因为主体可以通过自我理解来完成一个阐释运动。但是诠释理论却认为，主体本身是无法获得意义的。这也是心理分析和现象学之间的主要分歧，梅洛-庞蒂同利科之间的区分也主要在这里。斯坦纳的翻译理论主要立足于阐释学，但是他竟然从未提及过心理分析，这也是颇让人压抑的。不过无论如何，他还是改变了我们对于语言间和语言内翻译活动的看法。

够成为一门关于主体间的理解的理论。或者说，它着眼于"阅读"的过程，将"阅读"视为有意识的主体间的交际。对文本的理解首先是对主体的表达成果的理解，而传统的阐释学却仅以文本为阐释对象。对文本的理解同样是对某个客观的语言现象的了解，这一现象的产生不仅取决于作者，更取决于作者在语言文化史中所处的情境。

理论上说，任何牵涉主体间表达的层面都会出现理解活动。但阐释学最根本的游戏空间还是语言活动。首先，语言是解释的媒介；其次，理解大致基于笔头或口头的语言表达[1]。当然，也有针对手势、动作的理解。但即便是在这些情况下，对上述交流手段进行展开和意义提取也会在语言的场景下进行。伽达默尔从施莱尔马赫的理论直觉中提取了如下观点：

> 我们应感谢德国的浪漫主义者，是他们预见到了从理解行为的角度来说，对话中的语言行为有系统的象征性。他们向我们揭示了，理解和阐释就其根源来说，其实是同一种活动。……语言是通行的中介物，在这里，理解才有了活动的空间。[2]

---

[1] 施莱尔马赫的确谈到过对口头表达的阐释，也就是对"对话"的阐释。参见 Szondi, *op. cit.*, p.295 et 297.
[2] Gadamer, *Méthode et vérité*, Le Seuil, Paris, 1976, p.235.

所以说，阐释学甫一问世，就依着自身的要求选定了语言作为专有的活动场所。而人类与语言间的关系，一向是服从和自由相交织的：

> 只要话语（Rede）不能全然与我们眼前的事物或我们所阐述的外在事实相匹配，只要说话的主体或多或少地以主动或独立的方式去思考和表达，我们就可以说人与语言的关系存在两个面向：只有理解了这种关系，我们才能理解人类的话语。一方面，每个个人，都是在他所用的语言的统管之下的，他和他的思想都是后者的产物……另一方面，每一个自由、主动思考的个人，也都在推动语言发展。……在这个层面上，是个人的活力让我们能够灵活利用语言的原料制造出新的形式。……因此，所有自由表达出的高等话语都应当从以上两个角度理解。[1]

此处，语言不仅是思想的表达和"前奏"（诺瓦利斯语），还是人类与自身、与他人、与世界之间的终极媒介：简言之，用现代语言学的话来说，它就是人类语言活动与话语间的媒介。而在人类交互的语言活动中，难免有晦暗不明甚至无法索解之处，这让阐释学变得不可或缺。它的目标，

---

[1] *Sur les différentes méthodes de traduction*, Schleiermacher, in Störig, *op. cit.*, pp.43-44.

就是从语言表达中提炼出无法即时明了的意义。

语言不再是工具,而是中介物[1],这就是阐释学的新发现。按照拉康的表述,中介物就是某种"会无限地超越我们原本在其中植入的意图的事物"。

洪堡的思考也围绕着语言的上述特性:

> 语言是手段,是若非绝对但至少可感知的手段。通过它,人类可以赋予自身及世界以形式,可以意识到自己的存在并将世界投射至自身之外。[2]

> 语言若想将人类同世界之间的往复变为内涵丰富的互动,就必须接受人类及世界赋予它的双重本质。准确地说,它需要去除掉这二者各自的本质,抹掉主体和客体的直接现实,然后自己创造出独特的本质;它从这二者中所保留的只有一个完美的形态。[3]

这样一来,两位思想家有关翻译的理论必然会建立在这个新的理论框架上。其中施莱尔马赫的论述更为完备,所以我们接下来主要借助他的观点。在施莱尔马赫和洪堡看来,语言是中介物,是"独立的存在"。其实,如果我们仅仅着

---

[1] "中介物"一词法文原文为"milieu",有"中间""介质""环境"等多重含义。在拉康的语境中,该词常作"环境"讲,但此处为顺应原作者逻辑,本文将之译为"中介物"。——译注
[2] Lettre à Schiller citée par Caussat, *op cit.*, p.17.
[3] *Ibid.* dans l'essai *Latium und Hellas*, p.20.

眼于他们所说的翻译技巧或翻译伦理原则的话，这二者的观点同歌德还有 A. W. 施莱尔马赫并无太大区别：同样地对于"忠实"的坚持，同样地精准再现异域文本的价值观，同样地追求"构建"，反对法式自由翻译的充满人文主义色彩的论调，同样地夸张强调"只有借由异者才能通向自我"这一法则。施莱尔马赫的表述甚至比歌德等人更为清晰，他指出了"他者及其中介作用"[1]。

但施莱尔马赫和洪堡的观点是基于不同视野的，他们意识到了个人同语言、同母语、同语言的现实差异，甚至是同语言媒介的独有晦涩性之间的关系。语言是晦涩的，这也是弗洛伊德和拉康所说的"卷积"效应的维度之一。

翻译也因此获得了一个新的游戏空间，一个属于自然语言的空间，一个无限的空间，个人与母语、与各种语言间的关系在其中相互交错。[2] 翻译的使命不再是超越上述语言（如《雅典娜神殿》成员所说），也不再是成为其中的主体（A. W. 施莱格尔的例子），更不是在世界文学的空间中将语言在文化上相对化（如歌德所言）。翻译意味着要脱离个人或社会的范畴，进入一个象征性的层面，一个能够揭示人类的自我构建的层面。

---

[1] In Störig, *op. cit.*, p.69.
[2] 除去翻译以外，施莱尔马赫还研究了民族语言间的关系、双语或多语的语言环境，以及母语如何成为"文化"的语言。翻译也因此被置于一个"卷积"的空间中，其中光是语言间的关系就存在着千万种形态。洪堡也探究过语言与方言，还有与文化群体间的关系。

1823年6月24日,施莱尔马赫在柏林王家科学院做了题为《论翻译的不同策略》(*Sur les différentes méthodes de traduction*)的演讲。该演说之后被收录在他的全集中。演讲内容与他当时从事的阐释学研究有莫大关系,甚至可说是其中的一个章节。

　　分析这篇演说前,我们需指出一点:这是当时德国唯一一个关于翻译的系统的方法论研究。

　　之所以说是方法论研究,是因为施莱尔马赫不仅分析,还定义并概括了翻译中可能采取的策略。

　　之所以说是系统的,是因为施莱尔马赫试图在整体性的理解的视野下,重新界定翻译行为的区位。他采取的是渐进的排除法,将不是翻译的行为与翻译区分开来,随后分析了后者在理解领域中的处境。界定完成后,他就可以对现存的翻译进行系统性研究,为不同类型话语的翻译创设一套方法论。[1]这就是他的阐释学所遵循的步骤。

　　我们所面临的这套翻译理论话语希望自身是理性的、哲学的,希望依托某种主体性理论建构出一套翻译理论。这就解释了为什么在施莱尔马赫的翻译理论中总会谈论到人:译者、口译员、作者、读者等。关于这一点,施莱尔马赫所区分的两种可能的翻译类型也是颇为典型的:说到底,之所以会存在两种不同的翻译,是因为存在着两种在文化上、社会上和心理上都不同的译者。翻译也因此成为主体间的活动,

---

[1] 但是这项研究并未付诸实施,一直停留在计划阶段。

是"生命份额的迸发"。[1]

施莱尔马赫首先思考的是广义上的翻译:翻译存在于各种我们需要阐释话语的场合中。当外国人用非我们的语言的语言同我们说话时,当一位农民用土语和我们交谈时,当陌生人说了些我们不解的话时,甚至是当我们回头去看自己曾说过的、现在却难以理解的话语的时候……在以上所有情况下,我们都被导向了一个"翻译"的举动,其中最难的"翻译"也不一定是与外语有关的。简言之,所有的交流在某种程度上都是翻译—理解的过程:

> 思考和表达在本质上、在私下里是同一件事,……所有的话语阐释艺术都建立在对这种同一性的认同之上,翻译也是如此。[2]

但施莱尔马赫稍后很快就将广义翻译和狭义翻译区分开来,后一种即是语言间的互译。然而,并非所有语言间的传递都是翻译。还需做出另一层区分:明确译者与传译者的区别。区分的依据是:传译在于"商务"领域,而翻译更多针对"科学"和"艺术"(也就是哲学和文学)。该区别还契合了另一重层面的不同:传译主要在口头上,翻译则是书面上的。当然,这些只不过是基于简单常识做出的论断,施莱尔

---

[1] In Szondi, *op. cit.*, p.297.
[2] In Störig, *op. cit.*, p.60.

马赫还试图让其依托于更为贴近本质的区别,即主观的和客观的:

> 在原作中,作者的主体性显现得越少,他就越近似一种捕捉客体的工具,而翻译中译者的工作也就越接近一次简单的传译。[1]

假如原作者单纯服务于一项客观内容,那么翻译就是传译,无论是口头还是笔头的;但若原作者倾向在"哲学"或"艺术"领域陈述自己的观点,那就是真正的翻译。稍后,施莱尔马赫又试着让这种区分更加深入。按照他的说法,在传译的领域中,语言会变成没有厚度的纯粹指代物。这样,不仅语言活动被极度简化,其自身也丧失了全部价值,因为它只不过是承载内容的无关紧要的媒介而已。然而,在文学或哲学领域,作者和他的文本间却存在着上文提到的双重关系:文本既是对语言的化用,也是主体的表达。施莱尔马赫认为,哲学智慧应在此种语言体系中"蓬勃发展"[2],而文学语言则既是"语言生命中的崭新时刻"[3],又是某个个体的独特表达(是他的话语)。这种双重关系既互相区别又密不可分,译者既要承担阐释者的使命,也要完成译者的任务。所

---

[1] 在阐释学中也有同样的区分,在施莱尔马赫看来,并不是所有的内容都值得被阐释。参见 Szondi, *op. cit.*, p.296。
[2] In Störig, *op. cit.*, p.65.
[3] *Ibid.*, p.44.

以文学和哲学属于"主观性"范畴,而主观性也意味着主体与自我的语言之间存在着在传译时无法体会的亲密性。因此,作为主体主观性及其与语言的亲密性的共同果实,文学或哲学文本就远离了一切客观性。这种观点是对耶拿浪漫派主张的部分深化,也体现了该时代的新型语言观:语言不仅是呈现,更是表达。它不应"植根于被感知的事物中,而是要站在行为的主体那一边"[1]。

真正的翻译的区位也因此"显现":

> 实际上,因为语言是历史的产物,所以它一旦脱离了自身的历史意义,就不再拥有真正的含义。语言不是被发明出来的,一切针对语言的纯自愿性工作都是疯狂的一厢情愿;但我们可以渐进地发现语言,科学和艺术是力量之源,让我们能够实现并完成这项发现。[2]

传播科学艺术著作,借此延续语言的历史生命,这是译者的任务。但是,原作中包含的东西触及了源语言最隐秘的所在,也触碰到了以源语言为表达工具的主体的内心最深处,译者要如何在自己的语言中再现这一点呢?如何再现另一门语言和异域作者的内在?"若是这样看来,翻译岂不是

---

[1] M. Foucault, *Les Mots et les Choses*, Gallimard, Paris, 1966, pp.301-304.
[2] In Störig, *op. cit.*, p.52.

也变成了一项疯狂的计划?"[1]

面对这种"疯狂",施莱尔马赫提出了两种理应可在规避的前提下解决困难的翻译策略:释义法(paraphrase)与重造法(recréation /Nachbildung)。在这两种情况下,翻译问题可以被规避,或是被否认。

> 但是,作为真正的译者,他想要实现两个不同空间内的主体的交流,在作者和读者间建立联系,并让后者在不离开母语圈的前提下,感受到快乐且尽可能正确完整地理解前者,那他该选取哪些道路呢?[2]

这个问题以尽可能主观的方式概括了所有翻译中的一般过程,而答案就隐藏在问题本身的表述中。设想一下,我要为朋友介绍一位他之前不认识的客人。那么从这两个人的角度来说,要么就是我的朋友动身完成会面,要么就是客人前来拜访。施莱尔马赫也是这样论述翻译的:

> 译者要么就尽量让作者休息,把读者移动到作者的所在,要么就尽量让读者休息,让作者移动到他的面前。[3]

---

[1] *Ibid.*, p.45.
[2] *Ibid.*, p.47.
[3] *Ibid.*

第一种情况下，译者敦促读者走出自身，做出离心化的努力，以便能够在异的空间中感知属于异者的作者；第二种情况下，他强迫作者剥离自己身上的异质，让他在读者眼中变得熟悉。此处有趣的并非是两种翻译间（种族中心主义的翻译和非种族中心主义的翻译）区别的本质，而是施莱尔马赫所采用的描述方法：作为主体间的会面的翻译。

从这个视角出发，翻译不仅不会再有第三种策略，而且其他所有提出翻译"问题"的方式也都可以纳入这一视角的范畴：

> 所有的直译意译之争、忠实自由之辩……都可以放在这两种策略的视野下加以考察。在这两种不同的视野下，我们对什么是忠实原文，什么只关注意译，什么是关于贴合字脚，什么是过于自由，都应当有不同的定义。[1]

当然，实现上述重新分类的理论前提，正是翻译是理解活动的环节之一。但这还不是全部：在演讲的后续段落中，施莱尔马赫一直在分析两种策略，尤其是在倡导第一种策略，考察它的实现条件和内涵，却一再指摘第二种策略的荒谬本质。因为第二种策略还可以这样表述：

---

[1] *Ibid.*, p.49.

把作者翻译过来，好像他原本就是用德文创作一样。[1]

简言之，施莱尔马赫的系统研究就是要证明，存在着两种翻译，一种是真正的翻译，另一种并非真正的翻译，就好像在理解和交际的领域里，有真正的理解和交流，也有虚假的理解和交流。

而在施莱尔马赫看来，那种强迫原作者讲德语并将此种错误印象强加给读者的翻译，并非真正的翻译，因为它否定了作者与其母语间的深刻关系。用他的话来说，这种翻译忽视了原作品的父系血统：

译者对读者说：我把这本书带给你了，翻译很成功，好像原作者就是在用德语写作一样。那么读者就会回答：那就是说，你给了我一幅肖像画，同真人并不像，其中的人其实是他的母亲和别的男人所能生出来的样子？如果作者独特的精神是科学艺术作品的母亲，那他的母语（vaterländisches Sprache）就是作品的父亲。[2]

上述论调既否认了他者的母语，也否认了译者本身的母语——它是对"母语"这一理念本身的否定。否认他者的人

---

[1] *Ibid.*, p.48.
[2] *Ibid.*, p.65.

也会否认自身。虽无进一步探究,施莱尔马赫还是向我们展示了,至少在德国,这种翻译与当时德语尚未实现自我肯定的文化形势有关:德语既不能在承认差异的前提下接纳其他语言,也无法自视为一门真正的"文化"语言。有鉴于这种情况,语言群体的成员们可能会使用其他一些更有"文化素养"的语言:

只要母语还未完全成形,它就只是部分的母语。[1]

外来的语言,如法语或拉丁语,会对母语做出补充。但是,这种曾在德国文化圈盛极一时的双语并存的状况,却在很长一段时间里阻碍了德意志母语和以其为媒介的翻译的发展。因为双语并存并不意味着向他者的开放,而是被他者所统治的状态。只有作为文化语言的母语得到了自我肯定,一个由母语定义的语言群体才得以形成,群体成员才能翻译外语而非说外语。与之相反,若母语不是翻译语言,说母语的人无法自由地对他者表达兴趣,母语就无法作为文化语言获得自我肯定。所以说,与不真实的翻译相对应的,是母语和外语间的不真实的关系。至少对于德意志文化来说情况就是如此。在施莱尔马赫看来,法国的翻译通常采用的就是"重造法",或是种族中心主义的翻译。法语是一种:

---

[1] *Ibid.*, p.61.

深陷在古典表达法的桎梏中的语言,古典表达之外的东西都被摒弃。这些语言就像囚徒,它们在发展壮大的过程中,常常要求外国人来使用它们,因为这些外国人还需要母语之外的工具来进行交际。……它们采用重造的方法来吸纳外国的作品,或者甚至是另一种翻译(种族中心主义的翻译)。[1]

我们可以看到,施莱尔马赫为法国式的翻译赋予了一种更大的视野,将之视为母语与文化间的关系的一种类型。可参见以下三个结构图:

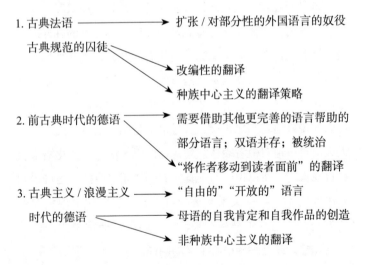

---

[1] *Ibid.*, p.56.

从以上示意图中,可以提炼出真正的翻译的本质和历史可能性。施莱尔马赫认为真正的翻译:

> 取决于两个条件:第一,对外国作品的理解成为被知晓且被渴求的事物;第二,母语具备了一定的灵活性。[1]

在19世纪初叶的德国,这两种条件已成为现实。还可加上第三项条件:民族语言实现了自我肯定,虽然这种自我肯定仍辩证式地取决于同异者间的新型关系。

诚然,不真实的翻译不会为民族语言文化带来任何风险,虽然它会掩盖自我与他者间的真实关系,折射且无限重复两者间已经存在的糟糕状态。至于真正的翻译,它必然会引发风险。面对这些风险,就需要母语对自身、对自己的吸收能力已经具备自信。施莱尔马赫认为,在做真正的翻译时:

> 要充满艺术,充满节制,不要伤害自身,也不要伤害语言,这就是我们的译者要战胜的最大困难。[2]

因为:

> 他需要在母语中展露他者。[3]

---

[1] *Ibid.*, p.58.
[2] *Ibid.*, p.55.
[3] *Ibid.*, p.56.

施莱尔马赫用了一个非常有冲击力的词汇，认为这种行为很可能会威胁"语言内部的幸福"（das heimische Wohlbefinden der Sprache），此处的"heimische"一词应译为"家庭的、内部的"。赫尔德称之为处子般的"纯洁性"：

> 人们常常会抱怨，认为某种翻译可能会伤到语言的纯洁性，妨碍它内在的平和的发展。[1]

但施莱尔马赫的其他论述也为我们证明了，语言"内部的平和发展"只不过是种神话。因为语言的独立发展从来都是不存在的，存在的只有语言间统治—被统治的关系，而这种关系应当为自由的关系所取代。意欲维护自身纯洁性的德语早就是一门在文化上被法语深深浸润过并控制过的语言。而在那些曾有翻译介入过的所在，统治的关系反而会弱一些。但这样就意味着从一个极端走向了另一个极端，可能会让外来语与母语间的关系失去平衡，这一风险还是存在的：

> 当然，我们可以说，人只有同时掌握好几种语言，才能成为有教养的世界公民，但是与此同时，我们也必须承认：世界公民的身份并不是一种有效的国籍。同

---

[1] *Ibid.*

样,在语言的领域里,博爱并不是一种真正的爱,也不是一种有创设性的爱。……人总要选择让自己从属于**一个国家**,从属于**一种或另一种语言**,否则他就要永远游离于二者之间,处在一种不太愉快的状态。[1]

这种不太愉快的游离状态,却是译者及其读者在面对他者时常常要面临的风险,也是所有真正的构建要付出的代价。我们相信,施莱尔马赫对这一点的笃定,不仅来自他作为阐释学家的意识,也来自他作为德意志的知识分子的意识。

我们可以举个稍有不同的例子来阐明这一点。要想读解《圣经·旧约》,我们可以单独地从中提取出它所揭示的真理,而不去预设这个真理的本质究竟是什么;当然,我们同样可以试图在《旧约》的字里行间中发现《新约》的真谛。由此推论,我们可以选择向他者开放,同他者对话,同样也可以选择进入一种统治与被统治的关系。借用海德格尔的术语,不真实的翻译,同样也是一种"存在"的可能。施莱尔马赫已经为我们展示过了,它更多的是一种文化和历史的选择。但是,不管文化和历史的因素如何强大,总是有一个需要选择的时刻,虽然这个选择有可能是在无意间完成的。比如说,"构建",连同它所有的局限、危险和优点,就是一个选择:一个德国古典人文主义者的选择。"在母语中展露他

---

[1] *Ibid.*, p.63. 不要忘记这是施莱尔马赫在柏林科学院所做的演说。

者",允许他者扩大、滋养并改变母语,接受他者的"中介本质",这就是一个初始的选择,在选择具体的翻译策略之前,这一决定就已然做出。然而,选择还有更具体的层面,尚需选择的还有方法、策略、路线,还需要定义一个待开拓、待规划、待播种的领域。施莱尔马赫的贡献,就是指出在这些策略中,哪些是真正的翻译,哪些不是真正的翻译。这两个概念结合了伦理学和本体学的层面,结合了正义和正确。

基于以上思考,施莱尔马赫可以说,真正的翻译是一场规模宏大的过程:

> 这种类型的翻译需要一个大规模的过程,要将许多文学整体性地搬迁到另一种语言中。另外,如果不是整个民族都已下定决心要吸纳他者,这种过程也不会有太大的意义。那些零零散散的努力最多也只能算些前期的信号。[1]

我们认为,这是一场系统的、多元的过程:翻译多种语言、多种文学,为同一部作品提供不同的翻译版本,让自我与他者能够彼此补充,彼此切磋,最终引发对比和讨论。大规模的翻译,就是在语言文学的空间中开辟一块专属于翻译的领地。只有在这片领地中,翻译才有其意义。

---

[1] *Ibid.*, p.57.

在谈到"大规模"翻译的时候，施莱尔马赫肯定想到了当时福斯、A. W. 施莱格尔还有他本人所进行的翻译活动，也想到了那个至少自赫尔德以来德国文化就已做出的选择：

> 这是我们民族独有的命运，我们感受到了一种内在的需求，开始大规模地进行翻译活动。……我们不能后退，只能前进。……我们体会到，只有借助与他者之间的多元化的关系，才能促进德意志语言的发展，让后者更有力量。……我们的民族尊重他者，尊重它的中介本质，所以我们的宿命，就是要集合所有的外国科学文化的瑰宝，把它们和我们的语言联结起来，形成一个可以代表整个欧洲的历史的整体。……这也许就是大规模翻译的历史使命，也是我们努力的意义。但是要想实现这一目的，我们只能采取第一种策略。……不要害怕这会损害我们的语言。因为如果一门语言已经可以被用来进行大规模的翻译，那么在它的空间里，已经有了专属于翻译的语言地带（Sprachgebiet），很多东西都能被引入这个地带里，这是别的语言无法做到的。……我们也不能否认，德语里很多美好而又严谨的事物都是从翻译中获得的，得益于翻译，我们才能将它们从遗忘中拯救出来。[1]

---

[1] *Ibid*., pp.69-70.

翻译需要一个独特的语言地带，一个在文化领域中单独开辟出的地带，好让他者可以在其中充分发挥中介的作用。此处，这个地带的开辟并不像 A. W. 施莱格尔所描绘的那样，是一个巨大的诗学的过程，而是更贴近赫尔德、莱布尼茨和莱辛的表述，是一个扩大化的过程。

毋庸置疑，施莱尔马赫的思考为我们概括了他所处的整个时代的翻译经历（荷尔德林除外），以一种最完整的方式为我们解释了构建活动的原则，引发了我们对于翻译的伦理价值的思考。在这个层面上，我们之后要引用的洪堡的文章也不能为其提供太多的补充。但是，洪堡的论述有另外一个好处，那就是他极清楚地揭露了人文主义翻译理论的局限：在同时代的译者中，只有荷尔德林摆脱了这些束缚。

1816年，历经多年努力，洪堡译成并出版了埃斯库罗斯的《阿伽门农》，并为此配上了一篇序言，同时表达了他对古希腊戏剧、语言和翻译的看法。与 A. W. 施莱格尔同时期的文章相比，洪堡论述的特色在于他将翻译理论同语言理论联系了起来。洪堡的理论超出了 A. W. 施莱格尔的语言—诗歌理论的范畴，试图说明一件似乎永远也无法解释清楚的事情，即思想和语言间的亲密关系：

> 词语不仅是一个用来指代概念的符号，没有了它的帮助，这个概念就无法出现，也无法存续。思想完成了一个无法用语言描述的操作，把力量聚集到一个简单的词语中，就像在寂静的天空中，突然浮现了几朵白

云。词语一旦形成,就成为独立的存在,拥有独特的个性和力量。……如果我们要用一种拟人的手段来描写词语问世的过程的话(当然这是不可能的,因为词语一旦付诸使用,就证明了它可以为别人所理解,而且语言是作为一个整体而存在的,词语在其中要同时交互地发生作用,它们并不是一对一地工作的,每一个词语都要完成自己的工作并考虑到其他所有词语的存在),这个过程可能近似于艺术家脑海中一个理想形象的诞生。后者显然也并非由现实改造而来的,它来自精神绝对的力量,来自最严格意义上的虚无,但是从这一瞬间开始,这个形象就有了生命,成了现实,开始在时间中延续。[1]

需要注意的是,对于这个精神的"工作"(是"工作",而不是"诗学游戏",虽然这里洪堡使用的是"艺术家"的比喻),洪堡并没有给出一个平铺直叙的定义,而是试图捕捉它全部的神秘的复杂度。之后,他又写道:

语言的所有形式都是象征物,而不是事物本身,不是约定俗成的符号。它们是一些音响,和它们所代表的事物或概念之间有着神秘而又紧密的关系。我们甚至可以说,这些关系中包含着现实中的许多事物,它们以一

---

[1] *Ibid.*, p.81.

种溶解的姿态浸润进人类的思想中,这些关系没有界限,不能随意改变、设定、分割或重连。[1]

语言活动中有着几种令人迷失的思想厚度,创造者的造物往往会极大地超越创造者本身(人类的精神),而这些造物之间更是有错综复杂的关系。但是在洪堡之前,很少有人能用词句将这种厚度如此好地描述出来。

关于语言的这种特性,我们不能简单用"呈现"或"表达"之类的词语来概括。作为整体的厚度散落到各地,变成精神在"当地"的土产:不同的民族语言。这就是广义上的语言活动内在目标的多样性(如呈现、象征、指代、解释、命名、指称、表达、联系、分离、定义等),也是语言的多样性:每种民族语言都拥有自己的特异性,所以它不可能是完全"可译"的,即不可能与另一种语言完全等同:

在某种语言中,如果不借助其他词语的帮助,甚至都不能立即表达出其中一个词的意思。那我们又怎能期待在另一个语言中,能找到和这个词语完全一样的对应词呢?[2]

在《希腊与拉丁》一书中,洪堡进一步深化了他的看法:

---

[1] *Ibid.*, p.82.
[2] *Ibid.*

即使是那些专门用来指代某种具体事物的词汇，在各种语言中也不能说是真正的同义词。"ιππος""equus"和"cheval"三个词都指代"马"，说的却不完全是同一个意思。至于那些指代不可感对象的词汇，情况理应也是一样。[1]

这里，词语间的不同获得了一种深不可测的神秘感。洪堡为什么要说"ιππος""equus"与"cheval"说的并不是同一个意思？既然它们指向的是同一个事物，那为什么说的不是同一个意思？那么，"说"这个词，究竟又是什么意思呢？

在这个意义上，翻译紧随文学之后，也推动了对语言的构建：

翻译活动，尤其是诗歌翻译，……是文学领域内最有必要性的工作之一。这一方面是因为它可以为不懂外语的人展示他们尚不知道的艺术和人文形式；……另一方面也是因为它可以扩大自身语言的表达和象征能力。[2]

这个任务首先是文学的任务：在洪堡看来，所有的语言，哪怕是最俚俗的土语，也能表达出：

---

[1] Caussat, *op*, *cit*., p.22.
[2] *Ibid*., p.81.

> 最高等的和最深沉的、最强大的和最柔软的事物。

但是：

> 其中的很多音响还在沉睡之中，就像是一个从来没有被弹拨过的乐器，等待被这个民族叫醒。[1]

这就是说，文学微妙地摇动了整座由语言符号建起的大厦，力图让符号变得更为精准，让它们更有"指代力"，更有表达力：

> 我们可以一直试着让语言符号表达更高级、更深层、更细微的含义……这样，虽然我们没有对语言系统做出严格意义上的可感的改变，但整个语言都因此被抬升到了更高的层级，并扩展获得了具有更多呈现方式的内涵。[2]

此处翻译要做的就是进一步打磨这柄象征的工具。从历史角度看，洪堡很清楚，翻译对语言的打磨曾在德国扮演重要角色。[3] 他用几句话概括了何为翻译中的"忠实"，试着提

---

[1] *Ibid.*, p.82.
[2] *Ibid.*
[3] *Ibid.*

出既能避免法国式的翻译又能避免粗暴追随原文的字眼的新概念。这几句话简短有力,大有德国古典主义的风范,其中的内涵与歌德或施莱尔马赫的论述有着同样或更大的深度:

> 要是想让翻译带给语言和民族精神一些它们之前不曾拥有的东西,首要的原则就是忠实。但是,忠实的对象不应是原文的某一个点面,……而是它真正的精神。同理,一般而言,想要创作出出色的翻译,就需要对原文抱有单纯而无企图的爱。……说到这里,就要指出翻译必然是有一定的"奇怪"之处的,但若这种"奇怪"超出了一定的界限,就会变成翻译的原罪了。不过这个界限并不难找到。只要读者在读译作的时候,感受到的只有"异域风情",却没有"奇怪之处",这就已经是一篇成功的译本了。但若是译作过于奇怪,甚至它的奇怪之处已经掩盖了异域风情,这就说明译者并未成功传达原文。在奇怪和异域之间,不通晓源语言的读者的反应就是最好的分水岭。[1]

让我们重读引言中具有决定性的一句话:"只要读者在读译作的时候,感受到的只有'异域风情',却没有'奇怪之处',这就已经是一篇成功的译本了。但若是译作过于奇怪,甚至它的奇怪之处已经掩盖了异域风情,这就说明译者

---

[1] *Ibid.*, pp.83-84.

并未成功传达原文。"一方面，洪堡的确说出了某种真理：的确，有些对原文字眼儿的忠实是非必要的，这是一种无意义的异域风情，与真正的他者并无直接的关联。这只能建立起一种同他者之间的非真实的关系，片面陷入对"异域风情""佶屈聱牙"的追逐之中。A. W. 施莱格尔曾就这一点批评过福斯的翻译：后者把希腊文和德文混杂在一起，创造了一种过于"奇怪"的语言。但是，真正的问题是知晓是否可以"轻易地"找寻出"异域"（das Fremde）和"奇怪"（die Fremdheit）间的界限。如果可以的话，要如何找寻？由谁来找寻？洪堡回答说，需要借助不通晓源语言的读者的帮助。那么谁才是不通晓源语言的读者？什么叫作不通晓源语言的读者？另外：如果翻译的任务就是要扩大自我语言的指代力和表达力，丰富自我的文学、文化和民族，甚至是要给读者些新的启迪，那它的范畴就要远超过自我的敏感度可接受的范围。或者说，扩大自我的接受度，这正是它（在理论层面上）需要为翻译活动所付出的代价。如此看来，所谓的"奇怪之处"（Fremdheit）并不一定是一种单纯的无意义，也不是无用的冲击；或者还可以提到一个任何译者都熟知的问题，如果说一个译本"读起来像翻译"，那它不一定不好；但若是一个译本"读起来一点都不像翻译"，那它一定是个不好的译本。"奇怪之处"蕴含着他者中的异的全部力量：那些和自我不同的力量，不相似的力量，我们不能直接杀死它，让它变得近似于自我。这是异的可怕之处，也是它的美妙之处：魔鬼或是天使。在"异域"（étranger）和

"奇怪"（étrangeté，这也让我们想到了里尔克和弗洛伊德所说的"令人担忧的奇怪之处"）之间，那条界限其实根本无法轻易划分，就像我们永远无法说清哪些才是真正的"异域"，而哪些又是徒劳的"异域"一样。或者说，界限是客观存在的，只是它一直在不停移动。准确说来，正是在这条界线上，德国古典主义（还有浪漫主义）同荷尔德林之间出现了分野。需要指出的是，荷尔德林极大地提升了这条界限，把它提高到了洪堡和歌德无法想象的境地（其实后两者在面对翻译时，已经比 A. W. 施莱格尔更加宽容了，因为他们可以接受福斯希腊化的德文）。换言之，翻译是处在一个晦暗而又危险的地带，在这里，他者的作品和语言随时都可能以它们汹涌的"奇怪之处"，来摧毁译者和他的语言，让翻译活动变成一次彻头彻尾的失败，让读者陷入不真实的诡异感中。但如果是译者为了避免这种危险，而尽量地遵循译入语的习惯的话，翻译活动有可能会因此而面临另外一种危险，也就是"杀死原作的奇怪之处"。译者的任务，就是要面对这一双重危险，在不考虑读者的情况下，自己设定出"异域"与"奇怪"之间的界限。洪堡要求译者能够让读者感受到"异域风情"，却不能表现出"奇怪之处"，却因此暴露了古典主义翻译思想的局限。他也借此表达出了古典主义文化观和构建观中最重要的一点：要尽量保持构建活动中微妙的平衡，尽量避免让自我无节制地暴露于他者"汹涌的动能"之下。这似乎也为我们揭露了一个真相：同法国的古典主义一样，德国的古典主义本质上其实也是种族中心主义的,他们同样拒绝他者的"奇怪之处"。[1]

---

[1] 在翻译领域,阐释学理论(不管是施莱尔马赫的还是斯坦纳的)可能会暴露以下两种局限:1)他们将翻译简单地等同为一种释义活动,从而忽视了翻译的特殊性;2)作为一种研究人类意识的理论,他们忽视了翻译的无意识性,其实很多语言活动——显然也包括翻译——都是在无意识层面进行的。

关于第一点,阐释学派一直说翻译是一种释义,是一种"理解"的行为。翻译中的确存在释义行为,但这并不是说所有的翻译都只是一种释义,或者说,翻译主要是基于译者对文本的释义。当然,为了理解原文本,译者与原作品和源语言之间不可避免地会发生联系,这是翻译的基础。但这不一定是释义,因为释义的目的一定是找到某种意义。但是在翻译的时候,译者开展工作的前提并不是一定他对全文意义的把握,我们翻译的时候,常常会翻译一些我们并未全部理解的作品或语言。换言之,翻译中的理解,有其特殊的方式,与阐释学中批评式的理解有很大的区别。我们也可以说,翻译其实从来都不是基于一种对原文的预先阐释。比如说,在翻译一个哲学文本之前,虽然我们一定会对其做出基本的理解和分析,却不一定会做出批评式的阐释。或者说,在一个译者翻译一个小说之前,虽然他会分析文中的词语系统,分析情节的分布,分析作者的书写方式,但是他的阅读方式却基于一个基本的前提:那就是他稍后要进行翻译。他对作品的解读,不是阐释学意义上的,而是一个翻译学意义上的阅读,一个预翻译。在译者研究词语、句子和句法结构的时候,他就已经有了预翻译的意识:他注意的不只是那些他看不懂的字句(虽然为数不多),而且还有那些可能会引发翻译问题、与译入语相差甚远的内容。在这些内容中,译者可以深刻地感受到原作品的奇怪之处,可以感受到它对翻译的抵触。这种抵触就来自原作品和源语言之间紧密的关系。这样,在阅读作品的过程中,译者有了一个阅读结果,这种阅读结果可能会转化成某种批评式的阅读。在这个意义上,翻译就是对作品的理解。

然而,即使是译者做了批评式的阅读,这和阐释学中的批评也是不同的。长期以来,阐释学都忽视了翻译中的批评层面。它一直把翻译当作比批评更为低等的活动,没有意识到翻译阅读中可能存在的优势。对它而言,要了解作品,就必然是以阅读原作为上策。翻译不过是一个权宜之计。但这显然是不对的:就像对于原作品来说,(转下页)

(接上页)被翻译都可以让它的内涵更为丰富,而并不单纯是离开原有的语言文化空间,对于读者来说,对翻译的阅读也是一种具有独特性的活动。这不仅仅因为阅读的对象是外国作品,更是因为这是一种独特的阅读和书写手段。

我们不妨这样说:阅读一个作品的正常渠道,就应该是对翻译的阅读。用原文来阅读原作品,这其实是一个特例,而且是一个充满局限性的特例。翻译才是常态,对源语言的学习不应改变这种常态,因为翻译并不是一个负面的事物。如果这样想的话,翻译就不再是处于仆从地位的活动了。

翻译不是无奈下的权宜之计,而是原作品能够接触到我们的必经之路。好的翻译能够保留原作的异域风情,并让我们真正地拥有通往原作的钥匙。

事实上,人们通常会认为,掌握了源语言,就能更好地品味原作,能比那些只能读译本的人更好地理解原作。打个比方,直接看原作就像可以看到真人,而读译本就只能看到这个人的相片。但是,实际上这两者之间并无太大的区别;读者无论如何都要面对一个异的文本,不管这个文本有没有经过翻译,它都是异域的。这种异域感是无法消弭的。在读一则英文诗的时候,我们法国人的阅读永远不会同英国人的阅读一致。两种读者的区别是肯定存在的,只是偶尔会有程度上的不同。

在很长的时间里,我们一直忽视了这种现象的存在。我们常常满足于评价翻译是"好"还是"不好",却忘记了这种评价标准也是因时因地而异的。重新发现这种现象,也应当是翻译理论的任务之一。

人们经常会认为那些读起来翻译感很重的译本是不好的,其实这里就有一个悖论:翻译的书写同样也是一种特殊的书写过程。在这种书写过程中,译者要将另一种语言的书写迎纳到他的母语中来,我们不能忽视这一点。进一步地,我们还可以说,在任何的文学书写过程中,这种现象都是存在的。巴赫金说过,在我们的话语中,永远有他人话语的存在,正是这种话语的相互交织才构成了人类语言的对话性。这样说来,如果所有的书写中都隐含了一种翻译的视野(就像歌德的"世界文学"理论所说的那样),那么我们就没有权利要求翻译变为一种干净纯粹的、神话般的书写。虽然我们之前已经借由对《堂·吉诃德》的讨论论述过这一问题,但直到今天,还有很多学科可以忽略这一问题的存在,比如比较文学。

11　荷尔德林：民族与异域

荷尔德林的译作，以及他的译作同其诗歌创作及理论思考间的关系，都已有研究者进行深入探讨。[1]这些研究数量稀少，足显其独创性。在这里，我们无意也不奢望将荷尔德林的译本与原作做一个比对。我们只想要展现这些译作的特殊性、历史性和它们令人惊讶的现代性。而为了实现这一目标，就必须简要研究它们独有的游戏空间，并顺便探讨荷尔德林的诗歌创作和理论思索空间，还有他的个人经历。我们还想证明，荷尔德林虽然属于浪漫主义的时代，虽然他也有些译介上的先驱（比如福斯），但这位施瓦本诗人的翻译方法已经拥有了我们这个时代的翻译和诗歌议题的现代性。在当时，他的译作被很多人——尤其是席勒——当成是"疯子的作品"，虽然也有布伦塔诺和贝蒂娜·冯·阿尔尼姆等少

---

[1] F. 贝斯纳，《荷尔德林的希腊文翻译》，斯图加特，1961年版；W. 莎德瓦尔德，《荷尔德林索福克勒斯译本序言》，费雪出版社1957年版，等等。

数人满怀热情地予以致意。直到20世纪，自N.冯·海林格拉特起，这些译本才被当作翻译史上划时代的作品，不仅是在德国的翻译史上，更是在整个西方的翻译史上。它们也因此成了少有人能企及的历史性的翻译。下面这个例子可以说明它们的影响力：荷尔德林译的《安提戈涅》成了卡尔·奥尔夫音乐剧的台本，后来又经B.布莱希特改编成为舞台演出的常见曲目。20世纪下半叶的许多著名剧团，包括美国的"生活剧场"（Living Theatre），都曾将它搬上舞台。

本雅明指出，荷尔德林的译作，至少是那些索福克勒斯的译本，都是在诗人陷入精神分裂的前夕完成的。如果我们相信本雅明的话，那么这些译本的先锋性同荷尔德林的精神崩溃之间，似乎就有了某种联系：

> 这些译作都是此类形式的范本。……正因如此，同其他译作相比，荷尔德林的作品更容易陷入一种存在于一切翻译中的巨大危险：那扇屡被译者扩大和打开的翻译之门也可能会一下子关上，将译者囚禁在沉寂中。……在此，意义从一个深渊跌入另一个深渊，最终可能会陷入语言无底的旋涡中。[1]

在此，我们或许可以借助精神分析理论，更好地评估诗

---

[1] «La Tâche du traducteur», dans *Mythe et violence*, Denoël, Paris, 1971, p.275.

人本人的精神分裂、他同语言间的关系和他的翻译之间的关联。[1]

荷尔德林的翻译完全被囊括在他的诗歌创作生涯中，与他的语言观、诗歌观还有翻译观之间也有密切联系，更紧密关系到他所说的"异的考验"。这让我们无法按照通常的对诗歌或翻译的分类法来理解他的翻译。荷尔德林是位伟大的诗人，也是位伟大的翻译家、伟大的"思想家"，更是位伟大的精神分裂患者[2]。虽然他也曾与几位朋友，也就是谢林和黑格尔一道，参与到对德国唯心主义的构建中，但随后，他与这个团体渐行渐远，走上了自己的道路，重新定义了所谓的"构建"活动，在事实上摧毁了此前所说的"构建"的框架。

作为译者的荷尔德林从来没有解释过他的翻译原则。在《〈俄狄浦斯〉译注》和《〈安提戈涅〉译注》中，还有一些同期的信件里，我们可以找到一些简明扼要的看法。虽然篇幅短小，但稍后我们会看到其实颇有分量。此外荷尔德林还写过一些关于诗歌的思辨文章，但也不曾直接提到翻译。在我们研究"民族"和"异域"的关系，以及他写给勃伦多夫、威尔曼斯、泽肯多夫等人的信件之前，我们首先要聚焦

---

[1] Jean Laplanche, *Hölderlin et la question du père*, P. U. F., Paris, 1969. Cf. aussi Louis Wolfson, *Le Schizo et les langues*. 在后一本书中，伍尔夫森认为精神分裂患者与其母语的关系通常是否定式的，他们常常会转而求助外语，或者是某种神秘的语言，以便让他们同母语之间的关系变得更加中性。

[2] 拉普朗士："精神分裂让他成为诗人，也正是因为他是诗人，他才会遇到精神分裂的问题。"(*Ibid.*, p.113.)

于荷尔德林的诗歌语言,看一看它有着怎样的双重特色,这可以帮助我们更好地进入他的翻译空间。

人们常说,再也没有什么会比荷尔德林的诗歌更加透明、更加清晰(哪怕是从其晦涩的一面来看)、更加"忠贞"、更加纯粹了。再也没有什么会比他的诗更少感官性、更少肉欲感了。但是,他的诗歌并不抽象,并不空灵,也不具备浪漫主义视野下的象征性。此外,他诗作的整体主题也是极其清楚明确的,常常围绕着些对立的元素:有限与无限、高与低、希腊与罗马、祖国与异域、大地与天空等。这些对应词几乎都是"地理学的",虽说是一种诗歌的、神话的、历史的地理学。德国和欧洲的大江大河、阿尔卑斯山、故乡施瓦本、德国的城市、希腊和它的圣地、东方与南方……或许可以为荷尔德林笔下的地点绘制一幅地图。而荷尔德林的诗歌语言也与这种地理主题深为契合,若是细细分析,会发现他的诗歌倾向于同时吸纳"希腊的"和"本土的"语言要素。在这种情况下,德语也汲取了荷尔德林的母语,也就是施瓦本语的养分,又越过了克洛普施托克Klopstock、福斯和赫尔德的肩头,承袭了路德和古德语留下的语言瑰宝。罗夫·祖夫布勒(Rolf Zuberbiilher)在一本篇幅不长但见解独到的小书中,曾经部分地谈到过他所说的"荷尔德林从词源上出发而进行的语言创新"。[1]

---

[1] *Hölderlins Erneuerung der Sprache aus ihren etymologischen Ursprüngen*, Erich Schmidt, Berlin, 1969.

荷尔德林对这种创新是全然有意识的：他在德意志语言的储备中搜寻有用的语词，然后在诗歌中重新赋予它们含义，一种若说不上"原初"，至少也是古旧的含义。所以，当他用"Fürst"一词时，用的并不是"王子"的今义，而是它"位居首席"（Vordester, Erster）的古义[1]；副词"Gern"今义为"自愿地"，在荷尔德林的诗歌中颇为重要，但指向的却是它的词源"gehren"，"begehren"做"渴望"讲[2]；"Ort"是"地点"，荷尔德林却常借路德笔下的古意，将其当作"结束"（Ende）来用[3]；"Hold"（有益的，亲切的，美好的）一词，则被诗人同另外两个词归到了一类：方言词"Helden"（倾向）和"Halde"（斜坡）[4]；"Meinen"（想，说）更是被当成了古德语词"minnen"（求爱）来用[5]。祖夫布勒举了很多例子，来说明荷尔德林所谓的"词源学方法"。当然，这种方法在18世纪末并不鲜见，尤其是在克洛普施托克和赫尔德那里。但是，在荷尔德林处，与其说他是在回归词语原初的含义，不如说他是在寻求方言时代（中世纪、路德时代）的德语所能留下的最具表现力的表达法。这个方法已成为荷尔德林独特而又复杂的诗歌创作的法则，也让人想起路德和他对德意志语言所做出的贡献。荷尔德林是有意识地在向路德致

------

[1] *Ibid.*, p.18.
[2] *Ibid.*, p.78.
[3] *Ibid.*, p.81.
[4] *Ibid.*, p.94.
[5] *Ibid.*, p.101.

敬，青年时他就写过这样一句诗：

> 我要说话，就像你的路德也在说话一样。[1]

荷尔德林还从路德的《圣经》译本中借用了许多词汇（Blik, Arbeit, Beruf, Zukunft, Geist），甚至有些诗句的灵感直接源出于此。比如：

> Doch uns ist gegeben
> Auf keiner Stätte zu ruhn [2]

这同路德《圣经》中的腓立比书第一卷第29段在节奏上完全是一样的：

> Denn euch ist gegeben um Christus willen zut hun... [3][4]

此处，这种对于路德的古老的表达法的回归，在当时也算常见[5]，它置身于一场诗歌运动中：这一运动已经远远

---

[1] «Je veux parler, comme parle ton Luther» (Grande édition de Stuttgart, I, 15, 12).
[2] 诗句大意为："但是我们注定了，没有安息之地。"——译注
[3] 本句大意为："因为你们蒙恩，所以注定要信奉耶稣。"——译注
[4] In Zuberbühler *op. cit.*, p.24.
[5] "A. W. 施莱格尔曾在其关于莎士比亚的文章中说道，古老的东西并不一定是陈旧的，路德的格言警句要比现在许多矫揉造作的句子都像更纯粹的德文。"(*Die Horen*, p.112.)

超出了克洛普施托克和赫尔德等人找寻民族根源的范畴。本场诗歌运动的目的在于重新发现"共同语言的表现力"（Sprachlichkeit），一种来源于多方言并存状态的表现力。寻找荷尔德林对于路德、克洛普施托克和虔敬派的借用，有助于理解诗人是在何种冲动的驱使下将他的母语施瓦本语的一些要素引入他的诗歌语言中的。在这个层面上，荷尔德林同作为"德语之父"的译者路德的相似之处已跃然纸上。或许我们可以给这场运动起个名字：这是"回归自然语言的、回归自然语言力量的运动"。这里的自然语言指的是母语，或者用荷尔德林的话来说，是"本土"的语言。其实，这位来自施瓦本的诗人一直在给我们传授一个真理：自然语言就是母语。但这还不是全部。如果我们把荷尔德林当成和黑贝尔（Hebel）一样的"乡土"诗人，那就大错特错了。他并非用方言创作，而是用一种"写作的高地德语"（Hoch- und Schrift-Sprache）写作[1]。另外，他又决定性地大量引入某种

---

[1] 这与 G. M. 霍普金斯的诗歌创作也表现出了一定的相似性："拉丁文与盎格鲁-萨克逊语言的混合是一起历史性事件。……然而，假若我们无法完全地将英语中的拉丁语成分剔除出来的话，我们至少可以试着减轻它的比重，以便让那些根源于萨克逊语言的因素获得更大的重要性。霍普金斯所从事的就是这样一种工作。……他试着调配出一种新的比例，……所以有时会故意将一些已经陈旧的词句重新拿出来使用。……在他的笔下，一个从威尔士农民口中得来的词汇可能会完全失去地域的局限性，成为真正的诗歌词汇。……所以说，霍普金斯完全掌握了这片土地的语言风格，这些古老的用词，让他的诗歌语言接近所谓的马尔萨斯极限。"（G. M. Hopkins, *Poèmes*, trad. et intr. de P. Leyris, Le Seuil, 1980, pp.10-11.）

外语的词素、韵律和节奏：这种语言就是希腊语。祖夫布勒的著作再一次为我们提供了许多富有启发性的例证：荷尔德林创造了"unstäditisch"（非城市）这个新词，来翻译希腊语的 απολις；用"des Tages Engel"（白昼的天使）来翻译"αγγελος"。所以，我们可以说，荷尔德林的诗歌语言经历着双向的运动：它首先是对自然语言和本土语言的意义的回归，其次是对外语的表现力的吸纳。其实，在某种意义上，希腊语也是一种本土方言。这种双向运动是颇为激进的，在同时代的诗歌中并无可以比肩者，因当时的诗歌正在同浪漫派一道，致力于创设艺术语言，或者是同歌德一起，建立其一种扎实立足于古典的书写语言（Schriftsprache）领域的诗歌。

海德格尔曾用两个表达方式来定义荷尔德林诗歌的独特性：评价《追忆》一诗时，他说"这是异的考验和我的学习"[1]。这就是一种双重的法则，在1801年12月4日写给勒伦多夫的信中，荷尔德林阐明了这种法则的本质：

> 如何自由地使用民族性，这是我们最难掌握的事情。我坚信这一点，而恰恰是表达的清晰性对我们来说是那样的自然，一如天空之火对于希腊人。这也正是为什么，希腊人在对于激情的表达上是可以被超越的，而

---

[1] Heidegger, *Approche de Hölderlin*, Gallimard, Paris, 1973, p.147——原注。孙周兴译《荷尔德林诗的阐释》（2004年商务印书馆版）中将之译为"对异己之物的经验和对本己之物的习得"，本文为保持本书术语的一贯性，未采取此译法。——译注

在表达的天分上,由于他们有着荷马精神的感召,就很难被超越。

这听起来像一个悖论。但我还要再次重申这一观点。……随着文化构建的推进,严格意义上的民族性也在丧失其首要地位。这就是为什么希腊人很难把握住那种神圣的悲怆感,因为这是他们的天赋;但是自荷马以降,他们又都很擅长表达,因为这位天才的诗人是如此的聪慧,他把西方那种朱诺式的朴素带到了太阳神阿波罗的国度,真正汲取了异者的精华。

对我们来说,情况则恰恰相反。但是,若我们只向希腊人学习,并且指望从中提炼出一切艺术的法则,那就是非常危险的了。我也曾陷入过这个误区,但现在我明白了,除去那种我们双方的至高的信仰之外,比如生的关系,比如命运,其余的东西,我们都不被允许拥有和他们相同的东西。

但是,自我之物也必须像异者之物那样充分地被学会。所以,希腊人对我们来说还是不可或缺的。只是,我们不能用我们的自我性、民族性去靠近他们,因为——我再次重申——自由地使用自我恰恰是最难的事情。[1]

这封著名的信函为我们揭示了荷尔德林诗歌创作中的一

---

[1] *Œuvres*, La Pléiade, Gallimard, Paris, 1967, p.640.

个重要的转折点：最初，诗人对希腊诗歌怀有极大的热情，这一热情常以一种思乡的脸孔出现。但是渐渐地，荷尔德林摆脱了那种自温尔克曼起就很常见的印象，他不再把希腊当作一个自然的完善之地，而是过渡到另一个希腊：他试着界定这个希腊的"自我"，或者说是它的本源要素，使用了诸如"天空之火""神圣的悲怆感"和"喷薄"等词语。也就是说，是一个更接近尼采视角的希腊，一个从广义上来说更加现代的希腊：一个暴力的神话世界。所有的这些，都让希腊变成了一个异者，它的起源和发展脉络都是与我们不同的。我们之前也曾说起，F. 施莱格尔已经预感到了这一点。希腊文明的发展轨迹，是从"神圣的悲怆感"到达"朱诺式的朴素"，而现代西方文明，其目标却是征服"神圣的悲怆感"，因为它的自我就已经是"朱诺式的朴素"了。如果希腊人当初没有征服这种"朴素"，他们很可能已经被天火吞噬了（如恩培多克勒所面临的诱惑）；同样，如果现代西方无法得到"天空之火"，它也可能会落入死气沉沉的平庸之中，荷尔德林将之称为"造化的虚空"（Schicksaallose）[1]。这两种轨迹全然相反，所以希腊无法作为范本：

> 所以说，希腊的呈现范式和诗学形式不能被完全地纳入民族诗歌的范畴。[2]

---

[1] *Remarques sur Œdipe et Antigone*, p.80.
[2] *Ibid.*, p.81.

荷尔德林在他于 1804 年 3 月 12 日写给泽肯多夫的信中也曾说道：

> 在这个当下，我最感兴趣的就是寓言了，它是历史的诗学面孔，是天空的建筑学。我尤其关注能把我们同希腊人区分开来的民族性。[1]

但这并不是说诗人会因此将希腊弃置一旁，全身心投入"祖国诗歌至高而纯粹的激情中"。[2] 如若真是这样，荷尔德林的诗歌创作恐怕就会分为两个阶段，一个是靠近希腊人的阶段，另一个是民族性的阶段。而事实并非如此。荷尔德林的诗歌经历的是同时进行的双重运动——我们曾指出他的语言中也有类似倾向："异的考验"（天空之火、神圣的悲怆感、希腊、东方），还有"我的学习"（祖国、民族的、本土的）。

评论《追忆》一诗时，海德格尔写道：

> 热爱放逐，却以回归自我的本质作为终极目的，这乃是命运的本质法则。这个命运将诗人遣送回来，建立本国家的历史。[3]

---

[1] *Ibid.*, lettres, p.125.
[2] *Ibid.*, lettres, p.119.
[3] Heidegger, *op. cit.*, p.111.

这句论断并不能准确概括荷尔德林的创作准则。海德格尔之后可能也意识到了这一点,他又为上述评论加了一条注释:

> 德意志的思想中有一种独有的绝对形而上学的无条件主体性原则,谢林和黑格尔都曾阐释过,根据这一原则,精神自身的存在首先要求向自我的返回,而这种返回又首先要求精神在自我之外的存在。(荷尔德林提出的这些诗学原则)在多大的程度上来源于这一原则,而以上这些对形而上学的提示,在它揭示了"准确的历史关系"的前提下,又在多大程度上提示而非掩盖了诗学的法则,这些都是我们应当思考的问题。[1]

实际上,正如谢林和黑格尔所说,精神这种离开又回归自我的位移运动,正是古典主义的构建法则的思辨性的再表达,F. 施莱格尔也提过这一点:自我只有借由经验才能触及自身,而经验就是"异的考验"。这个经验可能是个旅行(Reise),就像海因里希·冯·奥夫特丁根的浪漫主义旅行一样,在这个旅行的终点处,自我和他者发现了各自的诗学身份;也可能是威廉·迈斯特所经历过的学习岁月,他在其中慢慢地摆脱了无限的苦恼,发现了庸常存在的孤独感,并逐渐体悟到了自我限制、远离魔鬼的诱惑的好处。

---

[1] *Ibid.*, p.114.

但以上两种法则都不适用于荷尔德林的思想：后者更为复杂，已经完全摧毁了"构建"中简单的示意图。它既不是对无限的学习，也不是对有限的学习。它的深度更深，风险也更大。一方面，朝向自我和朝向他者的运动并不是两个在时间上交替发生的运动，后者并非是前者的前提条件。在《漫游》(*Migration*)一诗中，荷尔德林就一并歌颂了异的考验和对自我的留恋：

> 幸运的施瓦本，啊！母亲！
> 你和你那位更加漂亮的姐妹
> 伦巴第一样
> 有上百条河流将你灌溉！
> ……因为你住在
> 临近故乡的地方
> ……因而
> 你本性忠贞。因为住得
> 靠近本初源头的生命都很难
> 离开故土。你的孩子，那些
> 城市，不管是靠近那个苍茫遥远的大湖
> 还是临近内卡河畔的牧场，或是莱茵河畔；
> 每个人都说，没有旁的地方，
> 能是比你更美的家园。
> 但是我，我想要去高加索！……

但在数行诗之后,刚刚赞颂过"荷马的故土",荷尔德林又宣称:

> 可是我并不想滞留在那里。
> 我的母亲,我曾想要逃离你,
> 你冷酷,沉默寡言而又难以征服。[1]

在《独一》(*L'Unique*)这首诗的初稿中,诗人又提起了这种对他者的爱,这种爱有着取代对自我的爱的倾向:

> 那是什么,
> 在幸福的古典的河岸,
> 留住了我的步伐,让我对它们
> 有着比对祖国更多的爱?[2]

但是,还有另外一些诗,却把祖国当作诗人自我的财富来称颂:

> 我的语言
> 就是祖国的话语。别人

---

[1] *Œuvres*, pp.846-848.
[2] *Ibid.*, p.848.

不要把我妒忌。[1]

然而奇怪的是,这个祖国却往往难以接近,至少难以被自由地使用:

> 有一天我去问缪斯,她
> 回答我说:
> 最终你会抓住它的。
> 没有凡人可以捕捉到它。
> ……
> 月桂树一样的禁果,然而,
> 这却是祖国。[2]

相较于其他的诗作,《谟涅摩叙涅》(*Mnémosyne*)更清楚地表达了对异者的爱中隐藏的危险,只有对"祖国"的爱才能帮助我们规避这种风险:

> 我们是符号,没有意义,
> 任何痛苦都可以让我们湮灭,而我们几乎
> 已经在异邦丢掉了自己的语言。
> ……

---

[1] *Ibid.*, p.933.
[2] *Ibid.*, p.895.

> 那我们爱的究竟是什么?一抹乍现的阳光
>
> 照在地上,留在我们的眼睛里,还有一片干燥的灰尘,
>
> 或是祖国丛林的绿荫……[1]

这首诗的最后,荷尔德林又提起了异国,但是后者却被描绘成了一片死亡的风景:

> 无花果树下的阿喀琉斯,我的阿喀琉斯
> 死了
> 临近海边的岩洞,
> 靠近斯卡曼德河的细流,
> 那里横陈着埃阿斯的尸体。

荷尔德林的诗里描绘了一种状态:自我与他者作为关系的两极,短兵相接,危机四伏。他者,是天上的火,可以毁掉一切过于靠近的东西;但是自我,或者说是祖国,也有吞噬他物的风险。无论是哪一种情况,只要二者没有做好区分,过于靠近对方,都可能会出现一场死亡性的融合。在《独一》的第三稿中,诗人就提及了这一危险:

> 是的,人们不停地叫喊,

---

[1] *Ibid.*, pp.879-880.

> 欢愉地叫喊,从故土脱离,让它
> 伤痕遍布,无法再停留在人世。[1]

所有的这些问题都在《面包和葡萄酒》(*Pain et vin*)的最后几稿中得到了概括:

> ……精神不在它自己的住所。
> 开始时如此,源流处也是如此。祖国吞噬了它,
> 精神热爱殖民地和那种勇敢的以往。
> 我们的鲜花和森林的绿荫让这个弱者
> 开心。它之前付出了灵魂,已濒临死亡。[2]

---

[1] *Ibid.*, p.866.
[2] *Ibid.*, p.1206. 在他对《追忆》(*Mémoire*)的诗评中(同前书,第118页),海德格尔提到了殖民地:"殖民地是他者,但是是一个能让我们想到自我的他者。"值得注意的是,在这首诗中,荷尔德林也引用了"殖民地"的意象。这里的殖民地所指代的既有古代"希腊的殖民地"(《恩培多克勒》(*Empédocle*)一剧的场景就是阿格里真托,是当时希腊人在意大利的殖民地),这些古典的殖民地就像"祖国母亲"的女儿;也有现代在"印第安大陆"的殖民地,这些殖民地连同它们的发现者哥伦布和达·伽马一起,成为荷尔德林晚期诗歌创作中的常见意象。但是,这些位于亚洲或美洲(包括旧的印度和新的"印第安"大陆)的生产香料的小岛上的殖民地,同"祖国母亲"之间常常有着一些不太一样的关系:祖国在它们身上得以延续,但是这些女儿却是混血的后代:现代的殖民地是自我与他者结合的处所,它是嫁给外国人的女儿。比方说,波尔多就是这样一个殖民港口,荷尔德林在那里停留的时候,就注意到了这一点。

此外,诗人所说的"印度"或"印第安大陆"与浪漫主义视角下的新旧印度并不相同:它们指代的是航海大发现背景下所(转下页)

此处的话语带着一种无法逾越的严谨感，表达了一种"精神"的双重法则：一方面，"祖国会吞噬它"；另一方面，"我们的森林的绿荫"又可以拯救它。它试着通过自身的运动，远离祖国致命且具有吞噬力的靠近，也想避开他者那灼人的光照。所以，如果说他者的考验帮助我们抵御了邪恶的祖国，那么对祖国的学习就可以让我们远离天火——也就是他者。这两种运动是不可分割的：诗歌的任务就是控制在对自我的体验和对他者的体验中内生的不平衡。荷尔德林在《帕特默斯》(Patmos)一诗中，已经很清楚地阐释了这种使命：

> 我们服侍过大地，我们的母亲，
> 不久前，还侍奉过太阳的光辉，
> 我们不知，世界之主，
> 慈爱一切的父亲，统领万物，他精心
> 照料文字，保护它坚实的质地，
> 让这种源远流长的存在，
> 可以传达最深远的意义。同样的还是德意志的赞歌。[1]

（接上页）展开的巨大的历史空间。新的殖民地得以建立，也因此产生了新的自我与他者之间的关系。在古希腊的殖民时代，类似的关系就已经成了文学主题，卡曼希的《卢西亚歌》(Lusiades)就是以此为题材的。这部作品在当时的德国很有影响，荷尔德林也可能是从中得到了灵感。再者，亚历山大·洪堡在美洲的旅行也代表了一种对现代殖民地的探索。

[1] Œuvres, p.780.

《梵蒂冈》中也有类似的词句：

> 保卫上帝他独有的
> 纯粹，这是赋予我们的使命，
> 千头万绪，只是为了
> 在赎罪，还有
> 在符号的使用上，
> 上帝不要给出任何审判。[1]

确立一种平衡，一种分寸，完成一个区分的任务。或者说，诗，还有歌，可以确立"持存的东西"(《追忆》)，建立一个分水岭。在这个分水岭的范畴之内，对自我和对他者的经验都能得到有效的控制。诗歌可以起到这种奠基的作用，因为它是语言，是文字，是符号，因为它可以留存，如荷尔德林所说：

> 在宙斯的统御之下，被区分开来的不仅是我们的土地和亡灵的世界，而且是要把那种一直对人类抱有敌意的冲动释放出来，让它冲向我们的土地，那也是一种一直在向着另一个世界移动的冲动。[2]

---

[1] *Ibid.*, p.915.
[2] *Remarques sur Œdipe et Antigone*, p.79.

诗把语言变为对话(Gespräch)，又把对话变为歌(Gesang)。它是一个斗争的场所，自我和他者在斗争中渐渐确立了彼此的界限。所以说，作为斗争的场所，作为分界线的确立者，语言是"最具危险性的财富之一"[1]，因为它本身也很可能会变成自我和他者的斗争的牺牲品。荷尔德林清楚地意识到这一点，他在《梵蒂冈》一诗中说：

> 土耳其人。还有熟悉各种书写的猫头鹰
> 就像一个喉咙嘶哑的女人，在城池的废墟中高谈阔论。所有
> 这些都是意义的守卫。但是通常，语言的混同
> 就像火灾一样爆发。[2]

---

[1] *Œuvres*, p.926.
[2] 同上，第915页。在荷尔德林住在图宾根时，他写了下面这则混和了拉丁语、德语和法语的断片：
Tende Strömfeld Simonetta.
Tenfen Amyklée Avero au fleuve
Vouga la famille Alencastro le
nom de là Amalasuntha Zentegon
Anathème Ardhingellus Sorbonne Célestin
Et Innocent ont le discours inter-
Rompu et lui nommé jardin
Botanique des évêques français-
Aloïsa Sigea *differentia vitae*
Urban e et rusticae Thermodon
un fleuve en Cappadoce Val-
telino Schönberg Scotus Schönberg Ténériffe
Sulaco　Venafro（转下页）

以上就是荷尔德林诗歌的大致主题,在这段诗中得到了简明扼要的显现,这同诗人的语言的运动也是完全对应的。荷尔德林的语言首先要接受外语(希腊语)的考验,然后又要在民族语言(德文以及它的方言源头)中接受考验。我们甚至可以说,语言需要同时进行"施瓦本化"和"希腊化",才能最终成为一门语言、一种故土的诗歌、一种归"民族国家"所有的制度。

在民族语言的游戏空间中,方言——至少就其潜能来说——是最能体现自我与"故土"的本质的语言形态。母语,或者说"民族语言"是方言的"女儿";但是,作为一种共同语言,它又有更大的视野,所以也是方言的"母亲"。一门语言同它的方言之间有着一种互动而又略有区分的关系;方言是这门语言的方言,只有在这门语言的范畴内它们才有含义,才是真正的方言。

但反而论之,共同语言也需要方言,不然它就会变得无限贫瘠,陷入"造化的空虚"中。方言,或者更宽泛意义上的方言的创造性,是语言的源泉,这一方面是因为所有的语

(接上页)　　Contrée
De l'Olympe　Weissbrunn en Basse-
Hongrie　Zamora　Yacca　Baccho
Imperiali　Gênes　Larissa en Syrie. (*Œuvres*, p.935)
这里荷尔德林用上了多种语言,本国与外国的地名也混合在一起。1805年,一位给荷尔德林做过检查的医生写道:"完全无法理解他到底说了些什么,好像是德语、希腊语和拉丁语的混合。"(*Œuvres*, XXVI)这显然是由他的精神分裂所导致的。

言都源自方言，另一方面是因为方言与语言紧密相连却仍有不同，它们终会成为支流，汇入民族语言的"江河"中。在语言力量的层面上，方言有它特有的表现力，它最接近于人类在尘世中的存在，最靠近于后者的"本土"生存现实。然而，只有在共同的语言中，它才能真正地展开它的表现力。因此，对于荷尔德林来说（就像对之后的G. M.霍普金斯而言一样），哪怕是部分地回归施瓦本语和德语的其他方言，都有助于对自我进行"自由"的学习，这里的自我是德语的自我，荷尔德林让它在自己的诗中获得了吟唱的机会。

然而，希腊化德文，就是要让德文接受他者的考验，而且还是最为异质的一门外语的考验，因为希腊文的身上，有着对"我们"而言最异质的东西，也就是"天火"，但是它却成为拥有着"朱诺式的朴素"的语言，一门有逻辑的理性的语言。

如果说荷尔德林只是纯粹且简单地将其诗歌语言"方言化"或者"希腊化"，他的诗歌语言的双重均衡性就必然会因此消失，那种区分自我和他者的力量也会崩塌：他的诗作也要么沦为一个地域性（或者说是伪地域性的）作品，要么变成一个希腊文和德文的混合品种。不管怎样，在文学领域中，这种例子都不在少数。但是诗歌的目的是区分，是连接，是分寸，它的原料只能是民族的共同语言，而真正的民族语言，必然是在它同方言、同他者的双重互动中做出了自我界定的，它"涵盖"了方言，却不会让后者窒息。某种意义上，我们之前引用过的巴赫金的理论，还有关于路德的论述,都提到过这种"双重界定",而后者又在这里重现了。通过与希腊语的"对话",还有对德语方言要素的"回归",诗歌帮助民族语言到达了它的本质,到达了位于外语和作为其源流的方言之间的平衡状态。[1]

在这种背景下,荷尔德林针对希腊诗人的翻译于每个层面上是服从这个大局观的。它为我们展现了他诗歌中德语的"希腊化"最多可以到达哪个极点。

同样,我们也可以说,这些翻译中使用了最"本土"的德语,使用后者是为了重现希腊语的表现力。所以说,哪怕是在词汇这个最基础的层面上,语言也经历了双向的运动。比如下面这句诗:

Was ist's, du scheinst ein rotes Wort zu färben

是从希腊文原本《安提戈涅》第 20 行极其忠实地译来的,忠实到甚至有些荒谬:

τί δ' ἔστι; δηλοῖς γάρ τι καλχαίνουσ' ἔπος

"καλχαίνα"原义是拥有绛红色的色彩,或者是有较暗的色调。从这个原义又引申出了转义:凄惨、被折磨等。其他的译者,比如马松,就把这句话译成了(他的翻译是完全

---

[1] 歌德就曾说过,对方言和外语要保持同样的距离。

符合词典释义的,事实上,在希腊语词典中,关于这个动词的此项引申义,使用的例子就是《安提戈涅》的第20行):

> 到底发生了什么?有什么话语在折磨你,这很明显。[1]

而荷尔德林却宁愿保留希腊语原词的第一条义项:

> 怎么了?你因为一个绛紫色的企图而忧郁。[2]

这里,对词句的忠实就意味着:翻译词语的第一条义项。

但是,另一方面,还有很多希腊文的词,荷尔德林是用中古高地德语和路德的德语来翻译的。"Ποζωνλςετα"被翻译成了"mit...der Füsse Tugend"(用脚的美德),而非"mit der Kraft der Füsse"(用脚的力量)。其中的原因不言自明,诗人会用"Tugend"这个词,是因为它的词源是和"taugen"(价值、有价值)这个动词有关系的。"Πουός"一般会译成"Mühsal"(痛楚),他却翻成了"Arbeit"(古德语中意为"工作、劳动")。"δέσποινα"本义为"Herrin"(情人),他却翻译成了中古高地德语中的同义词"Frau"

---

[1] *Antigone*, Les Belles Lettres, 1967.
[2] Trad. Lacoue-Labarthe, Bourgois, Paris, 1978.

(今天是"妻子"的意思)[1]。关于这种例子,祖夫布勒列了很长一个清单,证明了这其实是诗人有意识的翻译策略。这样,中世纪的德语与路德的《圣经》德语就被用来翻译品达和索福克勒斯。荷尔德林的这一决定并不单纯出自某种对"古"的膜拜,而是因为他想找回德语字词的表现力。

这是一场双重运动。其中,德语需要忠实地传递希腊文的表达法,它被一种外语强迫、强暴、改变,却也因此被丰富。在荷尔德林的翻译中,这种对于表达的忠诚并非仅仅停留在字词层面,在句法层面也有所表现,这令他的译文也蒙上了一层庄严而又粗暴的古典感。不过,需要强调的是,若想正确地理解这种忠诚,我们不仅要看到,荷尔德林忠实地再现了原文(他说的是"拥有绛紫色的色彩",而并非"被折磨"),更要看到他上溯了德语的词源学本源,回归了语言本身的质感和源头。由此,翻译也就成为两种古老语言的交汇、融合与碰撞,让他的翻译实践拥有了意义,也为诗人的语言观提供了佐证。然而,需要指出的是,如果仅仅是在这个例子当中,希腊文似乎还是占了上风,生硬地闯入了德语中,就好像正在计划着如何"区分"自我和他者的荷尔德林,在做着"回归故乡"的美梦的时候,突然闯入了那片满是危险的禁区,被语言间并不明显的分界线和语言间的混乱束缚住了。

然而,这场运动还可以进一步复杂化,通过以下手段来

---

[1] Zuberbühler, *op. cit.*, pp.18-21.

重掌局势:很多时候,都是原文,包括它的语言和内容,被译者强暴了。这里的"强暴"是一种准确意义上的,是翻译中内生的趋向之一,而荷尔德林则认为应该一早就规避这种风险:

> 希腊艺术对我们而言就是异者。文化中有许多对希腊文化本质的崇奉和一些对其自我缺陷的更正。与前人相比,我想要对此做一个更生动的展示,让其中一直遭到希腊人否认的东方元素被更清晰地表露出来,改善它的艺术缺陷。[1]

翻译的任务就是揭露原文中的本质要素,即"东方元素"。对此,让·波弗雷特(Jean Beautfret)曾发表过如下见解:

> 对索福克勒斯的作品进行东方化,就是说要让它在现代读者的眼中显得更热忱。与希腊人相反,现代读者更擅长表现出对他种文化的离心式的热情。[2]

但是,现实并非如此简单,荷尔德林几个月之后又给出版商寄了一封信。信中说:

---

[1] *Remarques sur Œdipe et Antigone*, p.111.
[2] *Ibid.*, p.35.

我觉得自己所写作的一切都是背离了读者的离心式的热情的,却也因此贴近了古希腊文本的质朴。[1]

波弗雷特又补充评价道:

在译者试图保留古希腊文本那种无可模仿的质朴的情况下,东方化的努力反而可能会让原文本脱离其生长的环境。所以说,荷尔德林对原文的"改变"有着双重的意义,在这个复杂的视野下,他的译本和原文间的差距,不仅是一个叛徒的行径,也是一位当代诗人在面对希腊文原本时的神圣反应。[2]

所以说,这是一场另一种意义上的双重运动,一方面是翻译的"东方化";另一方面是对"简单性"的捕捉,也就是对"质朴"的捕捉。因着这种"质朴",原文才之所以为原文:

……在两个极端间的平衡,让·波弗雷特又说道,在无形式(Unförmliches)和过度注重形式(Allzuförmliches)间的平衡,也是在无节制的喷发和对形式的过度尊敬间的平衡。[3]

---

[1] *Ibid.*, p.35.
[2] *Ibid.*, p.37.
[3] *Ibid.*, p.39.

在这个视角下，荷尔德林将"καλχαίνουσ᾽ ἔπος"译为"ein rotes Wort zu fäben"，就已经成功地表现出了这段安提戈涅的话中所包含的"突然的杀伤力"（tödtendfactische），他在《俄狄浦斯》和《安提戈涅》的译注中就曾表明过这一点[1]。也正是这样，就如同他在德文中一样，诗人成功地回到了作品原初的文字状态。或者说，诗人对文字的忠实翻译让他回到了最初的文字性中，这是一次抛物线一般的位移：在那个原作忽而掩饰其文字性、忽而否定其文字性的地带，他对原文的文字进行了最终的重塑。其实，原作并不是一个木讷的既定存在，而是一个斗争的空间，斗争在所有的层级上都存在。至于这场斗争，荷尔德林认为它是在"悲怆性"和"朴素性"之间展开的，也是在"无形式"和"过度重视形式"之间进行的。翻译重现了这场斗争，甚至重新挑起了争端，但却改变了斗争的叙事方式：如果说索福克勒斯是从天火行进到了"朱诺式的朴素"（希腊人的轨迹），那么现代的翻译遵循的就是一条相反的轨迹，从朴素前往至"天空之火"（现代西方文明的轨迹）。但是这个过程中也同样表现出了节制：译者仍然试图"贴近古希腊文本的质朴"。索福克勒斯虽然否定了天火，也因此否定了他自我中存在的东方性，但这并不是一种全盘的否定；相应地，译者

---

[1] *Ibid.*, p.80. 无论是对于德语字词还是诗歌，遵循的轨迹都是从引申义回归到希腊语的本义、字面义。在拉古-拉巴尔特所译的《安提戈涅》中也有许多类似的例子。

在他的译作中,也只是在一定程度上否认了那种质朴性。

某种意义上,可以说荷尔德林也对希腊文化做出了自己的"阐释",并据此对索福克勒斯进行了改写。《安提戈涅》中有一段是关于达那厄的,说到她沐浴在金雨之下,怀上了宙斯的孩子:

> 从宙斯那里,她保留了金雨中的种子。[1](Et de Zeus elle entretenait la semence en pluie d'or.)

而荷尔德林是这样翻译的:

> 她为时间之父(Elle comptait au père du temps)
> 细数金色的钟点(Les coups de l'heure au timbre d'or)

诗人成功地用一种令人惊叹而又脱离常规的方式,将客观的文字性和主观的创造性统一了起来。当然,所有的翻译都来自对原文的阅读,荷尔德林的译介同样也受到了他本人的诗歌观与希腊观的影响。但是,阐释这一概念似乎还不足以表达译者在阅读中所做的工作。所有的阐释同时也是主体对意义的重新构建。这个二次构建的基础是什么?是主体的

---

[1] Trad. Mazon, *op. cit.*: «Elle avait à veiller sur le fruit de Zeus né de la pluie d'or» (p.108). 亦可参见波弗雷特在 *Remarques*, pp.36-37 中对此进行的讨论。荷尔德林这样解释他改写的动机:"为了更贴近(达那厄)在我们心目中的形象。"(同上,第75页)

视野，是他的"视角"。视角同样也是一种现实。但当我们阅读一部作品时，不仅仅是阐释。在阐释之前及之后，还有对作品的纯粹的理解，歌德在《诗与真》中就曾用很长的篇幅描写过这种理解的"本质"。它的"本质"是辐射性的，可以照亮主体的视角。在这个意义上，荷尔德林的希腊观并不是阐释；它是一种发生在阐释之前的经验。这种经验是如此正确，以至于自荷尔德林之后，所有研究古希腊的学者——无论他们是如何具体进行表述的——都接近了同一个现实。

事情还未结束。这个经验发生在阐释之前，让阐释变成了主观的臆断。那么，它又是从何而来呢？此处需要给出回答：来自作为阅读的翻译中。若是没有这一基础的话，我们就只能说荷尔德林在翻译的时候，是临时堆砌了一个关于希腊艺术、关于悲剧的理论了。但事实上，他的希腊观与悲剧观则是部分地来源于他作为诗人的经验，又部分地来自他作为译者的经验。只有译者（而不是普通的读者，哪怕他的确做出了批评式的阅读）才能感受到原作中被否认的究竟是什么，因为只有翻译的运动才能揭示原作中存在的斗争，并揭示是什么将原作从斗争中带到了一个平衡状态。瓦莱里曾预感到这一点：

> 翻译的时候，我们总要试着找到与原文相近似的形式，这让我们不可避免地去试着追寻原作者的足迹。但这并不是说我们要从另一个文本中再造一个文本，而是

要借着另一个文本,回溯到它形成时的虚拟时代。[1]

翻译让译者同原文本之间建立起一种深入的关系,可以回溯后者发生的时代,而荷尔德林所做的一切改正和改写都是基于这种关系,这种只有在翻译中才成为可能的关系。这就是为什么这些改写并非译者武断的决定,也不属于阐释的范畴;我们最多只能说,基于同样的关系,可能会存在其他的翻译,导向与此不同的结果。在这个层面上,荷尔德林触及了翻译本质上的一种可能性,甚至是一种必要性,并用严谨的方式对它们进行了梳理。由于"翻译可以回溯到作品形成时的虚拟时代",所以相较于其他文字实践形式,它与作品之间的关系不仅特殊,而且更深入、更"负责";它可以展示出作品中最本初的东西(矛盾的是,它同样也可以在译文中掩盖这一点),这也说明了它与作品间的关系也是一种暴力关系:对于被掩盖的事物的揭露,本身就是一种暴力。这种翻译的暴力,让我们再次回想起了语言间相互的界定和混合,后者同样也是充满暴力的。混合并非和平的吸纳,性与暴力的意象也会压倒赫尔德同歌德笔下的花园与文化的图像。关于这一点,荷尔德林在下列关于悲剧本质的段落中已经有了精彩的描述:

悲剧的表现主要基于一种无可忍受的状态:神与人

---

[1] In: *After Babel*, p.346.

如何交配，又如何因此失去了彼此间的界限，并因此导致了自然的洪荒之力和人的暴躁在狂怒中结合为一，从而领会到，只有无限的分离才能净化这种无尽的融合。……一切都是反对话语的话语，双方都要彼此互为扬弃。[1]

翻译是这样一个场所：节制与无节制在此短兵相接，交融和区分在这里乱作一团——它是一个危险的处所（语言混杂的所在），也是一个可以互为滋养的所在。诗歌也是这样一个场所，所以翻译是一种诗学行为：但这并不意味着就像浪漫派所说的那样，诗歌是一种翻译，虽然它的确有着超验的一面；而是说翻译从属于区分性的诗歌空间，一个既让语言可以混合，又让它们互为区分的空间。荷尔德林的翻译是历史性的，因为自路德之后，翻译行为首次进驻到了这个语言和文化互相界定的空间中。表面上看来，荷尔德林的翻译同路德是背道而驰的——它们一个朝向希腊化，一个朝向日耳曼化——但它们却有着相同的本质，荷尔德林的实践中有着一种隐秘的日耳曼化，而路德的日耳曼化却让他的译本同《圣经》的话语之间发生了一种相较拉丁文译本更为紧密、更为口语化的关系。罗森茨威格将荷尔德林的译本称为历史性的译作，它具备"历史性"，就是因为它与原作和源语言之间存在着融合—区分的关系。

---

[1] *Remarques sur Œdipe et Antigone*, p.63.

有鉴于这种历史性，荷尔德林的译著呈现出了两个面向：一方面，它延续了前人的做法，植根在路德所开辟的传统之中；另一方面，它参与构建了现代西方翻译的游戏空间。它再一次为我们揭示了任何翻译在初始时都必须面临的两个选择：1）要么听从译入语文化的命令。自圣哲罗姆到尼采，一直都有吸收和削减异者的传统。2）要么利用翻译在两者之间的优势，对这些文化传统奋起反抗，并因此成为一个创造性的活动。潘维茨就曾说过，一旦这种反抗上升到了意识的高度，它就可以成为现代翻译的本质。但是，这种现代性与耶拿浪漫派所说的现代性是有本质区别的，并不是那种独白性的诗歌—翻译。[1]现在我们就选取几个20世纪的翻译作为范例，理解一下什么叫作"现代性"，而这些翻译同荷尔德林都是一脉相承的。

第一个例子就是克罗索斯基（Klossowski）翻译的《埃涅阿斯纪》。[2]从译本的一开始，读者就会惊讶于译者对法语句法做出的改变：克罗索斯基忠实地再现了拉丁文的句法，把它强加在法文版之中，因此让读者有了一个奇异的经

---

[1] 在现代性的视野下，诗歌的本质应当是这样的：在"本土"与"他者"的双重关系中，诗歌打开了一个区分性的空间。这并非荷尔德林的独创，我们也曾说过，G. M. 霍普金斯也有类似的见解。这样，诗歌就成了对话，它的内在自然也是自然语言。但是，自然语言的空间同样也是多种语言并存的空间，是巴别塔的空间。但是，由于现代诗歌同浪漫主义之间有着密切的源流关系，所以它很难进入上述空间。诗歌翻译也遭遇了相同的困境。

[2] Virgile, *L'Énéide*, trad. P. Klossowski, Gallimard, Paris, 1964.

历。当然,就像潘维茨所希望的那样,这是一种拉丁化的法语,但是,这种所谓的拉丁化,却切切实实地带来了一系列的呈现。首先,被呈现的是维吉尔的史诗,它连同它"形成"时的年代一起出现。这就是歌德所说的翻译可以让作品重现青春。但是,如果翻译没有如此精准地再现原文的文字,读者就无法触及原作的真实及其史诗般的笔触:

> 维吉尔的史诗就是一座剧场。其中,文字模仿着动作。……是文字有了态度,而不是演员的躯体;是文字互相编织,而不是服饰;是文字在闪光,而不是盔甲。……这就是为什么我们要不顾一切地去触碰原文的文本质地。[1]

但翻译还有更大的作用。在某种相互的反射之下(又是歌德所说的 Spiegelung!),两种语言投入长久的角力中,得以呈现自身的极限状态:无论是法语中的拉丁语(翻译的第一张面孔),还是吸纳了拉丁语的法语(翻译的第二张面孔),它们都变成了更加纯粹的拉丁语或者法语。读者只要愿意去追随克罗索斯基的翻译运动,就会很明显地意识到法语在他的笔下经历了变形,但这种变形不是拉丁语同法语的简单混合,而是变身成一门新的语言,一种更加年轻、更加新颖,甚至掌握了之前不曾有过的能力的

---

[1] *Ibid.*, intr. de Klossowski, pp. XI et XII.

语言。这是一种语言的交合，但是语言在混合的过程中，也体现了它们纯粹的差异。一边是法文，一边是拉丁文，它们交汇在翻译的空间中，也只有在翻译的空间中才能实现这一点。

很明显，若是在翻译以外的空间发生这种交汇，就会有很大的隐患，因为可能会导致语言间关系的失衡。[1] 这种失衡的关系可能会抹杀语言间的区别，让劣势语言，或者说"被统治的语言"彻底失掉自身的特色。但是，翻译的意义就是一种深入的平等主义。歌德已经预感到了这一点，荷尔德林将之变为现实，却也在最大限度上展示了其内生的风险：将语言（自我的语言或者是广义上的语言活动）失落在"他者的国度"。

然而，这种"文字性"翻译（我们一时找不到更好的词汇来指代此类翻译）却无法被转化为一种典范，或者说是一种真正的"方法论"。它已经超出了一切"阐释"的范畴，也超出了一切方法论的范畴。罗森茨威格曾说过，它

---

[1] 最清楚的例子就是有很多现代的译本，甚至是非技术性或外交性的译本，虽然表面上是用法语、西班牙语、德语等语言"书写"的，却像来自一个糟糕的英语的糟糕的转译。英语才是这些译本至高无上的主人，它们也应当被重新译成英文。这是"语言的混乱"，一场"真正的灾难"，是语言的交汇的反面。当一种语言以绝对的优势姿态侵入他者，当它愿意做出自我改变以便成为一种"世界语言"，这就已经是一场语言毁灭的先兆了。与之相反，语言间真正的交汇应该是颇有启发意义的：在法语世界里，最好的范例就是克里奥尔语，这是全新的、丰富的语言，在撒哈拉以南的非洲得到了逐步的发展。

总是发生在某些特定的历史文化时刻。它来自语言、文化和文学深层的需求,正是这种在历史中可感的需求,让它摆脱了个人实验的武断性(在《巴别塔之后》一书中,斯坦纳曾提到类似的情况曾在翻译史上多次发生)。荷尔德林的翻译超越了他的时代,却也有其历史动机。克洛索斯基的翻译亦是如此。与之对应的,是我们的文化遭遇的危机,是它的种族中心论的动摇。这是一场同时发生在意识形态、文化、文学以及诗学等层面的危机,我们现在就要看到它最终的后果。但是,这并不是说所有的翻译都应当忠实于"文字",因为只有对于某类特殊的作品,这种翻译才有意义,而这些作品又通常与它们的语言有着特殊的关系,所以才需要一种由文字性翻译所带来的区分性的交合。克洛索斯基翻译的《埃涅阿斯纪》就是最好的例子。同样的作品还包括《圣经》、古希腊的文学艺术作品、东方乃至远东的文学创作,以及一部分西方名著。不过,如果我们对亨利·詹姆斯的作品进行英文化的翻译,那就没有什么意义了。这并不是说我们要将詹姆斯的作品法国化,而是要换一种翻译手段。[1]

对于这个问题,我们还无法提供成熟的思考。长期以

---

[1] 翻译中或许还要借助心理分析和文本分析的帮助。之前对于波德莱尔翻译的爱伦·坡,虽然这已是翻译史上的经典,可是拉康还是给出了他的修改建议:波德莱尔的翻译完全从属于浪漫主义思潮,它抹杀了坡的原作中语言符号复杂的象征意味。(*Écrits*, Le Seuil, Paris, 1966, p.33.)

来，对翻译的思索都进入了一个实证主义的陷阱，大部分的译者都认为翻译是一种直觉活动，每部书的翻译都互有区别，翻译无法进行理论化……但是我们也不能操之过急，快速地建立一种翻译理论。在这个层面上，荷尔德林是一位真正的先驱，他用自己不乏激烈的实践，为我们说明了这样一个道理：虽然翻译活动千差万别，令人困惑，但是对翻译行为进行广泛而又深入的思考，显然是有必要的。[1]

---

[1] 1982年，卡尔·莱因哈特（Karl Reinhardt）在 *PoEsie* 23, (Paris) 中，发表了题为《荷尔德林和索福克勒斯》（*Hölderlin et Sophocle*）的文章。他很好地概括了荷尔德林翻译实践的意义："荷尔德林的翻译不同于其他对希腊文本的翻译，甚至也不同于广义上的翻译。……对于诗人来说，翻译就意味着让一个从未出声的声音发言。这个声音之前一直保持沉默，是因为之前所有存在过的人文主义都有缺陷：巴洛克、洛可可还有古典主义……"（第21页）之后，他又提到荷尔德林的"翻译中存在着粗鲁且无节制的对文字的忠实"，另外还有"常见的、谜一般的对希腊文原文本的改写"（同上）。"对于古典的语言纯粹主义者来说，再好的希腊文也不够希腊文，但是荷尔德林却独辟蹊径，他要强调希腊文文本中不够希腊的元素，也就是'东方元素'。"（第24页）关于这些对原文的改写，他认为荷尔德林"毫无顾忌，把希腊诸神的名字都改成了德语中通行的叫法。他的诗学是拉丁诗学，但是他却意识到了这种诗学的东方源流，这就帮助他超越了希腊人'民族性上的因循守旧'。如果他不这样做的话，宙斯、珀耳塞福涅、阿瑞斯、厄洛斯等就会成为墨守成规的诗学语言的囚徒，而那些读者的拉丁语的耳朵也不会感到他们应该感受到的触动"（同上）。所以荷尔德林才把宙斯译成了"时间之父"（同上）。除去对希腊文语词古义的回归之外，这些对神祇姓名的改造也成为荷尔德林翻译中的另外一个面向，帮助他强化了原诗中的"东方"元素。但其实，无论是粗鲁无节制的对文字的忠实，还是奇怪的对原文的改写，都是为了同一个目的。这两种情况下，译者都是为了强化。在我们看来，"强化"（德里达也曾在别的情境下说过"好的翻译就一定会滥用"）（转下页）

（接上页）就是荷尔德林明确地赋予西方翻译的任务。它为"文字性"构建了生存空间，但是这种文字性更多的是在逻辑句法层面的，与卑躬屈膝的逐字移译有本质的区别。也是因为"强化"，翻译才能够允许一定程度的改写，如果没有改写，翻译就无法摆脱跨文本的审美变化。也是它，强势地破门而入，把原作品连同其全部的相异性，都带到了我们所在的地点；同时，也让原作品回归了自身，就像歌德曾说过的一样。因为所有的作品，如果一直留在它生长的土壤上，就会越来越远离自身。这就是"故乡"所可能带来的隐患。"异域的考验"同时也同作为作品的作品有关。作品越是同自己的语言文化关系密切，对它的翻译就越有可能带来丰硕的成果，不管是对我们，还是对它。当然，风险也会相应地增大。

但是"强化"只不过是其中的一个原则，荷尔德林还为其配备了另一个对应的原则，也就是"朱诺式的和西方式的朴素"。它只有在朴素的空间中，才是一种滥用，一种破门而入。朴素为原作重新蒙上面纱，而强化则会掀开原作的面纱。这两种原则间的平衡就是克罗索斯基的《埃涅阿斯纪》译本成功的诀窍，也是将对文字的忠诚和逐字翻译区别开来的关键。

"强化"和"朴素"，深化这两个原则，就是现代翻译理论的任务。

结　论

I. 翻译的考古学

所有的结论都是为了重新回顾在序言中就设定过的、分析过的、梳理过的道路，但最终的回顾总是会同我们最初的预告有部分不同。本书的目的是分析德国浪漫主义者的翻译理论，理论框架一共有二：一是浪漫派的理论观点和创作计划，二是同时代其他人的思想，其中既包括赫尔德、歌德、施莱尔马赫、洪堡的思想，他们的思想都是围绕"构建"活动的，也包括荷尔德林的观点，虽然这位诗人的论述已远远超出之前所有人的理论框架和整个时代的范畴。我们还试着指出了自路德开始，德国的翻译传统是如何试着同法国的古典主义文化相区分的，而后者显然并不以翻译作为发展壮大的手段。

随后，我们还看到，德国古典主义和浪漫主义时期的翻译思想是西方现代所有翻译流派的发源地：奈瓦尔、波德莱尔、马拉美、格里高利、本雅明等人践行的诗学翻译显然源自《雅典娜神殿》中的观点，而20世纪德国兴起的对古典名著的重译运动又与洪堡和施莱尔马赫有着承继关系。荷尔德林的翻译则开辟了西方翻译的一个新时代，虽然这个时代目前尚在起步阶段。

在这个意义上，我们之前所做的工作堪称是一部欧洲翻译的考古学，虽然我们的着眼点仅限于19世纪上半叶这一关键时期。这种考古学显然也属于对翻译本身的思考的范畴，它既是历史性的，也是理论性的，更是文化性的，同翻译实践也有着不可分割的关系。耶拿浪漫派曾说过，批评应成为一门科学，或是一种艺术，而在我们看来，这是翻译在现代的必然宿命。但是它要迈出的第一步，却是要显现、宣示自己的存在。两个世纪以来，文学不断地拥有自己的宣言，翻译却一直处于一种无宣言的状态。"消失就是我重新绽放的方式。"诗人、翻译家雅各泰（Philippe Jaccottet）曾如是说。[1] 是的，有史以来，翻译就是一种被掩盖、被驱逐的活动，驱逐它的人中，甚至还包括它的实践者和受益者。从这个角度来看，古典浪漫主义时期的德国是一个绝无仅有的例外，它对翻译的忠诚值得我们思考。但是，不管其时的文化与翻译之间有着多么紧密的关系，我们都不得不承认，

---

[1] 关于这种翻译的自我消失，马修斯·克劳迪乌斯（Matthias Claudius）曾用一个颇有悲剧感的句子来描述："翻译的人终会被吞没。"翻译的王国是一个阴影的过度。A. W. 施莱尔马赫曾为蒂克（Tieck）的翻译写过一个后记。与同时代的批评或文学宣言相比，这篇后记的口吻异常谦逊。

这个时代并未能给我们奉献一个真正的翻译理论，而仅仅是一些思考的断片。诚然，歌德、荷尔德林、耶拿浪漫派和洪堡都对此有相关论述；20世纪初期，本雅明、莎德瓦尔德、罗森茨威格也已预感到这些论述会成为未来的翻译理论的最基本的"原材料"。但是，这些"原材料"揭示的主要是翻译的诗学面向和文化面向，在20世纪的今天，我们需要在现今的视野中，依托我们自身的经验，对它们进行重新的思索。

事实上，翻译作为一个问题（与语言活动和语言相关联的问题），在20世纪得到了多方面的拓展。

首先要提及的就是对名著的重译。这些作品对整个西方文化都起到了奠基作用：第一位的当然是《圣经》，还有古希腊的诗歌与哲学、古罗马诗歌，以及现代文学的几部开山之作（但丁、莎士比亚、拉伯雷、塞万提斯等）。当然，所有的翻译都会衰老，这也是所有的世界文学名著译本的必然命运，也是它们必须要被不断重译的原因。但在20世纪的背景下，重译行为更多地被赋予了一种历史和文化意义：它能为我们重新打开通往作品的大门，而岁月的流逝又往往让他们的触动性和感召力饱受侵蚀（太多的光辉总会产生阴影，太多的光环总会导致疲惫）。此外，随着时代的变迁，社会的思想意识也在变化，对名著的解读各个时代也大有不同。我们曾提到，当前对于古希腊文本的认识、对《圣经·旧约》的解读还有对莎士比亚的阐释已经同古典主义时代、文艺复兴时代和浪漫主义时代大相径庭。所以说，要想重新打开朝向这些历史经典的通路,就需要翻译、阐释学和哲学三个领域的通力合作。这一点在《圣经》的翻译中表现得尤为明显:我们可以想想布伯(Buber)、罗森茨威格和梅肖尼克(Meschonnic)的例子。或者只要想一想海德格尔对希腊哲学的重新解读,我们就能明白思考的任务已然变成了翻译的任务。对《圣经》的阐释离不开对《圣经》的重译,而海德格尔及其弟子对希腊哲学的读解也必然要依靠希腊作品面向我们的重译以及我们向希腊作品的靠拢,用海德格尔的话来说,就是"对希腊话语的重新聆听"。值得注意的是,现在翻译已经成为哲学活动不可分割的一部分(不仅在德国,在其他国家也是如此),这一点也在文化领域引发了巨大的影响。我们只想强调一点,那就是翻译在 20 世纪成为一个思考的要点,被认为是巨大的助力,尤其是在对西方宗教和哲学传统的重新解读上面。从这个视角来看,翻译的历史本质正在逐步地得到承认。在《理性的原则》一书中,海德格尔谈到了哲学史上那些重要的翻译:

> 在它们的时代来临的时候,这些翻译都传播(überstragen)了某部特定的思想或诗学作品……在这种情况下,翻译不仅是一种阐释(Auslegung),也是一种传统(Uberlieferung)。作为翻译,它参与到了历史最隐秘的过程中。[1]

---

[1] In Störig, *op. cit.*, p.370.

但是在我们的世纪，翻译的关注点不仅仅局限于对哲学的启迪和对宗教思想的了解。在人文学科领域，我们也不难发现翻译的身影，具体来说包括精神分析、人种学和语言学等领域。

精神分析与翻译之间有着非常复杂的关系，我们此处并不妄图衡量这种关系的重要性。众所周知，弗洛伊德刚被译介到法国的时候，当时的译本根本无法重现这位心理学家在思想上和术语上的独创性。后来还是得益于拉康的努力：他拿出了海德格尔在对待古希腊文本时的态度，重新地阅读和翻译了弗洛伊德的著作，让我们得以了解心理分析的专有词汇（Trib- 欲望、Anlehnung- 模仿、Verneinung- 否认、Verwerfung- 拒斥），并进一步领略到弗氏语言的曲折幽微，还有他文中所用意象之形象。此处，我们可以看到翻译（重译）已成为思维活动中的重要一环，是我们通向真正的思想的指路明灯。但是，还必须指出，心理分析这一学科同翻译之间应当本来就有深入的联系，因为同翻译一样，它所要探究的，就是人类同语言活动、各个语言还有母语之间的关系，而且探究的方式同传统方法有本质区别。与对语言的探究相随而来的通常还有对作品和书写的重新思考，我们对作品的认知通常也会因此而改变，并最终促进文学的转折。此外，拉康、马诺尼（O. Mannoni）、亚伯拉罕与特罗克（Torok）针对翻译也有零散评论，我们可以对此进行拓展，让这些话语成为关于翻译行为的某种意识，并加深我们对翻译过程的了解。我们或许还可以进一步地理解译者的翻译行为，明白他作为一个个人，是如何在翻译冲动的驱使下，代表整个译入语文化空间同作品及其所在的源语空间进行对话的。这也可以让我们更准确地定义作品的可译性这一概念。勒南（Renan）曾说：

> 一部还未经翻译的作品只能算是出版了一半。[1]

但究其本源，翻译究竟可以填补怎样的一片空白？它能够揭示原作所隐藏的哪一个面向，能够展现其中何种不为人知的内容？如果说我们想脱离浪漫派所说的"强化"的范畴，想要深化歌德所说的让作品重焕青春的"反射"概念，我们就必然需要一个建立在分析之上的作品及翻译理论。

至于人种学，它也以自己的方式遇到了语言、文化以及翻译的问题。它本身就是一种关于他者的话语（甚至是最异者的话语："原始人"），所以也是一种翻译，同样遇到了施莱尔马赫所说的两难困境：把读者移动到他者面前，或者是把他者带到作者面前。毋庸置疑的是，人种学领域的许多观点，比如克拉斯特（Clastres）[2]或若兰（Jaulin）的观点，都可以帮助现代译者抵御种族中心主义倾向（这是一场永远不

---

[1] *Ibid.*, p.Ⅷ.
[2] Clastres, *Le Grand Parler*, Le Seuil, Paris, 1974, p.15："翻译瓜拉尼语，也是把它重新译为瓜拉尼语。……对文字忠诚，以便保留其中的精神。"

会完结的战争)。本质上来看,人种学的书写完全可以成为一种翻译:我们只需想一下克拉斯特所写的《大方言》(*Le Grand Parler*)或者 J. -M. 阿格达斯(J. -M. Argueclas)翻译的克丘亚诗歌(poésies quéchuas)。

最后是语言学(还需补充英美国家分析哲学中关于语言问题的研究),它同样将翻译当作语言活动中内生的现象。雅各布森有篇著名的文章,题为《论翻译中的语言学问题》,其中有这样一段:

> 在差异中寻求同一性,是语言活动中最重要的问题,也是语言学研究的中心对象。语言学家同其他的语言信息接收者一样,他也是信息的阐释者。语言科学若想分析语言的样本,同样也需要将其翻译为其他的符号,这些符号可能与样本属于同样的语言系统,也可能属于相异的系统。每当我们比较两种语言时,就不由得想起它们彼此之间是否可译;语言间的交流现象,包括其中的翻译活动,都应当成为语言科学长期的关注对象。[1]

值得注意的是,雅各布森依托翻译,一次性定义了语言学的研究对象(语言活动和它"异中求同"的过程)和研究方法。这里的翻译再一次变成了广义上的翻译:

---

[1] *Essais de linguistique générale*, Points-Seuil, Paris, 1978, p.80.

结 论

  无论是对于语言学家,还是普通的语言使用者,一个字词的含义只有通过其他字词的翻译才能显现出来。经由这种翻译,它的"含义会更加地全面",皮尔斯已经教会了我们这一点。一共存在三种对语言符号的阐释方法:用同种语言的其他符号翻译,用另一种语言翻译,或者是用非语言的符号系统来翻译。[1]

这是一种广义上的翻译观,雅各布森认为其中包含了三种类型的翻译:"重述"(语内翻译),"通常意义上的翻译"(语际翻译)和"转化"(语符翻译)。《在论翻译中的语言学问题》一文中,他试着定义翻译那种不可捉摸的本质,并提到了浪漫派所说的语言的"反射结构":

  说一种语言的能力也代表着谈论这种语言的能力。[2]

在雅各布森的笔下,就像诺瓦利斯所说的一样(虽然此处的"重述"一词并没有思辨的意味),反思性和可译性再

---

[1] *Ibid.*, p.79. 雅各布森说,一个符号一旦被另外的符号翻译过了,它的含义就会更加全面,这难道不是与浪漫派所说的"强化"不谋而合吗?现在语言学认为诗歌是不可译的,但是,我们难道不应该想到,这种不可译性揭露的不只是语言的缺陷,还有翻译活动的积极性吗?翻译活动中的获得与损失、消耗与发展,真的是存在于同一个层面上的吗?这些都是值得我们深思的问题。

[2] *Ibid.*

一次联系到了一起。

当然,语言学是一门"科学",它其中囊括的许多知识都不同于我们的经验,就好比数学物理学一样异质;但它并非仅仅是一门科学。它表达了一种对语言活动的看法,一种人类与语言间的关系,虽然它并不像翻译一样是一种经验。从这个视角看来,翻译永远无法成为语言学、语文学、文学批评(虽然浪漫主义者一直这样认为)或阐释学的分支;虽然它与哲学、宗教、文学及诗歌之间都有着无可辩驳的关系,却是一种特殊的存在。它可以创造一门特殊的知识。只是说,翻译作为一种经验(以及它所生成的知识),可以同其他经验、其他实践、其他知识之间互相启发,互相改进。很明显,在20世纪的今天,语言学可以丰富我们对翻译的理解;反之亦然。雅各布森的语言学启发了诗人的思考,它同样也能启发译者的思考。巴西的阿洛多·德·坎波斯(Haroldo de Campos)就曾提倡过这种互动。[1]

在这个方面,埃兹拉·庞德(Ezra Pound)的翻译实践及其关于诗歌、批评还有翻译的思考显得尤为重要,或许我们可以将他的批评-翻译理论(criticism by translation)与浪漫主义的翻译观作一个比较。庞德的论述,连同梅肖尼克(Meschonnic)、《诗歌》杂志和《改变》杂志中的论述一起,

---

[1] Haroldo de Campos, *De la traduction comme création et comme critique*, in: *Change*, «Transformer, traduire», n°14, février 1973. 这篇文章探讨的就是翻译同文学创作、批评和语言学的关系。

都为我们揭示了20世纪诗歌翻译理论与实践的可能。

我们的目的并不是要对现存的有关翻译的全部理论尝试都做一个总结（这个总结显然也只能是扼要且片面的），而是要说明这样一个事实：在世界范围内，翻译领域都开始了去中心化和去系统化，虽然这种进步仍显迟缓，但是它的确渐渐成为一个独立的领域。关于翻译的很多问题都得到了（也是第一次得到）探讨。翻译并不是一个简单的中介性活动：这是一个我们与他者互动的过程。古典浪漫主义时期德国的思想家已经意识到了这一点，现在，翻译的作用再次得到强势凸显，甚至让我们重新审视传统的价值观和有关现代性的信念。我们需要大量的翻译，需要不停地经受翻译的考验；只有在上述考验中，我们才能战胜潜意识中的种族中心主义，对神秘而无从控制的他者保持开放的态度，事实上，他者一直都隐形在译文当中（哪怕我们付出再多的努力，原文在译入语中也必然会换一张面孔，让我们无法猜测出它最初的状态）；对于翻译的离心运动，我们可以有很多期待，比如母语的丰富，比如文学创造力的扩大；我们需要从各个层面上反思翻译的价值，将它同我们这个时代的其他反思联系起来[1]，不仅要反思它的本质，还要反思它的历史，尤其是它为什么要长期处在其他活动的阴影之中。以上这些就是

---

[1] 尤其是那些关于同他者文化对话的反思。这方面的突出代表有摩西农（Massignon）、贝尔克（Berque）和卡拉斯特（Clastres）。现代翻译应当是对话性的。

我们这个翻译时代的特质。

　　古典主义和浪漫主义时期德国的思想家们对翻译提出了诸多见解，更指出了翻译活动的文化、语言和思辨意义。从中我们不仅以各种形式获得了一些对我们如今仍有影响的理论，更是找到了一种对语言的意识和语言所处的状态，这种意识和状态同现今的情况相比，所受的威胁似乎要更小一些。

　　比如说，我们拒绝种族中心主义的翻译，是因为我们想要扩大语言的表现力。几个世纪以前，歌德和施莱格尔就已经对翻译抱有相同的期待，虽然说在今天看来，他们的视野有些过于狭窄。但是与此同时，还出现了另外一种现象，这种现象与现代语言的表现力（Sprachlichkeit）有关：用于交流的语言系统渐渐地丧失了它的厚度和表现力。我们可以看到口语表达创造性的流失、方言的衰亡、文学越来越深地陷入一个封闭的空间，再也不能真正地"象征"这个世界。语言状况的恶化（尤其是自然语言），是那个时代的通病。也是我们这个时代的通病。在《巴别塔之后》的末尾处，斯坦纳就曾指出过全球化的英语所面临的风险。这些危险广泛存在于所有语言之中，存在于我们的存在的各个层面。翻译也因此有了一个新的任务，或者说是更为独特的任务：它需要保护语言，保护语言间的关系，帮助它们抵御交际系统日渐严重的趋同话。在全球同一化的情况下，所有的归属感及相异性都正在面临危机。方言和地方土语已经越来越难觅踪影，民族语言遭遇平庸化，差异正在消失，一个所谓的无语言的模式逐步显现：英语就是被选中的小白鼠，或者说受害人。此种同一化甚至让机器翻译成为可能，各种各样的新式行话在民族语言里像癌症一样的扩散[1]——人类同语言间的关系已经发生了深刻的改变。重新打开朝向传统的通路；同其他语言建立起恰到好处、不卑不亢的关系，尤其是我们所说的"第三世界"的语言；利用我们语言中现存的资源，让它能够更好地适应对外开放的要求——虽然可能还存在其他的方式，但也全部都是我们应当为对抗同一化所作出的努力。而这也许就是现代翻译理论的本质：创立知识，重新激活语言的表现力；在这个语言巴别塔备受威胁的时代，坚守和维护语言的相异性。有趣的是，现在真正会对语言多样性构成威胁的，并不是世界语，这个人文主义的天真幻梦已经成为一场噩梦，而是那些不知所谓的专业行话。

西方的翻译史尚未写就。没有史学知识，我们就无法创设一种现代的翻译意识，所以我们要重新思考翻译的源起、分期和嬗变。希望本书可以走出翻译史学研究的第一步，为读者展示这段历史中最为有趣的章节之一。

---

[1] "在某个领域或阶层所通行的行话一直都是存在的，它们之前也构成了共同的民族语言的多样性，可是在今天，对它们的使用已经远远超过了必要的范畴。真正高雅的词汇很少被使用，人们总是在使用一些肤浅的行话；人们认识不到不同词汇的表现力，也无法准确地表达自己的思想。断句变得更加随意，大家不再将现实作为断句的标准。"（E. Martineau, La langue, création collective, in: *Poɛsie*, n°9, éd. Belin, Paris.）

II. 作为新的求知对象的翻译

翻译成为新的求知对象,这意味着两件事情。首先,翻译作为经验和操作,携带着对于语言、文学、文化和交流活动的独特认知。我们要展现并梳理这种认知,把它同其他相关领域的认知和经验相比对。在这个意义上,翻译不仅是知识的源泉,更是认知的主体。

其次,为了成为一门真正的"知识",这个知识需要获得一个确定的、近似于学科的形式,让自身在一个独立的研究和传播空间内能够得以全然地打开。这个领域就是所谓的"翻译学"(traductologie),当然,在这个名词出现之前还有许多其他不尽如人意的命名方式。但这并不意味着翻译学要成为一个仅仅面向某个独立的"区域"或"地带"的学科,因为翻译并不是一个独立的存在。实际上,作为知识空间的翻译学,必然要借助相近的学科话语的帮助,比如米歇尔·福柯的知识考古学、德里达的"语法学",还有贝达·阿勒曼(Beda Alemann)在德国发展出的"诗歌学"。翻译学不是"区域性"的学问,它要从其他学科的领域中脱颖而出成为独立的思考,而这些学科彼此之间隔绝太久,以至于它们内在的丰富无法得到全部的展现。

翻译却可以填补这一空白。它自身就带有独特的知识,只要我们可以建立起这样一种翻译学,它就可以真正成为认知的主体。

所以说,我们目前要做的,就是在肯定既有努力的基础上，为翻译建立起一个全新的思辨与研究空间。本书开始的时候我们就曾提到，翻译是跨语言、跨文学、跨文化交际中的一种特殊形态，所以说这一全新的空间一定要涵盖翻译的交际层面，还要加上翻译史和文学翻译（这里的文学既包括狭义的文学，也包括哲学、社会科学和宗教文本）。这个空间内的知识将是独立存在的：它不属于普通或应用语言学，不属于比较文学，不属于诗学，也不属于对外国语言文学的研究，虽然说上述学科都以它们独有的方式在邀请翻译的参与。事实上，翻译领域与许多其他领域之间都互有交叉，尤其是刚刚提到的那些学科，所以说翻译学同它们之间一定存在着互动。任何一种翻译理论都不能完全绕开语言学的贡献或者文学研究的启迪。它注定是一个跨学科的领域，总是存在于各个学科之间，甚至有时这些学科之间还相去甚远。

翻译学的理论起点是以下几个基本假设。第一个假设就是：翻译固然是跨语言、跨文化、跨文学交际中的一种，但它更是这种交际的典范。歌德已经告诉过我们这一点。这就意味着所有这种交际所能引发的问题都会清晰而又集中地体现在翻译之中，我们更可以借由翻译所提供的经验来分析其他所有的交际活动。或者也可以说，翻译在交际体系内占据的位置，类似于语言在符号体系中的地位：本维尼斯特（Benveniste）曾说过，语言只是符号系统中的一种，但若是换一种角度，就会发现它是系统中的系统，可以阐释其他系统的系统。同样的关系也存在于广义翻译理论和狭义翻译理论之间。从诺瓦利斯到乔治·斯坦纳和米歇尔·瑟赫，各种理论逐一被建立起来，许多"交换"（或"位移"）都被定义成了"翻译"，而这些位移并不局限于审美领域，同样也包括科学领域，或者说广义上的人类经验领域。这种对翻译概念的拓展，让我们想到了罗曼·雅各布森为翻译所写的那篇经典文章。就在最近，此类广义的翻译理论，或者用米歇尔·瑟赫的话来说，此类关于"移动"（duction）的理论，还遭到了梅肖尼克的猛烈批评。对翻译概念的过度扩大只会让后者失去它所有的独创性，所以反而是狭义的翻译理论可能会更有价值。但是，现实却是翻译总是会溢出研究者为它划定的范畴。这种词义上和认知论上的溢出似乎是无可避免的，也符合当下对翻译的看法：翻译绝不仅仅是翻译。因此，最理想的做法其实是同时建立广义和狭义的翻译理论，同时又要避免让后者完全地淹没于前者之中（而这恰恰是德国浪漫主义者的做法）。而且，狭义的翻译理论成为所有关于翻译和位移的理论的典范。这个典范最大的特点却在于它有一个悖论：它的独一性。翻译同作品的关系是独一无二的。没有其他的关系——不论是文本与文本之间、语言同语言之间，还是文化和文化之间——可以与它相比。此种独一性也是翻译的象征厚度的来源；用翻译来解释其他交流，也可以赋予它们同样的象征厚度。

翻译学的第二个基本假设就是无论是文学、哲学，还是人文科学范围内的翻译，所起到的作用都不仅限于对信息的传递：它对文学、哲学和人文科学都起到了构建作用。乔尔丹诺·布鲁诺（Giordano Bruno）用他那个时代特有的抒情

笔调写下了下面的句子:

> 从翻译中生发了所有的科学。[1]

这句话表面看来有些夸张,但是的确包含着真理。现在我们要简单地解释一下翻译是如何起到了构建作用的,以及作为构建者的翻译,是如何被掩盖和否任,以及被单纯地视为对意义的传递的。假若翻译之前没有被掩盖的话,那么翻译学必然已经是一门历史悠久的学科,就像"批评"一样。

然而,我们也看到了,在触及翻译这样一个久被驱逐的领域时,阻力又是无处不在的。

文学、现代诗学和比较文学都已经为我们展示了作品(第一次书写)与翻译(第二次书写)之间是一种相互丰富的关系。翻译并非原作的"衍生物",它早已留存在原作之中:在不同的程度上,所有的作品都是由翻译串联起来的,或者是依托翻译活动所生成的创造物。它一定是"可译的",这里的"可译"包含了以下几种含义,即它"值得被翻译"、它"可以被翻译"和它"应当被翻译"。在这三个条件都实现的情况下,它才能变身为一部完满的作品。但翻译的可能性和必要性却并不等同于它只是一部次生的作品:它将作品构建为作品,并且对作品的内生结构进行重新定义。

---

[1] 参见巴赫金、热内特(G. Genette)和 J. 蓝贝尔(J. Lambert)的作品。

这一点在拉丁语文学和中世纪作品中都能找到佐证。[1]

这对诗学、比较文学、外国语言文学研究等领域都不无影响。诗学将对跨文本性的研究纳入了方法论。之前诗学中已经有了对超文本性、文本间性、准文本性和先文本性的研究，现在又将翻译中特有的跨文本性纳入了讨论的范畴。J. L. 博尔赫斯曾经基于直觉做出了以下判断：

> 在所有的文字问题和翻译的神秘之间，都存在着同体的关系。[2]

诺瓦利斯和 A. W. 施莱格尔，还包括波德莱尔、普鲁斯特与瓦莱里，都隐约地感觉到了文字同翻译间的"同体"关系。他们甚至认为，译者的工作与读者的创作别无二致。[3]然而，我们需要看到，这种典型的浪漫主义式的混同也是有

---

[1] 巴赫金曾说过："我们可以直截了当地说欧洲的罗曼语散文文学就是发生于对他人作品的自由翻译。"(*Esthétique et théorie du roman*, Gallimard, Paris, 1978, p.193) 作为中世纪滑稽模仿文学最著名的研究者之一，保罗·莱曼有力地指出整个中世纪文学史，尤其是拉丁语文学史，就是一部"对他人作品的改写、充足和模仿史"(同上，第426页)。但巴赫金对跨文本性和翻译领域并无深入的研究。

[2] J. L. Borges, «Las versionse homéricas», cité in: *After Babel*, p.4. 原文为 "Ningún problema tan consustancial con las letras y con su modesto misterio como el que propone una traducción".

[3] 保罗·瓦莱里："任何形式的写作……都是一场翻译工作，就像把一种语言转移到另一种语言中一样。"(*Variations sur les Bucoliques*, Gallimard, Paris, 1975, p.24)

其局限的：原本和翻译是不可互换的。翻译只有在它是某个原文的翻译时才有意义。而文学本身却并未被卷入这种关系之中，虽然它可能很怀念这种状态。[1]

表面上看，比较文学很乐意将翻译学吸纳为它的一部分。对不同文学的比对当然要立足于它们之间的互动。但是互动的前提就是翻译实践的存在。没有翻译，就自然没有"影响"，当然，没有影响，也不会有翻译。

在哲学领域里，翻译也扮演了关键角色。就其历史脉络来看，从希腊到罗马，从中世纪到文艺复兴及之后，翻译起到的作用不仅仅是"内容的传输"。海德格尔曾使用过许多由亚里士多德提出的概念，也借用过"理性的原则"的理论，而现代哲学中的基本概念，除去对新词的创造之外，大多来自对古典名著的重新阐释，或者对其中词汇的借用和重构。每次对这种概念所进行的重新翻译，都会引起对过往和现存的哲学的重新阐释，比如，黑格尔口中的"Aufhebung"（扬弃）概念，就成为德里达笔下的"relève"（原义为"接替"，现在也常译为"扬弃"）。而那些在哲学翻译中所犯过的"错误"，更是其中最有意思的一类范例，因为这些错误往往都有深刻的内涵。[2] 到了 20 世纪，翻译作为一个关键而又明确的问题，进入了哲学的视野，很多不同流派的哲学

---

[1] 本雅明曾说过，翻译的翻译是不存在的，因为没有意义。
[2] Cf. A. Koyré, pour les sciences：«Traduttore-traditore：à propos de Copernic et de Galilée», *Isis*, XXXIV（1943）.

家,包括维特根斯坦、卡尔·波普尔、A. 奎因、海德格尔以及伽达默尔,乃至最近的米歇尔·瑟赫(Michel Serres)和德里达对此都有过论述。

在人文学科的领域中,也有类似的现象,翻译同学科的构建同样紧密结合在一起。我们已经看到了,翻译曾经是心理分析学科传播过程中的一大障碍。这却让我们得以更好地思索翻译的本质,更重要的是可以借此认识到,翻译作为一种操作性的概念,在弗洛伊德的理论体系中究竟占据了怎样的地位。《梦的解析》面世前不久,弗洛伊德曾在他给弗利斯的一封信中说道:

> 对于神经官能症的特点,我可以做出这样一个比喻,那就是有某些内容没有得到完整的翻译,从而导致了一些后果……这种翻译中出现的故障,临床上称其为压抑。压抑的动机往往是翻译过程中发生的悲伤,这种悲伤扰乱了思绪,让翻译工作无法继续进行。[1]

---

[1] 引自贝尔纳·蒂斯(Bernard This)和皮埃尔·戴维(Pierre Thèves)所写的《如何翻译哈菲兹……或弗洛伊德》(*Comment peut-on traduire Hafiz...ou Freud?*)一文。这篇文章发表于1932年3月在蒙特利尔出版的 *Meta*(翻译者期刊),本期的主题即"心理分析及翻译",它也事实上说明了这两个学科之间的关系。至于翻译概念在弗洛伊德理论中的地位,我们可以参见其中帕特里克·马奥尼(Patrick Mahony)的文章《心理分析学中的翻译观》(*Toward the Understanding of Translation in Psychoanalysis*),第63—71页。

东方学也牵涉翻译的问题。一方面,它的研究就同翻译相伴相生,无论是作品,还是引言,甚至是基本概念,都必须借助于翻译。另一方面,正如摩西农所说,它本身的研究计划也让"离心运动"成为必然,而这也是翻译中的关键步骤:向着他者翻译……

> 若想要理解他者,就不应当吞并它,而是成为接待它的主人……要是想理解属于他者的事物,就不应当吞并这个事物,而是要借助离心的力量,将自我移动到他者的中心。[1]

在他那本饱受争议的《东方学》中,爱德华·萨义德就曾指出,从其历史发展的角度来看,东方学一直很难面对那种势在必行的离心活动。它其中包含了太多的意识形态压力,19世纪时甚至还因此产生了一批"种族中心主义"翻译。借用弗洛伊德的理论来说,这种"翻译的故障",正是这个学科的内生故障的反应,但后者也正在试着摆脱这一故障。然而,从另一个角度来说,这也反映了东方学与翻译学合作的可能。实际上,东方学中的一支正是一直在倡导非种族中心主义的翻译,并在努力扩大它的实用范畴。这种理论既是描述性的,也是规范性的。

---

[1] In *Meschonnic*, *Pour la Poétique II*, Gallimard, Paris, 1973, pp.411-412.

之所以说它是描述性的，是因为它准确分析了翻译中可能存在的变形形象，并借此推出了一套反系统。[1]它同时也试图输出规范，因为它对翻译的本质给出了定义，给出了可能的翻译策略。这些策略并不仅仅限于传统的"忠于文字"或"忠于意义"的范畴。每一个领域都会有其特定的翻译方法论。需要指出的是，翻译学的目的并不是要指出中国诗歌翻译中所存在的问题，因为如果它过于深入这类具体的问题，翻译学的任务就会陷入实证主义的陷阱，永远无法完成自己的使命。但是，在这个层面之上，还有一个更宽泛的范畴：我们可以从中概括适用于所有汉学家的标准，适用于所有塞尔维亚语翻译的问题或者是古希腊悲剧翻译中广泛存在的挑战。这个范畴同翻译的主题直接相关，也关系到法语（或许还包括其他民族语言）作为翻译语言所可能带来的局限。这个层面，就是纯粹的翻译能力的层面。这也是会影响到一个领域内的所有译者的层面，让他们的翻译尝试蒙上了一层认知论意义上的天真色彩。他们通常都会一方面承认广义的翻译问题的存在，一方面又以一种单纯的技术观点来看待翻译。在这个意义上，翻译的重要性再一次被掩盖、被否

---

[1] 这些变形倾向主要包括以下类别：合理化、明晰化、延长、质量受损、数量受损、同质化、对节奏的破坏、对原文潜在指示网络的破坏、对文本语言模式的破坏、对方言词汇的破坏或异域化、多种语言重叠的消除、对不恰当的文学视野的运作。关于这些变形倾向，请参见本人的文章《La traduction des œuvres latino-américaines》dans *Lendemains*, Berlin, 1982.

认,也再一次遇到了强大的阻力。

上述阻力必然会成为译介学中的一个重要章节。它们常常来源于一些宗教学和文化上的顾虑。在第一点上,它们关系到作为价值的不可译性。文本的内核是不可译的,或者说,它不应当被翻译。以《圣经》为例,其中的犹太传统就说明了这一点。就好像律法不应当从口头翻译到笔头一样,《圣经》这种神圣文本也不应当被翻译成其他的语言,不然它就会丢掉自己的神圣性。这种双重的否定表现出了翻译同书写间的深层关系,让我们可以对二者进行反思。事实上,对翻译的拒绝贯穿了整个西方的历史,我们总是坚守"诗歌不可译"的信条,对广义上的翻译也有一种"偏见式的抵触"。[1] 关于这一点,最近就恰恰有一个例证。在一篇关于法兰西语言及文学的传播的文章中,贝尔纳·卡特里(Bernard Catry)提出可以从官方层面来促进对"法文作品的翻译"。他认为,这样可以鼓励外国读者来阅读法文原版作品,激发他们学习法语的热情。他还另有一句补充:

当然,英文写就的萨特就不是真正的萨特了。[2]

开头的"当然"二字已经完全说明了卡特里只是将翻译

---

[1] Cf. à ce sujet J.-R. Ladmiral, *Traduire*: *théorèmes pour la traduction*, Payot Paris 1979.
[2] Bernard Catry, «L'édition française face à Babel», *Le Débat*, n°22, 1982, p.898.

作为一种权宜之计和全然的背叛。背后的深意显然是对翻译价值的否定。整个文化环境（此处即为法国文化）都否认翻译，宁愿要保护自己"神圣的怪兽"，也要抵御翻译带来的"放逐"。

这样，我们就明白了翻译为何一直被当作叛徒，有着负面的文化含义。而在另一个极端上，就是翻译的象征厚度被否定，否定它的就是所谓"普遍的可译性"的反面公理。翻译的本质就会变成对"意义"的传达，或者是对作品的"普世内容"的传播。如果我们承认了这种假设，翻译就会成为某种卑微的信息中介。在《美学讲演录》中，黑格尔认为诗歌完全可以从一种语言转变成另一种语言，哪怕它被转化成散文文体，也不会有任何损失。现实生活中，我们常常听到如下说法：

> 我们不翻译文字，而是思想。[1]

比起黑格尔的论调，这种说法并无思辨性，表达的却是同样的意思。但是，每一次在翻译试图摆脱这种令人轻视的成见，想要变成一种形式上或能指的复制的时候，它就会遭遇诸多阻挠。每位译者都有过类似的经历：外界要求他们创造出"感觉上不像翻译的翻译"，要拿出一个"读起来原本就像用法语写就的文本"，甚至是要用"清晰和优雅"的法语写出一篇

---

[1] Daniel Moskowitz, in Ladmiral, *op. cit.*, p.220.

译文。[1]但不管在哪种情况下，翻译都被否定、被埋没。

这种埋没最重要的表现之一就是对于翻译理论的偏见，而翻译学最重要的任务之一就是要将翻译从埋没中拯救出来。翻译理论往往会遇到以下困难：未涉足过理论工作的译者同从事过理论工作的译者之间会爆发争论，译者与理论家之间也不无龃龉。在第一种情况下，大部分的译者都会声称翻译只是一种依赖于直觉的活动，不能对此进行真正的思辨。而在第二种情况下，争论就存在于没有实践的理论家和没有理论的实践家之间。所以说，在这种争论中，很难创造一种能兼顾理论和实践的翻译学，更无法发展出一种从翻译经验中建立起来的翻译学；更准确地说，他们无法对翻译的经验本质达成共识。在某种意义上，抽象的理论家和实证的翻译家也算是殊途同归，因为他们都认为翻译的经验是不能被理论化的，也不应当被理论化。但是，他们的这种判断却是对翻译意义的否定：其实翻译本质上就是一种第二性的与反思性的活动。反思性是翻译的本质特性之一，与此相同的还有它的系统性。实际上，一部翻译作品的一致性就取决于在多大程度上它可以实现自身的系统性。系统性既体现在译者对原著的阐释性解读上，又体现在他对原文做出的一系

---

[1] 让·杜图尔（Jean Dutourd）在第三届国际译者大会中曾说过："在我看来，近15—20年，翻译都在法国文学生活中起到了一种灾难性的作用，因为它让公众习惯了那种不够规范的法语，还传染了我们的作家。"Van der Meerschen, «Traduction française, problèmes de fidélité», dans *Traduzione, Tradizione, Lectures*, 4-5, Dedalo Libri, Milan, p.68.

列"抉择"上。当然,它肯定需要某种直觉性。但是我们也曾经讨论过,虽然存在表面上的直觉性,翻译更多地需要一种反思性,这让它脱离了"艺术"的范围,而让它进入了"科学"的境界。在科学中,我们需要战胜一系列的错误倾向,才能形成一个完整严谨的学科视野,同样地,在翻译学中,我们也要克服语言上、文学上和文化上的一系列变形系统,才能实现它最纯粹的目的。现实中,这种目的很少得到实现,但这只是愈加说明了翻译学的必要性:我们需要引发翻译领域的"哥白尼革命"。

最后,我们还需要提及语言学角度的翻译研究,才能完成对翻译学现状的介绍。我们认为,语言学研究同翻译学研究是互有区分却又相辅相成的。在《翻译的理论问题》一书中,乔治·穆南(Georges Mounin)提出了不可译性的问题:无论是在形态学层面,句法学层面,还是词汇学层面,语言都是拒斥翻译的,译者只能进行似是而非的词句转移,而随之而来的"损失"常常会多于"获得"。穆南还举了另外一个例子,在普罗旺斯的艾克斯地区大约有50种指代各种面包的名词,如果说有一本法国小说是以当地面包房为背景的话,那么外国的翻译根本无法传递这些文化特色。[1] 这个类型的例子,我们还能举出无数个,不管是不是词汇学层面上的,翻译的确在很多情况下都是不可译的。穆南所说的话的

---

[1] *Les Problèmes théoriques de la traduction*, Gallimard, Paris, 1967, pp.65-66.

确是无可挑剔的,虽然在书的后半段,他一直在试着缩小这种语言不可译论对翻译的影响,但一切似乎已然无法弥补。换言之,从语言学角度来说,我们遇到的是不可译的沼泽。但若是我们跳出语言学的陷阱,考虑整个文本的翻译,一切问题就迎刃而解了。当然,所有的文本都是用某一种语言写成的;而且,我们上面所提到的地方词汇的问题,无论是在口头上还是在笔头上,必然都是"不可译"的,因为另一种语言里不可能找到所有完全对应的词汇。但是,一旦进入作品的层面,问题的关键并不是另一种语言里有没有对应的词汇。因为可译性的领域已经不同了。面对这种语言上的不可译性,译者有好几种选择:他可以进行全部的法国化(就像儒勒·凡尔纳在《格兰特船长的儿女》中把"Pampa"译为"潘那斯大草原"),也可以使用"借用"的方法(就像如今"Pampa"这个词已经成为法语中的固定词汇),也可以做出部分的法国化(西班牙语中布宜诺斯艾利斯的居民被称为"porteño",法语就据此发明了"portègne"一词)。这样,预设的不可译性就变成了可译性。这种"可译性"是借助语言间自然存在的历史关系才得以实现的,在翻译文本的过程中,以上都是可以利用的因素:可以在词汇领域进行借用和对新词的创造。文本的内在结构可以帮助我们决定哪些是需要翻译的,哪些是不需要翻译的,甚至有时对一个词的不翻译也是一种翻译的方法。此外,在语言的交流中,还可以总结出其他的翻译方法。翻译可以删掉原文本 A 处的一个词语或结构,然后再在 B 处加上一个词语或结构:这就是杜贝莱称赞过的补偿法。译者还可以把 A 处的词语或结构挪动到译文的 B 处，因为这样也许可以让译入语更加自然：这就是挪动法。还有同质替换法：一个无法在译入语中找到完美的代替的词汇可以被另一个同样效用的词汇所取代。以上方法并非权宜之计，而是文学翻译的精髓，在翻译遭遇语言（或文化）上的不可译性的时候，它需要借助这些方法将不可译性融化成可译性，而不是采用迂回或让人不明其意的忠实翻译法。用埃菲姆·艾特坎（Efim Etkind）的话来说，这些方法体现的是"语言活动的潜力"。[1]发掘出不同语言中的潜力，这就是翻译的任务，我们也可以借此开发出语言间的"亲属关系"。这个任务并不全然是艺术层面的；它要求我们对译入语全部的空间和时间维度都有充分的了解。比如，我们如果想翻译西班牙语中的指小词，就必须全然理解所有法语中的指小词，也包括它们的历史、形成过程，还有使用方法，否则这些指小词就会被视为"不可译"。在这个意义上，无实践的理论家和无理论的实践家遭遇的是同一个困境，他们都没有意识到译入语的"异质"的多样性。

对于上述列举的方法，雅各布森和麦克斯·班斯（Max Bense）等人都并未将它们列入翻译策略中，而是归入"创造性的转述"一类，而后者究竟应当如何定义，到目前为止还没有明确的结论。但是，这种"转述"其实是翻译的本质

---

[1] Efim Etkind, *Un art en crise：essai de poétique de la traduction poétique*, éd. Rencontre, Paris, 1982, p.99.

所在。很多人都对翻译有着过于局限和理想化的看法（他们认为翻译应当是完全意义上的对等），这显然与"转述"是相悖的。要想真正地定义翻译，就必须从翻译的实际操作出发。但这并不是说这些翻译方法可以无节制地使用，也不是说不存在不称职的翻译或是很糟糕的翻译。就像我们之前说过的，糟糕的翻译的存在是翻译学必须要考虑的问题，乔治·斯坦纳就曾并不夸张地说过：

> 必须要承认，在后通天塔的时代，百分之九十的翻译都是错误的翻译，这个情况短期内也不可能得到改变。[1]

以上这些论述说明了同样是对于翻译问题，语言学和译介学的研究方法还是有本质的不同。它们当然是互补的，因为如果翻译要想摆脱现在这种糟糕的状态，必然要借助完美的语言知识，这样才能实现它纯粹的目标。换言之，只有语言科学的"哥白尼革命"才能推动翻译的"哥白尼革命"，但语言科学并不会是译介学唯一的理论基础，译介学也永远不会成为某种应用语言学。但它仍然要同语言学和诗学合作，以完成自身的构建；它还要向社会语言学和人种语言学学习，更离不开心理分析与哲学的帮助。

自此，翻译科学就有了双重的含义：1. 一种以获取与翻

---

[1] *Ibid.*, p.565.

译相关的知识为目标的科学；2.翻译实践的"科学化"。在这个方面，法国其实已经被别的国家远远地甩在了后头，其中包括德国、许多英语国家、苏联还有东欧国家。理论上的落后自然会导致实践上的落后，而这种落后既是数量上的，也是质量上的。我们只有开辟翻译理论这一领域，才能避免落后所带来的、正在开始逐步显现的严重后果，以防在法国导致更大的翻译及文化危机。

参考文献

1. *Œuvres des principaux auteurs étudiés* :

L'Athenäum, éd. Rowohlt, Munich, 1969, deux tomes.
C. BRENTANO, *Werke*, Band II, Carl Hanser Verlag, Munich, 1963.
J. W. GOETHE, *Werke*, Artemis Verlag, Zurich/Stuttgart, 1954.
  – *Eckermann, Gespräche mit Goethe*, Aufbau Verlag, Berlin 1962.
  – *Le Divan occidental-oriental*, trad. Lichtenberger, Aubier-Montaigne, Paris, 1963.
  – *Pages choisies*, Éditions Sociales, Paris, 1968.
J. G. HAMANN, *Schriften zur Sprache*, Suhrkamp, Francfort, 1967.
HERDER, *Sämtliche Werke*, B. Suphen, C. Redlich et R. Steig, 1817-1913, réimpression 1967-1968.
HÖLDERLIN, *Sämtliche Werke*, Kohlhammer, Stuttgart, 1972.
  – *Œuvres*, Gallimard, Paris, 1967.
HUMBOLDT, *Gesammelte Werke*, 1841-1852, Berlin, Reimer.
  – *Introduction à l'œuvre sur le kavi et autres essais*, trad. et intr. P. Caussat, Le Seuil, Paris, 1974.
NOVALIS, *Werke*, éd. Wasmuth, Verlag Lambert Schneider, Heidelberg, 1954.
  – *Werke*, éd. Samuel, *Wissenschaftliche Buchgesellschaft*, Darmstadt, 1965.
  – *Œuvres*, trad. Guerne, Gallimard, Paris, 1975.
  – *Les Disciples à Saïs*, trad. Roud, éd. Mermod, Lausanne, 1948.
A. W. SCHLEGEL, *Geschichte der klassischen Literatur*, Kohlhammer, Stuttgart, 1964.
  – *Die Kunstlehre*, Kohlhammer, Stuttgart, 1963.
  – *Leçons sur l'art et la littérature*, trad. Lacoue-Labarthe et J.-L. Nancy, in *L'Absolu littéraire*, Le Seuil, Paris, 1978.
F. SCHLEGEL, *Kritische Schriften*, Carl Hanser Verlag, Munich, 1971.
  Textes et fragments traduits par Lacoue-Labarthe et J.-L. Nancy, in *L'Absolu littéraire*, Le Seuil, Paris, 1978.
F. SCHLEIERMACHER, *Sämtliche Werke*, Reimer, Berlin, 1838.

2. *Textes sur le Romantisme allemand :*

B. ALEMANN, *Ironie und Dichtung,* Neske, Pfüllingen, 1969.
R. AYRAULT, *La Genèse du Romantisme allemand,* Aubier-Montaigne, Paris, 4 vol., 1961-1976.
W BENJAMIN, *Der Begriff der Lunstkritik in der deutschen Romantik,* in *Werke,* I, 1, Suhrkamp, Francfort, 1974.
A. BERMAN, « Lettres à Fouad El-Etr sur le Romantisme allemand », in *La Délirante,* nº 3, Paris, 1968.
M. BLANCHOT, *L'Athenäum,* in *L'Entretien infini,* Gallimard, Paris, 1969.
E. FIESEL, *Die Sprachphilosophie der deutschen Romantik,* Olms, Hildesheim/New York, 1973.
A. GUERNE, « Hic et Nunc », in *Le Romantisme allemand,* Cahiers du Sud, 1949.
— « Novalis », in *La Délirante,* nᵒˢ 4-5, Paris, 1972.
A. HUYSSEN, *Die frühromantische Konzeption von Übersetzung und Aneignung. Studien zur frühromantischen Utopie einer deutschen Weltliteratur,* Atlantis Verlag, Zürich/Freiburg, 1969.
F. JOLLES, A. W. *Schlegel Sommernachtstraum in der ersten Fassung von Jahre 1789,* Vanderhoeck et Ruprecht, Göttingen, 1967.
P. LACOUE-LABARTHE et J.-L. NANCY, *L'Absolu littéraire,* Le Seuil, Paris, 1978.
Le Romantisme allemand, Cahiers du Sud, 1949.
Mᵐᵉ DE STAËL, *De l'Allemagne,* Garnier, Paris, 1868.
P. SZONDI, *Poésie et poétique de l'idéalisme allemand,* Éd. de Minuit, Paris, 1975.
M. THALMANN, in A. W. *Schlegel 1767-1967,* Internations, Bad Godesberg, 1967.
— *Romantiker als poetologen,* Lothar Stiehm Verlag, Heidelberg, 1970.
T. TODOROV, *Théories du symbole,* Le Seuil, Paris, 1977.
Die Weltliteratur. Die Lust am Übersetzen in Jahrhundert Goethes, Deutsche Schillergesellschaft, Marbach, 1982.
D. WILHEM, *Les Romantiques allemands,* Le Seuil, Paris, 1980.

3. *Ouvrages sur Goethe, Humboldt et Schleiermacher :*

H. G. GADAMER, *Méthode et vérité,* Le Seuil, Paris, 1976, pour Schleiermacher.
H. MESCHONNIC, *Le Signe et le Poème,* Gallimard, Paris, 1975, pour Humboldt.
W. SCHADEWALDT, *Goethe Studien,* Artemis, Zürich, 1963.
F. STRICH, *Goethe und die Weltliteratur,* Francke Verlag, Berne, 1946.

4. *Ouvrages et textes sur Hölderlin* :

J. BEAUFRET, « Hölderlin et Sophocle », préface à la traduction des *Remarques sur Œdipe et Antigone*, 10/18, 1965.
F. BEISSNER, *Hölderlins Ubersetzungen aus dem Griechischen*, Stuttgart, 1961.
P. BERTAUX, *Hölderlin*, Suhrkamp, Francfort, 1978.
M. HEIDEGGER, *Approche de Hölderlin*, Gallimard, Paris, 1973.
J. LAPLANCHE, *Hölderlin et la question du père*, P.U.F., Paris, 1969.
K. REINHARDT, « Hölderlin et Sophocle », in *Poésie*, 23, 1982.
W. SCHADEWALDT, *Préface aux traductions de Sophocle de Hölderlin*, Fischer Verlag, 1957.
R. ZUBERBÜHLER, *Hölderlins Erneuerung der Sprache aus ihren etymologischen Ursprüngen*, Erich Schmidt, Berlin, 1969.

5. *Ouvrages cités ou utilisés sur la traduction.*

W. BENJAMIN, « La tâche du traducteur », in *Mythe et violence*, trad. M. de Gandillac, Denoël, Paris, 1971.
M. BLANCHOT, « Traduit de... », in *La Part du feu*, Gallimard, Paris, 1965.
– « Traduire », in *L'Amitié*, Gallimard, Paris, 1967.
H. BROCH, « Quelques remarques à propos de la philosophie et de la technique de la traduction », in *Création littéraire et connaissance*, Gallimard, Paris, 1955.
H. DE CAMPOS, « De la traduction comme création et comme critique », in *Change* (Transformer, traduire), n° 14, Paris, 1973.
E. ETKIND, *Un art en crise. Essai de poétique de la traduction poétique*, L'Âge d'homme, Paris, 1982.
R. JAKOBSON, « Aspects linguistiques de la traduction », in *Essais de linguistique générale*, Points-Seuil, Paris, 1977.
A. KOYRÉ, « Traduttore-traditore : à propos de Copernic et de Galilée », *Isis*, XXXIV, 1943.
J.-R. LADMIRAL, *Traduire : théorèmes pour la traduction*, Payot, Paris, 1979.
V. LARBAUD, *Sous l'Invocation de saint Jérôme*, Gallimard, Paris, 1946.
P. LEYRIS, introduction à Gérard Manley Hopkins, *Poèmes*, Le Seuil, Paris, 1980.
– « Pourquoi retraduire Shakespeare? », avant-propos aux *Œuvres* de Shakespeare, Club du Livre.
H. MESCHONNIC, *Les Cinq Rouleaux*, Gallimard, Paris, 1970.
– *Pour la Poétique II*, Gallimard, Paris, 1973.

- *Pour la Poétique III,* Gallimard, Paris, 1973.
- *Pour la Poétique V,* Gallimard, Paris, 1978.

Meta (Journal des traducteurs), « Psychanalyse et traduction », Montréal, 1982.

G. MOUNIN, *Les Belles Infidèles,* Cahiers du Sud, 1955.
- *Les Problèmes théoriques de la traduction,* Gallimard, Paris, 1963.

R. PANNWITZ, *Die Krisis der europaïscher Kultur,* Nuremberg, 1947.

O. PAZ, *Traducción : literatura y literalidad,* Tusquet, Barcelone, 1971.

F. ROSENZWEIG, « Die Schrift und Luther », *in* H. J. STÖRIG, *Das Problem des Ubersetzens,* Wissentschaftliche Buchgesellschaft, Darmstadt, 1969.

W. SCHADEWALDT, « Das Problem des Ubersetzens », in *Die Antike,* III (1927), repris in Störig, *op. cit.*

W. SDUN, *Probleme und Theorien des Ubersetzens in Deutschland von 18. bis 20 Jahrhundert,* Max Huber, Munich, 1967.

G. STEINER, *After Babel,* Oxford University Press, 1976.

H. J. STÖRIG, *Das Problem des Ubersetzens* (nous avons cité souvent les textes de Goethe, d'A. W. Schlegel, de Humboldt, de Schleiermacher, de Schadewaldt sur la traduction recueillis dans cette excellente anthologie).

P. VALÉRY, *Variations sur les Bucoliques,* Gallimard, Paris, 1967.

VAN DER MEERSCHEN, « La traduction française, problèmes de fidélité et de qualité », *Traduzione-Tradizione, Lectures,* 4-5, Dedalo Libri, Milan.

6. *Ouvrages divers cités ou utilisés :*

M. BAKHTINE, *L'Œuvre de François Rabelais,* Gallimard, Paris, 1970.
- *Esthétique et théorie du roman,* Gallimard, Paris, 1978.

A. BERMAN, « L'Amérique latine dans sa littérature », *Cultures,* Unesco, 1979.
- « Histoire et fiction dans la littérature latino-américaine », *Canal,* Paris, 1980.
- « La traduction des œuvres latino-américaines », *Lendemains,* Berlin, 1982.

J. DU BELLAY, *Défense et illustration de la langue française,* Gallimard, Paris, 1967.

W. BENJAMIN, « Gide », in *Mythe et violence,* Denoël, Paris, 1971.

B. CATRY, « L'édition française face à Babel », *Le Débat,* n° 22, Paris, 1982.

CERVANTES, *Don Quichotte,* Garnier-Flammarion, Paris, 1969.

L. FORSTER, *The Poet's Tongues, Multilingualism in Literature,* Cambridge University Press, 1970.

M. FOUCAULT, *Les Mots et les Choses,* Gallimard, Paris, 1966.

G. GENETTE, *Mimologiques,* Le Seuil, Paris, 1976.

H. VON HOFMANNSTAHL, *Die prosaische Schriften gesammelt,* t. II, Berlin, 1907.

R. JACCARD, « Proust théoricien », *Le Monde,* Paris, 5-8-1982.

P. JACCOTTET, *Poèmes,* Gallimard, Paris, 1976.

P. Klossowski, *L'Énéide*, Gallimard, Paris, 1964.
J. Lacan, *Le Séminaire, I*, Le Seuil, Paris, 1975.
- *Écrits*, Le Seuil, Paris, 1966.
Luther, *Œuvres complètes*, Labor et Fides, Genève, 1964.
E. Martineau, in *Po&sie*, n° 9, « La Langue, création collective », Paris.
J. Murat, *Klopstock*, Les Belles Lettres, Paris, 1959.
F. Nietzsche, *Par-delà le Bien et le Mal*, Aubier-Montaigne, Paris, 1951.
- *Le Gai Savoir*, Gallimard, Paris, 1967.
- *Le Crépuscule des idoles*, Mercure de France, Paris, 1957.
M. Robert, *L'Ancien et le Nouveau*, Grasset, Paris, 1963.
A. Robin, *Ma vie sans moi*, Gallimard, Paris, 1970.
Tonnelat, *Histoire de la littérature allemande*, Paris, 1952.
L. Wolfson, *Le Schizo et les langues*, Gallimard, Paris, 1970.

译名对照表

Armand Robin　阿尔芒·罗宾
Ajax　埃阿斯
Agrigente　阿格里真托
Abraham　亚伯拉罕
Achille　阿喀琉斯
Agamemnon　《阿伽门农》
A. Huyssen　A. 海森
A. Koyré　A. 科瓦雷
Alexandre von Humboldt　亚历山大·冯·洪堡
Amyot　阿米欧
Andréa　安德雷阿
André Gide　安德烈·纪德
Anne Henry　安娜·亨利
Antigone　安提戈涅
A. Quine　A. 奎因
Arès　阿瑞斯
Armel Guerne　阿梅尔·盖尔纳
Art poétique critique　《批评诗学》
Athenaüm　《雅典娜神殿》
Aufbau Verlag　奥夫波出版社
Aufklärer　启蒙时代的哲学家
Aufklärung　启蒙运动
A. W. Schlegel　奥古斯都·施莱格尔
A. W. Schlegel Sommernachtstraum in der ersten Fassung von Jabre 1789　《A. W. 施莱格尔：1789 年在加博尔第一稿成稿之际于一个夜晚的沉思》
Bachelard　巴什拉

译名对照表

Bad Godesberg 巴德哥德斯贝格

Bakhtine 巴赫金

B. Brecht B. 布莱希特

Beda Alleman 贝达·阿勒曼

Beckett 贝克特

Béguin 贝甘

Benvenuto Cellini 本韦努托·切里尼

Bernard Catry 贝尔纳·卡特里

Bernard This 贝尔纳·蒂斯

Berque 贝尔克

Bettina von Arnim 贝蒂娜·冯·阿尔尼姆

Bildung 形成、建构

Blüthenstaub 《花粉》

Boccace 薄伽丘

Böhlendorff 勃伦多夫

Bopp 博普

Bourgeois 布尔日瓦出版社

Bretinger 布赖廷格

Breton 布勒东

Briefe und Dokumente 《通信和材料》

Briefe und Fragmente 《片段与断言》

Briefen zur Beförderung des Humanität 《关于人类进步的通信》

Broch 布洛赫

Buber 布伯

Bürger 比格尔

Calderon 卡尔德隆（西班牙诗人）

Calmann-Lévy 卡尔曼-李维出版社

Camille 卡米耶

Camoëns 卡曼希

Carl Hanser Verlag 汉泽尔出版社

Carl Orff 卡尔·奥尔夫

Carlyle 卡莱尔

Caroline Schlegel 卡洛琳·施莱格尔

Chah Nameh 《列王纪》

Chamfort 尚福

Cicéron 西塞罗

Clastres 克拉斯特

Clemens Brentano 克莱门

斯·布伦塔诺
Collardeau 科拉尔多
Conrad 康拉德
Corneille 高乃依
Danaé 达那厄
Daniel Moskowitz 丹尼尔·莫斯科维茨
D'Alembert 达朗贝尔
Darmstadt 达姆施塔特
Dedalo Libri 德拉多·里布利出版社
De l'Allemagne 《论德意志》
Dichtung und Wahrheit 《诗与真》
Die Horen 《时序》
Die Lust 《失去》
Diez 迪茨
Dilthey 狄尔泰
Don Carlos 《唐·卡洛斯》
Dostoïveski 陀思妥耶夫斯基
Dorothéa 特罗蒂阿
Dorothée 多罗蒂
Dresde 德累斯顿
Du Bellay 杜贝莱

Eva Fiesel 伊娃·费塞尔
Esthétique et théorie du roman 《小说美学与小说理论》
Der Begriff 《概念》
Erich Emigholz 埃里克·埃米格尔兹
Eckermann 埃克曼
Edward Saïd 爱德华·萨义德
Efim Etkind 埃菲姆·艾特坎
E. Martineau 马尔蒂诺
Empédocle 恩培多克勒
Entretien sur la poésie 《诗学谈话录》
Ein Gleichnis 《象征》
Erich Schimidt Verlag 埃里希出版社
Eros 厄洛斯
Eschyle 埃斯库罗斯
Esthetica in nuce 《袖珍美学》
Essai sur la langue 《论语言》
Estienne Dolet 艾斯蒂安·多雷
Euripide 欧里庇得斯
Ezra Pound 埃兹拉·庞德
F. Beissina F. 贝斯纳

Flametten 弗拉明顿

Flandres 法兰德斯

Fliess 弗利斯

Fouad El-Etr 福阿德·埃尔-艾特尔

F. Beissener 贝斯纳

Fichte 费希特

Foi et Amour 《信仰与爱》

Fragmente 《断片》

Francke Verlag 弗兰克出版社

Franz Rosenzweig 弗朗兹·罗森茨威格

Franz Von Baader 弗朗兹·冯·巴德尔

Fritz Strich 弗瑞茨·施特里齐

F. Schlegel 弗里德里希·施莱格尔

Genèse du Romantisme allemand 《德国浪漫主义的起源》

Gérard Genette 杰拉尔·热奈特

Geschichte der klssischen Literatur 《古典文学史》

Garnier-Flammarion 卡尼尔-弗拉马里翁出版社

George Steiner 乔治·斯坦纳

Gleim 格兰

G. M. Hopkins G. M. 霍普金斯

Giordano Bruno 乔尔丹诺·布鲁诺

Gongora 贡戈拉

Grasset 格拉赛出版社

Gries 格里斯

Gundolf 甘道夫

Guimaraes Rosa 吉马良斯·罗萨

Godwi 《果德维》

Gottsched 戈特歇德

Hafiz 哈菲兹

Hamann 哈曼

Hammer 哈默尔

Haroldo de Campos 阿洛多·德·坎波斯

Hebel 黑贝尔

Heidegger 海德格尔

Hellas und Latinium 《希腊与拉丁》

Heinrich von ofterdingen 《海

因里希·冯·奥夫特丁根》
Henriette 亨利耶特
Henry James 亨利·詹姆斯
Héraclite 赫拉克利特
Herder 赫尔德
Hermann et Dorothée 《赫尔曼与窦绿苔》
Heyne 海涅
Höderline 荷尔德林
Hölderlins Ubersetzungen aus dem Griechischen 《荷尔德林希腊文译本》
Hofmannsthal 霍夫曼斯塔尔
Homère 荷马
Hooft 霍夫特
Ironie und Dichtung 《讽喻与文学作品》
Jaccard 贾卡尔
Jaccottet 雅各泰
Jacob Boehme 雅各布·伯麦
Jakobson 雅各布森
Jaulin 若兰
Jean Beaufret 让·波弗雷特
Jean Dutourd 让·杜图尔

Jean Laplanche 让·拉普朗士
Jean Murat 让·缪拉
Jean Paul 让·保尔
Jenaischen Allgemeinen litteratur zeitung 《耶拿文学总汇报》
J. Lambert J. 蓝贝尔
J. L. Borges J. L. 博尔赫斯
J. L. Nancy J. L. 南希
J.-M. Arguedas J.-M. 阿格达斯
Joë Bousquet 若伊·布斯凯
Joyce 乔伊斯
J.-R. Ladmiral J.-R. 拉德米拉尔
Jules Supervielle 儒勒·苏拜维埃尔
Kafka 卡夫卡
Karl Reinhardt 卡尔·莱因哈特
Karl Popper 卡尔·波普尔
Klicksieck 克林西克出版社
Klopstock 克洛普施托克
Klossowski 克罗索斯基
Kohlhammer 科尔汉默出版社
Kristische Schriften 《批评文集》

L'Enéide 《埃涅阿斯纪》

L'Absolu littéraire 《文学的绝对》

Lacoue-Labarthe 拉古-拉巴尔特

L'Ancien et le Nouveau 《旧与新》

La Lombardie 伦巴第

La manière de bien traduire d'une langue en une autre 《将一门语言成功翻译成另一门语言的手法》

L'Amérique espagnole en 1800 vue par un savant allemand, Humboldt 《洪堡的1800：一位德国学者眼中的西班牙语美洲》

La Part du feu 《火之作》

La philosophie des Indiens 《印度人的哲学》

Laure 劳尔

Leçons sur l'art et la littérature 《艺术文学讲义》

Lettre sur la philosophie 《哲学信笺》

L'Entretien infini 《无限谈话》

Leibniz 莱布尼茨

Le monde d'une voix 《声音的世界》

Le Neckar 内卡河

Léonard Forster 莱昂纳德·福斯特

Les Belles Lettres 美文出版社

Les Disciples à Saïs 《赛易斯城的门徒》

Les Luisiades 《卢西亚歌》

Le Scamandre 斯卡曼德河

Lessing 莱辛

Lettre à Pammachius 《致帕马丘书》

Le Tasse 塔索

L'Europe et la Chrétienté 《基督教界与欧罗巴》

Literaturbriefe 《文学通讯》

Living Theater 生活剧场

Lope de Vega 洛佩德维加

Lothar Stiehm Verlag 罗塔·斯迪汉出版社

Louis Wolfson 路易·伍尔夫森

Luckács 卢卡契	Milton 弥尔顿
Lucinde 《卢琴德》	Mme de Staël 斯塔尔夫人
Ludoviko 吕多维克	Moïse Mendelssohn 摩西·门德尔松
Ludwig Tieck 路德维希·蒂克	Munich 慕尼黑
Marianne Thalmann 玛利亚·塔耳曼	*Mythe et Violence* 《神话与暴力》
Marthe Robert 马尔特·罗贝尔	Nerval 奈瓦尔
Jolles 乔尔斯	Nisami 内扎米（古波斯诗人）
Mnémosyne 谟涅摩叙涅	*Noten und abhandlungen zu bessern verständnis des West-Ostlichen Divans* 《〈西东诗集〉注释及相关回忆录》
Mallarmé 马拉美	
Maurice 莫里斯·布朗肖	
Max Bense 麦克斯·班斯	
Maximen und Reflexionen 《箴言与沉思》	Novalis 诺瓦利斯
	N. von Hellingrath N.冯·海林格拉特
Massignon 摩西农	O. Mannoni O.马诺尼
Mathias Claudius 马修斯·克劳迪乌斯	Ossian 莪相
Mazon 马松	Pampa 潘那斯草原
Merleau-Ponty 梅洛-庞蒂	Patrick Mahony 帕特里克·马奥尼
Mercure de France 法国墨丘利出版社	Paul Celan 保罗·策兰
	Paul Lehmann 保罗·莱曼
Mermod 莫蒙德出版社	Payot 帕约出版社
Michel Serres 米歇尔·瑟赫	Perséphone 珀耳塞福涅

Philippe Jacottet 菲利普·雅各泰

Pierre Caussat 皮埃尔·科萨

Pierre Thèves 皮埃尔·戴维

Pétrarque 彼特拉克

Pindare 品达

Plaute 普劳图斯

Plutarque 普鲁塔克

Poéticismes 《诗歌断片》

Pope 蒲柏

Préface aux traductions de Sophocle de Hölderlin 《荷尔德林索福克勒斯译本序言》

Propylées 《神殿入口》

Proust 普鲁斯特

Quintilien 昆体良

Racine 拉辛

Raphaël 拉斐尔

Reinhardt 莱因哈特

Renan 勒南

Ricœur 利科

Rilke 里尔克

Rimbaud 兰波

Roger Ayrault 罗杰·埃罗

Roland furieux 《愤怒的罗兰》

Roa Bastos 罗亚·巴斯托斯

Rolf Zuberbühler 罗夫·祖夫布勒

Romantiker als Poetologen 《作为诗人的浪漫主义者》

Rudolf Pannwitz 鲁道夫·潘维茨

Saint Jérôme 圣哲罗姆

Samuel 萨缪埃尔出版社

Saïs 赛易斯城

Schiller 席勒

Schelling 谢林

Schleiermarcher 施莱尔马赫

Sdun 斯顿

Seckendorf 泽肯多夫

Shakespeare 莎士比亚

Solger 佐尔格

Sophocle 索福克勒斯

Störig 斯托依格

Stuttgart 斯图加特

Sturm und Drang 狂飙突进运动

Suhrkamp 苏尔坎普出版社

Thomas Abt　托马斯·阿伯特
Thomas Mann　托马斯·曼
Tonnelat　托内拉
Torok　特罗克
Torquato Tasso　《托夸多·塔索》
Tübingen　图宾根
Über die Verschiedenen Methoden des Übersetzens　《论翻译的不同方法》
Valéry　瓦莱里
Valéry Larbaud　瓦莱里·拉尔波
Van der Meerschen　范德米尔根
Venzky　芬茨基
Volklieder　《民歌集》
Von der Hagen　冯·德·哈根
Von Müller　冯·弥勒
Vorschule des Ästhetik　《美学导论课程》
Voss　福斯
Wackenroder　瓦肯罗德
Wagner　瓦格纳
Wallenstein　《华伦斯坦》
Walter Benjamin　瓦尔特·本雅明
Wasmuth　瓦斯蒙特出版社
Weimar　魏玛
Wieland　维兰特
Wilheim Meister　《威廉·迈斯特》
Wilheim Schlegel　威廉·施莱格尔
Wilhelm von Humboldt　亚历山大·冯·洪堡
Wilmans　威尔曼斯
Winckelmann　温克尔曼
W. Schadewaldt　沃尔夫冈·莎德瓦尔德
Zu brüderlichen Andenken Wielands　《为纪念共济会兄弟去世的葬礼致辞》

"异"后记

在翻译学界,所有人都在谈论贝尔曼,所有人都在引用贝尔曼。尤其是法语界的学者,论及翻译时,总不免提到"翻译的本质是开放,是对话,是杂交,是对中心的偏移",或者"翻译的伦理行为在于把'他者'当作'他者'来承认和接受"。自贝尔曼起,"异"在关于翻译的思考中占据了重要地位,翻译也由语言转码变为"异对我的丰富与扩展"。

安托瓦纳·贝尔曼(1942—1991)一生短促,39岁时才在翻译学家亨利·梅肖尼克的指导下于巴黎第八大学获语言学博士学位。但他身兼语言学家、译者、文学批评家、翻译学家等多重角色,更以先知般的眼光预见到了翻译的文化意义和翻译学的学科自立,在很长一段时间里,几乎是以一己之力维护了"直译派"翻译主张的正当性。他所留著述不多,但每篇每本都留下了可待开掘的理论财富:《异域的考验》揭示了与惯常向心性翻译相悖的另一种可能;《翻译与文字或远方的客栈》将"民族中心主义的、超文本的、柏拉图式的"传统翻译与"伦理的、诗性的、思考的"新翻译对立起来,将翻译行为提升至伦理层面;《翻译批评论:约翰·唐》为译本批评提出了可供操作的方法论框架,突出了批评中的"译者主体性"问题;即便是在《作为翻译空间的重译》这样的一篇小文里,也有切斯特曼从中提炼出"重译假设",令人思考对忠实的追求是否是重译行为中的内生目标。

上述著作中,《异域的考验》成书时间最早,理论革新性最为突出,所引史料最为翔实,堪称法语翻译学界的奠基之作,至今译者犹记工作初始时的犹疑与惶恐。在此,我想对此书的思想意义和翻译方法做一个说明,希望有助于读者对其内容的理解。

人物与史实

毋庸置疑,《异域的考验》首先是一本翻译史著作,其理论意义来自历史的真实。如副标题"德国浪漫主义时期的文化与翻译"所示,贝尔曼考察了路德、赫尔德、歌德、施莱格尔、诺瓦利斯、洪堡、施莱尔马赫、荷尔德林等人的翻译思考、实践及其历史影响,或可称为翻译界的"知识考古学"。

伊文·佐哈尔曾讨论过民族文化在全球视野中所处的位置同该民族译者所采取的主流翻译策略间的关系,认为该民族文化越是强势,就越倾向于采取归化译法,反之则更愿进行异化翻译。且不论该假设是否具有普适性,浪漫主义时期德国与同时代法国的翻译实践倒是为之提供了生动的例证：在处于欧陆文化中心的法国人迷醉于"不忠的美人"、想要把一切都译成诗一般优美的法语之时，暗含语言自卑的德国人已向"异"敞开大门。翻译成为德意志民族语言与文学的构建工具，是后者实现自我肯定的关键要素，是浪漫主义整个时代的主题：他者全面进入了自我，给自我以共同语言（路德《圣经》翻译），丰富了自我的文学表达（赫尔德、A. W. 施莱格尔），扩展了自我的文学空间（歌德），让自我在经历环球旅行、遍阅异域之后能更好地审视自身。

任何文化及语言都有排他性和维护自身纯洁性的需求，超过一定阈值的他者的入侵通常会被拒斥。事实上，其时的德国人并非没有认识到这一点，如赫尔德笔下也有"如处子般纯洁"的语言的意象，却主动选择了向他者开放，这也是这段翻译史尤为值得被讲述的原因。长期以来，选用纯净、地道的民族语言进行翻译被认为是自我及己方受众的诉求，贝尔曼却以史实为据，展现了接纳异者可能给自我带来的积极效用，在某种程度上斩断了"意译"论的辩护链条，为异化翻译提供了最有力的论据支撑。

超越原作的翻译

然而，剥开其经验论的外壳，《异域的考验》更是一部超验式地探究翻译本质的著作。人物及其翻译实践并不是贝尔曼的研究重点，整本书呈现出"螺旋式上升"的理论逻辑,在后半部中探讨了耶拿浪漫派的语言观、批评观。简论之,人类的语言作为自然语言的一种,本身即是对艺术语言或上帝的语言的翻译,在这个意义上,翻译甚至高于原作,因为它比原作更好、更贴近以"上帝的语言"写成的原本。这一观点也见于"汇集了所有德国的翻译经验"(贝尔曼语)的本雅明《译者的任务》一文,翻译是从低级语言向高级语言的转化,是追寻纯语言的过程。

在这个意义上,翻译不再是静止的语间行为,它是三段式向前进展的。歌德和诺瓦利斯都探讨过翻译的三分法,虽表述不同,但大致可理解为最低级的翻译是用简单明了的译法让译入语读者了解全文的概貌和意思,中级的翻译是在原文的基础上加以模仿和创造,最高级的翻译则是忠实地翻译并超越原文,代替原文去接触至高的语言,通向"神化"的翻译。翻译会取代原文接受认可和评价,翻译高于原文而非原文的影子。

《异域的考验》一书的引言之前还有一节,我将之译为"翻译宣言",但更准确的意思或许应当是"显形的翻译"。翻译活动自诞生之日起,就处于被轻视、被掩盖的境地,后来的韦努蒂将之称为"译者的隐身"。贝尔曼在本节中更是用到了"女仆化"的境地一词,认为翻译"被遮掩""被驱逐""被谴责"却又以一己之身同时服侍两个主人,这也是本书于开始处就提出的问题。通过对德国浪漫主义时期翻译实践历史意义的分析和对上述思辨性理论的总结,贝尔曼从经验与超验两个层面驳斥了女仆化的翻译观,不仅肯定了翻译作为实践在文化场域中的地位，更预告了翻译将成为一门独立学科的研究对象。

作为学科的翻译学

经过本书主要章节中立足人物和史实的探讨，贝尔曼在结论中开拓了翻译的理论空间，以跨学科视角探讨了哲学、宗教、精神分析学及其他人文学科对翻译的关切以及翻译对上述学科的意义，呼吁将翻译作为"新的求知对象"：需要建立一门名为"翻译学"的、可以被研究、被传播教授的独立学科，让翻译真正成为认知的主体。他还为这门崭新的学科确立了可能存在的研究面向，即翻译史、翻译伦理学和翻译分析学。

个人看来，《异域的考验》一书就是翻译断代史、国别史书写的范本之一，真正如贝尔曼所言，做到了探究在某个具体的历史情境下，某个翻译或思考的主体的翻译活动是如何同当时的思想、文化和跨文化交际活动互相绊结的；翻译分析学的相关方法论框架更多体现在《翻译批评论：约翰·唐》一书中；至于翻译伦理学，《异域的考验》可以说昭示了翻译学的伦理学转向，强调了接纳他者、尊重异者的重要性，贝尔曼之后，多种维度的翻译伦理纷纷涌现：谢丽·西蒙的女性主义翻译伦理、韦努蒂尊重非主流文化身份的后殖民主义时代的翻译伦理、斯皮瓦克的为少数族群留有发言权的伦理，都直接受到贝氏翻译伦理观的影响。

《异域的考验》的考验

贝尔曼的理论影响无须赘言,但他具体的翻译策略主张却常被人诟病不够具有可操作性。《翻译与文字或远方的客栈》中提出了译者在面临"异域的考验"时应规避的十三种变形倾向,其中包括"合理化""明晰化""扩充"等翻译策略,于他而言这显然都是对原文的背叛,不符合翻译的伦理目标。但加拿大学者马克·夏龙写有《贝尔曼:是否与自身为异》一文,分析了贝尔曼自己完成的译本,从中几乎找出了全部曾被贝氏拒斥过的变形倾向,似乎说明了伦理化的翻译是无法在现实中存在的。

的确,绝对的忠实并不存在,但翻译作为对原文本的模仿和超越,也无法拥有绝对的自由。译者所能做的,便是跳出"忠实"与"自由"的二元论,在具体的情境下选择合适的翻译策略来面对"异域的考验"。在面对《异域的考验》这一文本时,我个人还是倾向于认同贝尔曼的理论观点,将他的文字在不妨害理解的前提下尽量忠实地还原出来。实际上,我在2017年时就已完成译文第一稿,但后来又觉得不够忠实原作的字词,所以重做修改,希望可以靠近乌托邦式的"伦理翻译"。

首先要解释的便是本书题名:学界约定俗成将之译为《异的考验》,如许钧先生《当代法国翻译理论》一书中就采取了该译法。但经与编辑老师商讨,担心"异"作为单音词不符合中文的语言习惯,也请教了诸位前辈师长,考虑了

"异域""他者""异己""异者"等诸多替代词，最终选定了综合他国、他者、相异性等多种意涵的"异域"二字。

另外，贝尔曼原文中有很多德文词汇，如"Bildung""Erweiterung"等，我不通德文，只能在请教相关专家后结合语境尽量贴合相关语境译出，文中引用的希腊语、拉丁语诗句也以同样的方法译成。另有很多新造的词和表达方式，如"encyclopédisque""versabilité"等，我努力按字面意思译出，少数地方也配有译注。贝尔曼书中许多德语原文都是他本人直接译成法语，应属于还原度极高的字到字翻译，我也试图不做变化。

最后，想在此感谢多位曾在译书过程中指点、帮助过我的前辈、同仁，在此不一一具名。感谢本书责任编辑吴思博女士付出的辛劳。译者本人虽有心细译，但终归是因为能力精力所限，书中谬误错漏之处在所难免，恳请览书之人多多指教。

章文
2019 年 12 月于北京

作者简介：

安托瓦纳·贝尔曼（1942—1991），法国翻译理论家、德国哲学与拉美文学翻译家、当代西方翻译学的奠基人之一。他的翻译思想深受数位德国哲学家（施莱尔马赫、本雅明等）的影响，摒弃法国式的种族中心主义翻译，强调尊重并接纳他者的"异"。《异域的考验》是最能体现其理论主张的翻译学及翻译史著作，另著有《翻译与文字或远方的客栈》《翻译批评论：约翰·唐》等。

译者简介：

章文，翻译学博士，任教于北京大学外国语学院法语系，研究方向为翻译学、法国儿童文学。

法兰西思想文化丛书

《内在经验》
[法]乔治·巴塔耶 著 程小牧 译

《文艺杂谈》
[法]保罗·瓦莱里 著 段映虹 译

《梦想的诗学》
[法]加斯东·巴什拉 著 刘自强 译

《成人之年》
[法]米歇尔·莱里斯 著 东门杨 译

《异域的考验:德国浪漫主义时期的文化与翻译》
[法]安托瓦纳·贝尔曼 著 章文 译

《罗兰·巴特论戏剧》
[法]罗兰·巴特 著 罗湉 译

《浪漫的谎言与小说的真实》
[法]勒内·基拉尔 著 罗芃 译

《1863,现代绘画的诞生》
[法]加埃坦·皮康 著 周皓 译

《入眠之力》
[法]皮埃尔·巴谢 著 苑宁 译

《祭牲与成神:初民社会的秩序》
[法]勒内·基拉尔 著 周莽 译

《黑皮肤，白面具》
[法]弗朗茨·法农 著　张香筠 译

《从福楼拜到普鲁斯特：文学的第三共和国》
[法]安托瓦纳·贡巴尼翁 著　龚觅 译

《保罗·利科论翻译》
[法]保罗·利科 著　章文　孙凯 译

《论国家》
[法]皮埃尔·布尔迪厄 著　贾云 译

《细节：一部离作品更近的绘画史》（即出）
[法]达尼埃尔·阿拉斯 著　东门杨 译

《犹太精神的回归》（待出）
[法]伊丽莎白·卢迪奈斯库 著　张祖建 译

《人与神圣》（待出）
[法]罗杰·卡卢瓦 著　赵天舒 译

《伟大世纪的道德》
[法]保罗·贝尼舒 著　丁若汀 译

《十八世纪欧洲思想》
[法]保罗·阿扎尔 著　马洁宁 译

《人民的本质》
[法]黛博拉·高恩 著　张香筠 译